吃遍苏州　读尽江南　◆　清淡如茶　沉郁似酒

陆文夫 著
陶文瑜 绘

江苏凤凰文艺出版社
JIANGSU PHOENIX LITERATURE AND ART PUBLISHING, LTD

图书在版编目（CIP）数据

美食家 / 陆文夫著 . — 南京：江苏凤凰文艺出版社，2018.12（2025.2 重印）

ISBN 978-7-5594-2583-6

Ⅰ . ①美… Ⅱ . ①陆… Ⅲ . ①中篇小说—小说集—中国—当代②短篇小说—小说集—中国—当代③散文集—中国—当代 Ⅳ . ① I217.2

中国版本图书馆 CIP 数据核字（2018）第 172802 号

美食家

陆文夫 著

出 版 人	张在健
责任编辑	张　黎
出版发行	江苏凤凰文艺出版社
出版社地址	南京市中央路165号，邮编：210009
出版社网址	http://www.jswenyi.com
印　　刷	苏州市越洋印刷有限公司
开　　本	880毫米 × 1230毫米　1/32
印　　张	9.625
字　　数	220千字
版　　次	2018年12月第1版
印　　次	2025年2月第8次印刷
标准书号	ISBN　978-7-5594-2583-6
定　　价	42.00元

目录

上篇

美食家

一、吃喝小引

美食家这个名称很好听，读起来还真有点美味！如果用通俗的语言来加以解释的话，不妙了：一个十分好吃的人。

好吃还能成家！这是我万万没有想到的。想到的事情往往不来，没有想到的事情却常常就在身边；硬是有那么一个因好吃而成家的人，像怪影似的在我的身边晃荡了四十年。我藐视他，憎恨他，反对他，弄到后来我一无所长，他却因好吃成精而被封为美食家！

首先得声明，我决不一般地反对吃喝；如果我自幼便反对吃喝的话，那末，我呱呱坠地之时，也就是一命呜呼之日了，反不得的。可是我们的民族传统是讲究勤劳朴实，生活节俭，好吃历来就遭到反对。母亲对孩子从小便进行“反好吃”的教育，虽然那教育总是以责骂的形式出现：“好吃鬼，没有出息！”好吃成鬼，而且是没有出息的。孩子羞孩子的时候，总是用手指刮着自己的脸皮：“不要脸，馋痨坯；馋痨坯，不要脸！”因此怕羞的姑娘从来不敢在马路上啃大饼油条；戏

台上的小姐饮酒时总是用水袖遮起来的。我从小便接受了此种“反好吃”的教育,因此对饕餮之徒总有点瞧不起。特别是碰上那个自幼好吃,如今成“家”的朱自冶以后,我见到了好吃的人便像醋滴在鼻子里。

朱自冶是个资本家,地地道道的资本家,决不是错划的。有人说资本家比地主强,他们有文化,懂技术,懂得经营管理。这话我也同意。可这朱自冶却是个例外,他是房屋资本家,我们这条巷子里的房屋差不多全是他的。他剥削别人没有任何技术,只消说三个字:“收房钱!”甚至连这三个字也用不着说,因为那收房钱的事儿自有经纪人代理。房屋资本家大概总懂得营造术吧,这门技术对社会也是很有用的。朱自冶对此却是一窍不通,他连自家究竟有多少房屋,坐落在哪里,都是糊里糊涂的。他的父亲曾经是一个很精明的房地产商人,抗日战争之前在上海开房地产交易所,家住在上海,却在苏州买下了偌大的家私。抗日战争之初,一个炸弹落在他家的屋顶上,全家有一幸免,那就是朱自冶,他是到苏州的外婆家来吃喜酒的。朱自冶因好吃而幸存一命,所以不好吃便难以生存。

我认识朱自冶的时候,他已经快到三十岁。别以为好吃的人都是胖子,不对,朱自冶那时瘦得像根柳条枝儿似的。也许是他觉得自己太瘦,所以才时时刻刻感到没有吃够,真正胖得不能动弹的人,倒是不敢多吃的。好吃的人总是顾嘴不顾身,这话却有点道理。尽管朱自冶有足够的钱来顾嘴又顾身,可他对穿着一事毫无兴趣。整年穿着半新不旧的的长袍大褂,都是从估衣店里买来的;买来以后便穿上身,脱下来的脏衣服却“忘记”在澡堂里。听说他也曾结过婚，但是他的身边没有孩子，也没有女人。只有一次，看见他和一个妖冶的女人合坐一辆三轮车在虎丘道上兜风，后来才知道，那女人是雇不到车，请求顺带的，朱自冶也毫不客气地叫那女人付掉一半车钱。

朱自冶在上海的家没有了，独自住在苏州的一座房子里。这房子是二十年代末期的建筑，西式的，有纱门、纱窗和地毯，还有全套的卫生设备。晒台上有两个大水箱，水是用电泵从井里抽上来的。这座两层楼的小洋房坐落在一个大天井的后面，前面是一排六间的平房；门堂、厨房、马达间、贮藏室以及佣人的住所都在这里。

因为我的姨妈和朱自冶的姑妈是表姐妹，所以在抗战后期，在我的父亲谢世之后，便搬进朱自冶的住宅，住在前面的平房里。不出房钱，尽两个义务：一是兼作朱自冶的守门人，二是要我的妈妈帮助朱自冶料理点家务。这两个义务都很轻松，朱自冶早出晚归，没家没务，从来也不要求我妈妈帮他干什么。倒是我的妈妈实在看不过去，要帮他拆洗被褥，扫扫灰尘，打开窗户。他不仅不欢迎，反而觉得不胜其烦，多此一举。因为家在他的概念中仅仅是一张床铺，当他上铺的时候已经酒足饭饱，靠上枕头便打呼噜。

朱自冶起得很早，睡懒觉倒是与他无缘，因为他的肠胃到时便会蠕动，准确得和闹钟差不多。眼睛一睁，他的头脑里便跳出一个念头：“快到朱鸿兴去吃头汤面！”这句话需要作一点讲解，否则的话只有苏州人，或者是只有苏州的中老年人才懂，其余的人很难理解其中的诱惑力。

那时候，苏州有一家出名的面店叫作朱鸿兴，如今还开设在怡园的对面。至于朱鸿兴都有哪许多花式面点，如何美味等等我都不交待了，食谱里都有，算不了稀奇，只想把其中的吃法交待几笔。吃还有什么吃法吗？有的。同样的一碗面，各自都有不同的吃法，美食家对此是颇有研究的。比如说你向朱鸿兴的店堂里一坐："喂！（那时不叫同志）来一碗 ×× 面。"跑堂的稍许一顿，跟着便大声叫喊："来哉，×× 面一碗。"那跑堂的为什么要稍许一顿呢，他是在等待你吩咐吃法：硬面，烂面，宽汤，紧汤，拌面；重青（多放蒜叶），免青（不要放蒜叶），重油（多放点油），清淡点（少放油），重面轻浇（面多些，浇头少点），重浇轻面（浇头多，面少点），过桥——浇头不能盖在面碗上，要放在另外的一只盘子里，吃的时候用筷子搛过来，好像是通过一顶石拱桥才跑到你嘴里……如果是朱自冶向朱鸿兴的店堂里一坐，你就会听见那跑堂的喊出一连串的切口："来哉，清炒虾仁一碗，要宽汤，重青，重浇要过桥，硬点！"

一碗面的吃法已经叫人眼花缭乱了，朱自冶却认为这些还不是主要的；最重要的是要吃"头汤面"。千碗面，一锅汤。如果下到一千碗的话，那面汤就糊了，下出来的面就不那么清爽、滑溜，而且有一股面汤气。朱自冶如果吃下一碗有面汤气的面，他会整天精神不振，总觉得有点什么事儿不如意。所以他不能像奥勃洛摩夫那样躺着不起床，必须擦黑起身，匆匆盥洗，赶上朱鸿兴的头汤面。吃的艺术和其它的艺术相同，必须牢牢地把握住时空关系。

朱自冶揉着眼睛出大门的时候，那个拉包月的阿二已经把黄包车拖到了门口。朱自冶大模大样地向车上一坐，头这么一歪，脚这么一踩，叮当一阵铃响，到朱鸿兴去吃头汤面。吃罢以后再坐上阿二的黄包车，到阊门石路去蹲茶楼。

苏州的茶馆到处都有，那朱自冶为什么独独要到阊门石路去呢？有考究。那爿大茶楼上有几个和一般茶客隔开的房间，摆着红木桌、大藤椅，自成一个小天地。那里的水是天落水，茶叶是直接从洞庭东山买来的；煮水用瓦罐，燃料用松枝，茶要泡在宜兴出产的紫砂壶里。吃喝吃喝，吃与喝是一个不可分割的整体，凡是称得上美食家的人，无一不是陆羽和杜康的徒弟。

朱自冶登上茶楼之后，他的吃友们便陆续到齐。美食家们除掉早点之外，决不能单独行动，行动时最少不能少于四个，最多不得超过八人，这是由吃的内涵决定的，因为苏州菜有它一套完整的结构。比如说开始的时候是冷盆，接下来是热炒，热炒之后是甜食，甜食的后面是大菜，大菜的后面是点心，最后以一盆大汤作总结。这台完整的戏剧一个人不能看，只看一幕又不能领略其中的含义。所以美食家们必须集体行动。先坐在茶楼上回味昨天的美食，评论得失，第一阶段是个漫谈会。会议一结束便要转入正题，为了慎重起见，还不得不抽出一段时间来讨论今日向何方？是到新聚丰、义昌福，还是到松鹤楼。如果这些地方都吃腻了，他们也结伴远行，每人雇上一辆黄包车，或者是四人合乘一辆马车，浩浩荡荡，马蹄声碎，到木渎的石家饭店去吃鲃肺汤，枫桥镇上吃大面，或者是到常熟去吃叫花子鸡……可惜我不能把苏州和它近郊的美食写得太详细，深怕会因此而为苏州招来更多的会议，小说的副作用往往难以料及。

二、与我有涉

如果朱自冶仅仅自我吃喝而与我无关的话，我也不会那么强烈地厌恶他。他当他的美食家，我当我的穷学生，本来是能够平安相处的。可是我在前面的一节中只说到朱自冶吃早点，吃中饭，他还有一顿晚饭没有吃呐！

朱自冶吃罢中饭以后，便进澡堂去了。他进澡堂并不完全是为了洗澡，主要是找一个舒适的地方去消化那一顿丰盛的筵席。俗话说饿了打瞌，吃饱跑勿动。朱自冶饱餐一顿之后双脚沉重，头脑昏迷，沉浸在一种满足、舒畅而又懒洋洋的神仙境界里。他摇摇晃晃地坐上阿二的黄包车，一阵风似的拉到澡堂里，好像是到医院里挂急诊似的。

朱自冶进澡堂只有举手之劳，即伸出手来撩开门帘。门帘一掀，那坐账台的便高声大喊："朱经理来哉！"天晓得，朱自冶哪一天当过经理的，对资本家应该喊一声老板才对。不过，老板这种尊称那时已经不时髦了。一是缺少点洋味，二是老板有大有小，开爿夫妻老婆店也能叫作老板的。经理就不同了，洋行经理，公司经理，买卖大，手面阔，给起小费来决不是三块两块的，五十元的关金券用不着找零头！

所以那跑堂的一听到朱经理来哉，立刻有两个人应声而出，一边一个，几乎是把个朱自冶抬到头等房间里。这头等房间也和现在的高级招待所有点相似，两张铺位，一个搪瓷澡盆，有洗脸池，有莲蓬头。只是整个的面积较小，也没有空调设备。不碍，冬天有蒸气，夏天有一只华生老牌的大吊扇，四块木板在头顶上旋个不歇。

朱自冶向房间里一坐，就像重病号到了病房里，一切都用不着自己动手。跑堂的来献茶，擦背的来放水，甚至连脱鞋也用不着自己费力。朱自冶也不愿费力，痴痴呆呆地集中力量来对付那只胃，他觉得吃是一种享受，可那消化也是一种妙不可言的美，必须潜心地体会，不能被外界的事物来分散注意力。集中精力最好的方法就是泡在温水里，这时候四大皆空，万念俱寂，只觉得那胃在轻轻地蠕动，周身有一种说不出的舒坦和甜美，这和品尝美食有异曲同工之妙，但是二者不能相互代替。他就这么四肢不动，两眼半闭地先在澡盆里泡上半个钟头。泡得迷迷糊糊，昏昏欲睡的时候，那擦背的背着一块大木板进来了。他把朱自冶从澡盆里拉出来，把木板向澡盆上一盖，叫朱自冶躺上“手术台”，开始了他那擦背的作业。读者诸君切不可把擦背二字作狭义的理解，好像擦背就是替人擦洗身上的污垢。不对，朱自冶天天一把澡，有什么可擦的？这擦背对他来说实在是一种古老的按摩术，是被动式的运动。饭后百步走被认为是长寿之道，但是奉行此道者需要自己迈开双腿。擦背则不同，只消四肢松弛地躺在“手术台”上，任人上摩下擦，伸拳屈腿，左转右侧，放倒扶起，同样受到运动的功效，却用不着自己花力气。真正的美食家必须精通消化术，如果来个食而不化，那非但不能连续工作，而且也十分危险！

朱自冶的此种运动时间也不太长，大体上不超过半个钟头。然后便在卧榻上躺下，开始那一整套的繁文缛节，什么捏脚、拿筋、敲膀、捶腿。这捶腿是最后的一个节目，很可能和催眠术有点关系，朱自冶在轻轻地拍打中，在那清脆而有节奏的响声中心旷神怡，渐渐入睡。这一觉起码三个钟头，让那胃中的食物消化干净，为下一顿腾出地位。

当朱自冶快要醒来时，我也从学校里下学归来。书包一放，妈妈便来关照：

“今天还在元大昌，快去！”

妈妈的话只有我懂，那朱自冶还有一顿晚饭没有吃呐！

朱自冶吃晚饭也是别具一格，也和写小说一样，下一篇决不能雷同于上一篇。所以他既不上面馆，也不上菜馆，而是上酒店。中午的一顿饭他们是以品味为主，用他们的术语来讲叫“吃点味道”。所以在吃的时候最多只喝几杯花雕，白酒点滴不沾，他们认为喝了白酒之后嘴辣舌麻，味觉迟钝，就品不出那滋味之中千分之几的差别！晚上可得开怀畅饮了，一醉之后可以呼呼大睡，免得饱尝那失眠的苦味，因此必须上酒店。

苏州的酒店卖酒不卖菜，最多备有几碟豆腐干、兰花豆、辣白菜之类。孔乙己能有这些便行了，君子在酒不在菜嘛。美食家则不然，因为他们比君子有钱，酒要考究，菜也是马虎不得的。既不能马虎，又不能雷同，于是他们便转向苏州食品中的另一个体系——小吃。提到苏州的小吃我又不愿多写了，除掉如前所述的原因外，还因为它会勾起我一段痛苦的回忆，我被一个我所厌恶的人随意差遣！

苏州的小吃不是由哪一爿店经营的，它散布在大街小巷，桥堍路口。有的是店，有的是摊，有的是肩挑手提沿街叫卖的。如果要以各种风味小吃来下酒的话，那就没有一个跑堂的能对付得了，必须有个跑街的到四下里去收集。也许是我的腿长吧，朱自冶便来和我妈商议：

“你家高小庭蛮机灵，阿好相帮我做点事体，我也勿会亏待伊。”

妈妈当然答应罗，她住了人家的房子不给钱，又没有什么家务可料理，心里老是过意不去，巴不得能为朱自冶做点事，以免良心受责备。可怜的妈妈不知道剥削二字，只承认一切现存的社会法规。她教育儿子不能好吃，却对朱自冶的好吃不加反对，她认为那是一种“吃福”，好吃与吃福是两回事体。可我却把它当作一回事，怎么也不愿意去替朱自冶当跑街的。堂堂的一个高中生怎么能去给一个好吃鬼当小厮呢！

妈妈又哭了，父亲谢世后家境贫困，是靠我的大哥当远洋水手挣点钱：“去吧小庭，我们头顶人家的天，脚踏人家的地，住了人家的房子不出房租，又不交水电费，算起来相当于全家的伙食费。只要朱经理说个不字，你就念不成书，我们一家就会住在露天里。只怪你爸爸走得早啊，我求求你………”

我只好忍辱负重，每天提着个竹篮去等候在酒店的门口。等到华灯初上，霓虹灯亮满街头的时候，朱自冶和他的吃友们坐着黄包车来了。

一长串油光锃亮的黄包车，当当地响着铜铃，哇哇地揿着喇叭，像游龙似的从人群中夺路而来，在酒店门口徐徐地停下。他们一个个洗得干干净净，浑身散发着香皂味，满面红光，春风得意。朱自冶的黄包车总是走在前面，车夫阿二也显得特别健壮而神气。阿二替朱自冶掀掉膝盖上的毡毯，朱自冶一跃落地，轻松矫捷。在酒店门口迎接他们的不是老板，也不是跑堂的，而是两排衣衫褴褛，满脸污垢，由叫花子组成的仪仗队。乞丐们双手向前平举，嘴中喊着老爷，枯树枝似的手臂在他的左右颤抖。朱自冶似乎早有准备，手一扬，一张小票面的的钞票飞向叫花子的头头："去去。"

叫花子的头头把手一扬，叫花子们呼啦一声散开，我这个手提竹篮，倚门而立，饥肠辘辘的特殊叫花子便到了朱自冶的面前。这个叫花子所以特殊，是因为他知道一点地理历史，自由平等，还读过三民主义；他反对好吃，还懂得人的尊严。当叫花子呼啦一声散开而把我烘托出来的时候，我满腔怒火，汗颜满面，恨不得要把手中的竹篮向朱自冶砸过去！可是我得忍气吞声地从朱自冶的手中接过钞票，按照他的吩咐到陆稿荐去买酱肉，到马咏斋去买野味，到五芳斋去买五香小排骨，到采芝斋去买虾子鲞鱼，到某某老头家去买糟鹅，到玄妙观里去买油汆臭豆腐干，到那些鬼才知道的地方去把鬼才知道的风味小吃寻觅……

我提着竹篮穿街走巷，苏州的夜景在我的面前交替明灭。这一边是高楼美酒，二簧西皮，那霓虹灯把铺路的石子照得五彩斑斓；那一边是街灯昏暗，巷子里像死一般的沉寂，老妇人在垃圾箱旁边捡菜皮。

这里是杯盘交错，名菜陆陈，猜拳行令；那里却有许多人像影子似的排在米店门口，背上有用粉笔编写着的号码，在等待明天早晨供应配给米。这里是某府喜事，包下了整个的松鹤楼，马车、三轮车、黄包车在观前街上排了一长溜。新娘子轻纱披肩，长裙曳地，出入者西装革履，珠光宝气；可那玄妙观的廊沿下却有一大堆人蜷缩在麻袋片里，内中有的人也许就看不到明天……“朱门酒肉臭，路有冻死骨。”这句众所周知的诗句常在我的头脑里徘徊。

朱自冶倒是不肯亏待我，常常把买剩的零钱塞在我的口袋里：“拿去！”那种神情和给叫花子是差不多的。

我睁眼、僵立。感到莫大的侮蔑。

“拿去吧，是给你奶奶买肉吃的。”

侮蔑被辛酸融化了。我是有个老祖母，是她把我从小带大的，那时已经七十六岁，满嘴没牙，半身不遂，头脑也不是那么清楚的。可是她的胃口很好，天天闹着要吃肉，特别是要吃陆稿荐的乳腐酱方，那肉入口就化，香甜不腻。她弄不清楚物价与货币的情况，在她的头脑中一切都是以铜板和银元计算的。她只知我的哥哥每月要寄回来几千块钱（能买一百多斤米），为什么不肯花二十六个铜板给她称一斤肉回来呢？三百个铜板才合一块钱！她把这一切都归罪于我的妈妈，骂她忤逆不孝，克扣老人，而且牵牵连连地诉述着陈年八代的婆媳关系，一面骂一面流眼泪。妈妈怎么解释也没用，只好一面在配给米里捡石子，一面把眼泪洒在淘米箩里。我在这两条泪河之间把心都挤碎！

当我用朱自冶的零钱买回几块肉来，端到奶奶的床前时，她一面吃，一面哭，一面用颤颤巍巍的手抚摸着我的头：“好孙子，还是你孝顺，奶奶没有白带你……”

我一听这话眼泪便簌簌地往下流，我想大哭，大喊，想问苍天！可是我拼命地哽住喉咙，俯伏在奶奶的床头，把头埋在棉被里。既然在侮蔑中把钱接过来了，为什么不能让奶奶得到一点安慰！

“上有天堂，下有苏杭”啊！这句老话不知道是谁发明的，而且大言不惭地把苏州放在杭州的前面。据说此种名次的排列也有考究，因为杭州是在南宋偏安以后才“暖风熏得游人醉，直把杭州作汴州”。而苏州在唐代就已经是“十万夫家供课税，五千子弟守封疆”了。到了明代更是“翠袖三千楼上下，黄金百万水西东”。近百年间上海崛起，在十里洋场上逐鹿的有识之士都在苏州拥有宅第，购置产业，取其“进可以攻，退可以守”。苏州不是政治经济的中心，没有那么多的官场倾轧和经营的风险；又不是兵家的必争之地，吴越以后的两千三百多年间，没有哪一次重大的战争是在苏州发生的；有的是气候宜人，物产丰富，风景优美。历代的地主官僚，富商大贾，放下屠刀的佛，怀才不遇的文人雅士，人老珠黄的一代名妓等等，都欢喜到苏州来安度晚年。这么多有钱有文化的人集中在一起安居乐业，吃喝和玩乐是不可缺少的，这就使苏州的园林可以甲天下，那吃的文化也是登峰造极！风景不能当饭，天天看了也乏味，那吃却是一日三顿不可或少的。苏州所以能居于天堂之首，恐怕主要是因为它的美食超过了杭州。这也许是苏州人的骄傲吧，可我那时简直觉得这是一种罪恶，是人间最最不平的表现！我不知道地狱里可有“天堂”，可我知道“天堂”里确有地狱，而且绝大多数的人都在地狱的边缘上徘徊。说老实话，当我开始信仰共产主义的时候，我没有读过《资本论》，也没有读过《共产党宣言》，多半是由朱自冶他们促成的；他们使我觉得一切说得天花乱坠的主义都没有用，只有共产才能解决问题！如果共掉了朱自冶的房产，看他还神气不神气！

我偷偷地唱着一支从北平传来的歌：

山那边呀好地方，
穷人富人都一样，
你要吃饭得做工呀，
没人为你做牛羊。
……

这支歌的曲调很简单，唱起来也用不着尖起嗓门儿费死力，可它却使我从“朱门酒肉臭，路有冻死骨”中找到了出路，出路就在山那边！

我决定到解放区去了，那已经是一九四八年的冬天。我不知道解放区的形势，总以为国民党还很强大，还有美国的原子弹什么的。无产阶级要夺取全国胜利，恐怕还要经过几年、几十年的浴血奋斗！我读过《铁流》与《毁灭》，知道革命的艰难困苦，知道那是血与火的洗礼。

所以当时的心情很悲壮，准备去战死沙场。“风萧萧兮易水寒，壮士一去兮不复还！”当时的心情很有点像荆轲辞别高渐离。

我的高渐离便是苏州，是这个美丽而又受难的城市叫我去战斗！临行之前我上了一趟虎丘山，站在虎伏阁上把这美丽的城市再看一遍：再见吧，你的儿子将用血来洗尽你身上的污垢！傍晚，我照样去替朱自冶买小吃，照样买了一块乳腐酱方送到奶奶的床前：吃吧，奶奶，孙子从屈辱中接过钱来为你买肉，这恐怕是最后的一回！我的判断没有错，当奶奶发觉最孝顺的孙子失踪之后，她哭喊了三天便与世永别。

年轻时的记忆多么深刻啊！“文化大革命”期间的挂牌、游街、屈辱、受罪如今已经淡忘了，仿佛那是一场不屑一顾的游戏。可是三十多年前离乡别井，暗中告别亲人，向着黑暗猛冲的情景却点滴不漏地保存在记忆里。也许我是欢喜记着光荣而忘掉屈辱吧，可又为什么不把三四十年前的屈辱也忘记？每当我在电影或电视中看到受伤的战士从血泊中爬起来，举起枪，高喊着报仇的口号向敌人猛扑过去的时候，我的心便会向下一沉，两眼含着泪水。虽然这种镜头看得太多了也觉得老一套，可是这种话我不许孩子们说，孩子们一说我就要骂：“小赤佬，你懂什么东西！”

三、快乐的误会

没想到我进入解放区已经太晚了，淮海战场上的硝烟已经消散，枪炮声已经沉寂。解放区的军民沉浸在欢乐的高潮中，准备打过长江去！我们这些从蒋管区去的学生被半路截留，被编入干部队伍随军渡江去接管城市。我从苏州来，当然应该回到苏州去，因为我熟悉那里的大街小巷以及那种好听而又十分难懂的语言，带个路也方便。至于回到苏州去干什么，谁也没有考虑，如果那时有人提出什么前途、专业、工资、房子等等，我们这一伙“小资产”便会肯定他是国民党派来的！革命就是革命，干什么都可以，随便。我们的组织部长却不肯随便，一定要根据各人的特长和志趣来分配，因此就出现了十分快乐的场面：

组织部长把我们二十多个学生兵召集到一个祠堂里。祠堂的正中摆着方桌，桌上放着档案和纸笔，二十多人分坐在两边。

组织部长是个大知识分子，早年毕业于交通大学的机械系。他对我们这些小知识分子十分熟悉：“现在要给大家分配工作了，组织上尽量照顾各人的特长和志愿，希望你们在回答问题之前好好地考虑，分定之后就不许犯自由主义。”

当时的气氛本来很严肃，却被我的老同学，诨名叫丁大头的人弄得豁了边。丁大头的头其实也不大，可是他的知识很广博，天文、地理、历史、哲学他样样都懂一点。因为他的脑子里包容的东西太多，所以看起来他的头好像比平常的人大了点。他第一个被部长叫起来：

“你想干什么呢？”

“随便。”丁大头回答得很爽气。

部长翻了翻眼睛：“随便是个什么东西？说得具体点。”

"具体点……那也随便。"

人们哄堂大笑了："他什么都懂，可以随便！"

部长也笑了，翻翻档案："什么都懂的人到什么地方去呢？……我问你，你对什么东西最感兴趣？"

"看书。"

"那你为什么不早说呀，到新华书店去。"

丁大头被一句定终身，后来在某地的新华书店当经理，而且是个很称职、很懂行的经理。

第二个被叫起来的是个女同学，苏州姑娘，长得很美，粗布的列宁装和八角帽使得她在秀丽中透出矫健的气息。

部长向她看了一眼便问："你会唱歌吗？"

"会。"

"来一段《白毛女》试试。"

"北风那个吹……女同学拉开嗓子便唱。那时我们天天唱歌，谁也不会忸怩。

"好了，好了，到文工团去！"

这位女同学的命运也不坏，"文化大革命"前唱民歌，很有点名气。如今听不见她唱了，这小老太婆也可能是在哪里教徒弟。

轮到我的时候便糟了，我怎么也想不起最欢喜什么，除掉反对好吃之外，我好像对什么都欢喜。我没有任何特长，连唱起歌来都像破竹子敲水缸。

部长等得不耐烦了："难道你一样事情都不会干？"

"会会，部长，我会替人家买小吃，熟悉苏州的饮食店。"我决不能承认万事不通呀，可这一通便出了问题！

"挺好，干商业工作去，苏州的食品是很有名的。"

"不不，部长，我对吃最讨厌！"

"你讨厌吃？很好，我关照炊事班饿你三天，然后再来谈问题！下一个……"

完了，命运在一阵哄笑声中决定了。可我当时并不懊丧，也不想犯自由主义，扬子江在怒号，南岸的人民在呼喊，要拯救劳苦大众于水深火热之中，要推翻那人吃人的旧社会，再也不能让朱自冶他们那种糜烂的、寄生虫式的生活延续下去！朱自冶呀，朱自冶，这下子可由不得你了。我们决不会让你饿肚子，至少得让你支起个炉灶来烧东西。也不能老是让阿二拉着你，你自己有两只脚，应该是会走路的。

风萧萧兮江水寒，壮士一去兮又复还。我又回到苏州来了，几经转折之后又住在朱自冶的门前。朱自冶对我刮目相看了，他称我同志，我喊他经理；他老远便掏出三炮台香烟递过来，我连忙摸出双斧牌香烟把它挡回去。别跟我来这一套，你那高级烟浸透了人民的血汗，抽起来有股血腥味。朱自冶在解放之初有点儿心虚，深怕共产党会把他关进监牢，那牢饭可不是好吃的！

隔了不久，朱自冶便镇静自若了，因为我们取缔妓女，禁鸦片，"反霸"，"镇反"，一直到"三反五反"都没有擦到他的皮。他不抽鸦片不赌钱，对妓女更无兴趣,除掉好吃之外什么事儿也没有干过。"镇反"挨不上他,他不开工厂不开店,谈不上"五毒俱全"和偷税漏税。所以他经常竖起大拇指对我说:"共产党好,如今没有强盗没有小偷,没有赌场没有烟铺,地痞、流氓、妓女都没有了,天下太平,百姓安定,好得很!"他说的可能是真话,可我把他上下打量,心里想,你为什么不说没有赌吃嫖遥呢?赌和嫖你沾不上,吃和遥你是少不了的。等着吧,现在是新民主主义!

朱自冶并没有消极地等待,还是十分积极地吃东西,照样坐着阿二的黄包车上面店,上茶楼,照样找到另一个人帮他跑街买吃的。

那时候我的工作很紧张,没有什么上下班的时间,也没有星期天,没早没晚地干,运动紧张的时候便睡在办公室里。可那朱自冶比我还积极,我起床的时候他已经坐着黄包车走了;我睡得迷迷糊糊的时候才听见他的黄包车到了门前。他每逢到家的时候都要踩一下铃铛,那铜铃的响声在深夜的小巷里像打锣似的。他有时候也不回家,仲夏之夜吃饱了老酒,干脆就睡在公园的凉亭里,那里风凉,还有一阵阵广玉兰的香气。他渐渐地胖起来了,居然还有个小肚子挺在前面。妈妈对他说:"朱经理,你发福了,人到了四十岁左右都会发胖的。"可他却说:"不对,我这是心宽体胖。现在用不着担心那些强盗和流氓了,别看我有几个钱,从前的日子也是很难过的。生日满月,四时八节,我得给人家送礼,一不小心得罪了人,重则被人家毒打一顿,轻则被人家向黄包车上掷粪便。就说那个上饭店吧,以前也是提心吊胆的。

有一次我们几个人吃得正高兴，忽然有个人走到我们的房间里来，要我们让座位。我不知道他是什么人，拌了几句嘴，结果得罪了流氓头子，被他的徒子徒孙们打了一顿，还罚掉了四两黄金的手脚钱！现在好了，那些家伙都看不见了，有的进了司前街（苏州的监狱所在地），有的到'反动党团特'登记处登了记，一个个都缩在家里。饭店里也清净多了，人少东西多，又便宜，我吃饱了老酒照样可以在公园里打瞌睡，用不着防小偷！"朱自冶拍拍小肚子，"你看，怎么能不发胖呢！"

我听了朱自冶的话直翻眼，怎么也没有想到，革命对他来说也含有解放的意义！

当我深夜被朱自冶的铃声惊醒之后，心头便升起一股烦恼，这苏州怎么还是他们的天堂？劳苦大众获得解放的时候，那寄生虫也会趁汤下面，养得更肥！我没有办法触动朱自冶，可我现在有了公开宣传共产主义的权力，便决定首先去鼓动拉黄包车的阿二。

阿二住在巷子的头上，在那口公井的旁边。他和我差不多的年纪，却比我生得高大、漂亮、健壮。小时候我和他在巷子里踢皮球，皮球踢上房顶之后总是他去爬屋面。他的老家是苏北，父亲也是拉车的；父亲拉不动了才由儿子顶替。阿二每天给朱自冶拉三趟，其余的时间可以另找生意。他的那辆车是属于"包车"级的，有皮篷，有喇叭，有脚踏的铜铃，冬春还有一条毡毯盖住坐车者的膝头。漂亮的车子配上漂亮的车夫，特别容易招揽生意。尤其是那些赶场子的评弹女演员，她们脸施脂粉，细眉朱唇，身穿旗袍，怀抱琵琶，那是非坐阿二的车子不可。阿二拉着她们轻捷地穿过闹市，喇叭嗄咕嗄咕，铜铃叮叮当当，所有的行人都要向她们行注目礼；即使到了书场门口，阿二也不减低车速，而是突然夹紧车杠，上身向后一仰，嚓嚓掣动两步，平稳地停在书场门口的台阶前，就像上海牌的小轿车戛然而止似的。女演员抱着琵琶下车，腰肢摆扭，美目流眄，高跟鞋橐橐几声，便消失在书场的珠帘里。那神态有一种很高雅的气派，而且很美。试想，如果一个标致的女演员，坐上一辆破旧的硬皮黄包车，由一个佝偻蹒跚的老人拉着，吱吱嘎嘎地来到书场门口，那还像个什么样子呢！有什么美感呢？人们由于在生活中看不到、看不出美好与欢乐，才甘心情愿地花了钱去向艺术家求教的。

由于上述的种种原因，所以那阿二虽然是拉黄包车，家庭生活还是过得去的。我去动员的时候，他们一家正在天井里吃晚饭。白米饭，两只菜，盆子里还有糟鹅和臭豆腐干，他的老父亲端着半斤黄酒在吱吱咂咂的。我寒暄了几句之后便转入正题：

“阿二，现在解放了，你觉得怎么样呢？”

阿二是个性情豪爽的人，毫不犹豫地说出了他的体会：“好，现在工人阶级的地位高了，没有人敢随便地打骂，也没人敢坐车不给钱。”

我听了把嘴一撇，：“哎呀，你怎么也只是看到这么一点点，工人阶级是国家的主人，决不是给人家当牛做马的！”

“我没有给人家当牛做马呀！”

“还没有，你是干什么的？”

“拉车。”

“好了，从古到今的车子，除掉火车与汽车之外，都是牛马拉的！”

“小板车呢？”

“那……那是拉货的，不是拉人的，人人都有两条腿，又没病又不残，为什么他可以架起二郎腿高坐在车子上，而你却像牛马似的奔跑在他的前面！这能叫平等吗？你能算主人吗？还讲不讲一点儿人道主义！”

阿二吸了一口气：“唏，这倒是真的。”

阿二的爸爸叹了口气“没有办法呀，他给钱。”

“钱……！”我把钱字的音调拉了个高低，表示一种轻蔑：“你可知道朱自冶他们的钱是从哪里来的？他们榨取了劳动人民的血汗，你拿了一点血汗之后又把他服侍得舒舒服服的！”

阿二的眉毛竖起来了：“可不，那家伙坐车很挑剔，又要快，又怕颠。”

我趁热打铁了：“问题还不在于朱自冶呐，我们年轻人的目光要放远点，你看人家苏联……我滔滔不绝地讲起苏联来了，就和现在的某些人谈美国似的：“苏联的工人阶级，一个个都是国家的主人，不管什么事儿，没有他们举手都是通不过的。他们的工作都是开汽车，开机器，开拖拉机，没有一个是拉黄包车的。”我向阿二爸爸的酒杯乜了一眼：“拉车弄几个钱也作孽，仅仅糊个嘴。人家苏联的工人都是住洋房，坐汽车，家里有沙发，还有收音机！半斤黄酒有什么稀奇，人家都喝伏特加哩！”我的天啊，那时我根本不知道伏特加是什么，若干年后才喝了几口，原来像我们在粮食白酒里多加了点水！

阿二和他的爸爸更不知道伏特加为何物了，他们听到这个名词还是第一回。那老头儿还咂咂嘴，他以为伏特加是和茅台酒差不多的。

阿二也心动了："哦……呃，那才有奔头。爸爸，我们也不要拉车了，你也当了一世的牛马啦！"阿二当然不是为了伏特加，我知道，他是想开汽车。那时候，年轻的人力车工人最高的理想便是当司机。

阿二的爸爸把酒杯向起一竖："唏……快吃饭吧，吃完了早点睡，明天一早要去拉朱自冶上面店。"白搭，我说了半天他等于没听见。老头儿的思想保守，随他去！

我抓住阿二不放，约他到我家来玩，继续对他讲道理，而且现身说法，拿自己作比："你看我，高中毕业的时候，有个同学约我到西山去当小学教员，每月三担米，枇杷上市吃枇杷，杨梅上市吃杨梅，不要钱。还有个同学约我到香港去上大学，他的爸爸在香港当经理，答应每月给我八十块钱港币，毕业以后就留在他的公司里当职员。我为什么不去呐，人活着不都是为了吃饭，更不能为了吃饭就替资本家当马牛！"除了讲道理以外，我还借了一大堆《苏联画报》给他看，对他进行形像化的教育，说明我们青年人要为这么一种伟大的理想去奋斗。说实在，我所以能讲苏联如何如何，也都是从画报里看来的，画报总是美丽的！

阿二的觉悟果然提高了，也和他的父亲闹翻了，坚决不再拉车，另找职业。我在旁边使劲儿打气："好，你这一步走得对，最好是进厂，当产业工人去！"

隔了不久，阿二垂头丧气地来找我："我把苏州都跑穿了，别说工厂啦，连饭店都不收跑堂的！”

我连忙说：“千万要坚持，不要泄气。”

“气倒没有泄，可是肚皮不争气，没饭吃了！”

我听了也着急：“啊，这倒是个严重的问题，再克服一下，我去帮你想想办法。”

我给了阿二几个钱，立刻到民政局去找一位同志，他是和我一起渡江过来的。

那位同志一听就啧嘴：“你这位老兄毛里毛糙的，做事也不考虑考虑，现在有些资本家消极怠工，抽逃资金，工厂不关门就算好的了，你还想到哪里去找职业？”

“好好，我检讨。可你总不能见死不救呀，想想办法吧。”

那位同志沉吟了下：“这样吧，我正在搞失业工人登记，准备以工代赈，先解决他们的吃饭问题。”

以工代赈的项目是疏浚苏州城里的小河浜，这个工作很辛苦，但也很有意义。旧社会给我们留下了很多污泥浊水，我们要把浊水变清流，使这个东方的威尼斯变得名副其实，使这个天堂变得更加美丽，是我们革命的一个方面。

阿二听说这也是革命工作，二话没说，不讲价钱，天天去挖污泥，抬石头，工作比拉车辛苦几倍，但是每天只有三斤米。

阿二的爸爸也没有办法，为了吃饭，只好在门口摆起一个卖葱姜的小摊头。因为他家就住在公井的旁边，人们往往在洗菜的时候才发现忘了在菜场上买葱姜，所以生意还是不错的，只是那一碟糟鹅和半斤黄酒从此绝迹。那老头儿每天见到我时总是虎着眼睛把头偏过去。我的心里也有歉意，总是在暗中安慰着老头："老伯伯，你别生气，总有一天会喝上伏特加的！"我把老头儿的虎眼当作一根鞭子，每天抽一下自己："下劲儿干，争取社会主义的早日胜利！"每当我深夜拖着沉重的双腿走过这空寂无人的小巷时，都要看一看阿二家的窗口，默默地叨念："老伯伯，我高小庭总算对得起你，我没有怕苦，也没有怕累，我和你家阿二都在为明天而奋斗！"

为了阿二的事情，妈妈可生了我的气："你这个不识好歹的东西，朱经理哪一点亏待过我们？人家花钱坐车碍你个屁事呀，你硬要和人家作对，弄得阿二家衣食不周，弄得朱经理出入不便，早晚都要到街上去叫车，有时候淋得像个落汤鸡，你这个缺德的东西！"

我决不和妈妈争辩，解放以后再也不能让她流眼泪，何况她的道德观点和我也没法统一，她还相信三从四德，还认为京戏里的那种老家奴十分了不起。只是我听了妈妈的责骂以后，再也不敢去鼓动那个为朱自冶跑街买小吃的人了，那人是个老头，他挖不动污泥，更抬不动石头。

朱自冶对我也有感觉了，再也不喊我高同志，再也不请我抽香烟，在门口碰到我时便把头一低，擦身而去。看不出他的眼神，不知道他对我是恨呢，还是忌？不管怎么样，他的手里总算有了一样东西，一个草提包，包里有双套鞋，包口上横放着一把洋伞。他黎明出门时估不透天气，所以都带着雨具，以免叫不到车时淋成落汤鸡。我看了暗中高兴："你迟早得自食其力，应该一样样地学会。"

四、鸣鼓而攻

也许是组织部长在我的档案里写了点什么，所以我的工作转来转去都离不开吃的。全行业公私合营的时候派不出那么多的公方代表，我只好滥竽充数，被派到某个有名的菜馆里去当经理。

这个菜馆我很熟悉，但在解放前从来没有进去过，只是在门口看见有许多阔绰的人进进出出，看见有许多叫花子围在门前，看见那橱窗里陈列着许多好吃的东西，在霓虹灯的照耀下使人馋涎欲滴。我读过安徒生的童话《卖火柴的女孩》，总觉得那卖火柴的女孩就是死在这个菜馆的橱窗前。我进店的时候正是冬天，天也常常飘雪，早晨踏着积雪跑到店门口时，我的心便突然紧缩，深怕真的有个卖火柴的女孩倒在那里，火柴梗儿撒满了一地。

我在店里也坐不稳，特别看不惯那种趾高气扬和大吃大喝的行为。一桌饭菜起码有三分之一是浪费的，泔脚桶里倒满了鱼肉和白米。朱门酒肉臭倒变成是店门酒肉臭了，如果听之任之的话，那我还革什么命呢！

我首先发动全体职工讨论，看看我们这种名菜馆究竟是为谁服务的？到我们店里来大吃大喝的人，到底有多少是工人农民，有多少是地主官僚和资产阶级！用不着讨论，这不过是一种战斗的动员而已。每个职工都很清楚，农民根本不敢到我们的店里来，他们一看那富丽堂皇的门面就害怕，不知道一顿要花几石米！还不如到玄妙观里去坐小摊，味道也不错，最多三毛钱。工人一生之中能来几回？除非他有特殊的事体。可是谁都认识朱自冶，都知道他们的吃法和口胃。每一个服务员都背得出一大串老吃客的名单，在那长长的名单中没有一个是无产阶级。其中有几个高级职员的成份难以划定，据老跑堂的张师傅反映，他们有的是老板的亲戚，有的是老板手下的红人，而且都有股份。当然，每天来吃的人并不全是老顾客，你也不能叫所有的吃客都填登记表，写明前六项。可是，老的服务员对判断吃客的身份都很有经验，他们能从衣着、举止、神态，特别是从点菜的路数上看得出，来者绝大部分都不是工人农民，至少曾经有过一段并非工农的经历。

实行对私改造的那段时间，资本家的心情并不全是兴高采烈，也不都想敲锣打鼓，有些人从锣鼓声中好像看到了世界的末日，纷纷到我们的店里来买醉。他们点足了苏州名菜，踞案大嚼，频频举杯。待到酒酣耳热时便掩饰不住了："朋友们，吃吧，吃掉他们拖拉机上的一颗螺丝钉！"这话是一种隐喻，因为那时候我们把拖拉机当作社会主义的标志。一讲到社会主义的农业便是像苏联那样，大农场，拖拉机。"吃掉他们拖拉机上的一颗螺丝钉！"当然是对社会主义不满，气焰嚣张，语气也是十分刻毒的！

我把收集的材料，再加上我对朱自冶他们的了解，从历史到现状，洋洋洒洒地写了一份足有两万字的报告，提出了我对改造饭店的意见，立场鲜明，言词恳切，材料生动确凿，简直是一篇可以当作文献看待的反吃喝宣言！

领导上十分欣赏我的报告，立即批准在本店试行，取得经验后再推向全行业。

我放手大干了！

首先拆掉门前的霓虹灯，拆掉橱窗里的红绿灯。我对这种灯光的印象太深了，看到那使人昏旋的灯便想起旧社会。我觉得这种灯光会使人迷乱，使人堕落，是某种荒淫与奢侈的表现。灯红酒绿的时代早已一去不复返了，何必留下这丑恶的陈迹？拆！

店堂的款式也要改变，不能使工人农民望而却步。要敞开，要简单，为什么要把店堂隔成那么多的小房间呢，凭劳动挣来的钱可以光明正大地吃，只有喝血的人才躲躲闪闪。拆！拆掉了小房间也可以增加席位，让更多的劳动者有就餐的机会。

服务的方式也要改变。服务员不是店小二，是工人阶级，不能老是把一块抹布搭在肩膀上，见人点头哈腰，满脸堆笑，跟着人家转来转去，抽下抹布东揩西拂，活像演京戏。大家都是同志嘛，何必低人一等，又何必那么虚伪！碗筷杯盏尽可以放在固定的地方，谁要自己去取，宾至如归嘛，谁在家里吃饭时不拿碗筷呀，除非你当老爷！

以上的三项改革，全店的职工都没有意见，还觉得新鲜，觉得是有了那么一点革命的气息。可是当我接触到改革的实质，要对菜单进行革命时就不那么容易了。

我认为最最主要的是对菜单进行改造，否则就会流于形式主义。什么松鼠桂鱼、雪花鸡球、蟹粉菜心……那么高贵，谁吃得起？大众菜，大众汤，一菜一汤五毛钱，足够一个人吃得饱饱的。如果有人还想吃得好点，我也不反对，人的生活总要有点变化，革命队伍里也常常打牙祭，那只是一脸盆红烧肉，简单了点。来个白菜炒肉丝、大蒜炒猪肝、红烧鱼块，青菜狮子头（大肉圆）……够了吧，哪一个劳动者的家里天天能吃到这些东西？

反对的意见纷纷而来，而且都是从老年职工那里来的。

跑堂的张师傅反对了。他说话有点嬉不溜溜地："啊哈，这下子名菜馆不是成了小饭铺啦！高经理，索性来个彻底的改革吧，每人发两块木板，让我们到火车站摆荒饭摊。"

我听了把眼睛一抬："同志，有意见可以提，态度要严肃点，这是革命工作，不是和吃客们打哈哈的！"我知道他和资产阶级的老爷太太们周旋了几十年，说话不上路，所以特地点了他一点。

"好好，没意见，这样做我们也可以省点力。"张师傅服了。

管账的也提意见了："高经理，我的意见也可能不正确，只是我有点担心……喏，这样做当然是对的了，可那赢利是不是会有问题？"他说起话来咝咝缩缩，因为他和原来的老板是亲戚，"三反五反"时曾经擦破点皮。

"你的担心我也考虑过，可是社会主义的企业是为人民服务，决不能像资本家那样唯利是图！”

“对对，对对对。”管账的马上服帖。

死不服帖的是那几位有名的厨师，如果用现在的职称来评定的话，他们不是一级便是二级。他们可以著书立说，还可以到外国去表演。可我那时并没有把这种宝贵的技术放在眼里，他们也可能没有把我这样的外行放在眼里，特别是那个杨中宝，好像我剜了他的肉似的。

“这不是都卖点儿家常便饭了吗？”

“家常便饭有什么不好呀？”

“家常便饭家家会做，何必上饭店？”

“出门的人哪有背着锅子走路的？”

“出门的人都想尝尝天下的名菜，噢，苏州的名菜就是红烧狮子头？”

“那要看是什么人？”

“什么人都有，包括像你这样的干部在内！”

“我出差每天三毛钱伙食，两毛钱伙补，一顿吃掉五毛钱，还有早晚两顿没有着落哩！”

“不是所有的人都和你一样，他们自己贴。”

“贴，拿什么贴？不少人就是因为出差时嘴馋，才贪污了公款。”

“如果人家请客呢？”

“为什么要请客，拉拉扯扯的。‘三反五反’的教训还不够吗？不少人被资本家拉下水，就是从请客吃饭开始的，说不定那些见不得人的勾当，就是在我们楼上的小房间里干出来的！”

“人家结婚呢？”

“结婚，更不能铺张浪费，买几斤糖，开个联欢会，我们机关里就是这样干的。”

杨中宝火了：“高经理，你说的都是外行话，机关是机关，饭店是饭店。请把我调到机关里去当炊事员吧，保证没意见！”

我看着杨中宝直翻眼，把到了嘴边的话咽回去。我不能对一个老工人发脾气，他的工龄和我的年龄差不多，是地地道道的无产阶级，而我的本人成分是学生，属于小资产阶级，再怎么革命也是革不掉的，只好暂时忍耐一点。何况他们所以反对也有道理，因为这一改他们就没有用武之地了。白菜炒肉丝不需要什么高超的手艺，连我都会……是呀，他们的技术不能发挥，也很可惜。调到机关里去当炊事员虽然是气话，调到交际处去当炊事员倒是很合适的……

会场沉寂。

我要设法打开僵局，目光便向青年人投射过去。那时候我已懂得，如果遇事打不开局面，最好是鼓动青年人起来带头。他们不保守，有闯劲，闯过了警戒线也无妨，然后再向回拉一点。矫枉必须过正，也许就是这个道理。

“青年同志们谈谈嘛，你们也是店里的主人，未来是属于你们的，谈谈。”

年轻的职工们只是笑，看看老师傅又看看我，两边都为难，一时拿不定主意。内中有个小伙子，名字叫作包坤年，跑堂的，虽然还没有满师，讲话却是很有水平的：

“同志们，我们的店必须改革，必须彻底地改革！再也不能为那些老爷们服务了，要面向工农兵。面向工农兵决不是一句空话，要拿出菜单来作证明。烧什么菜，就是为什么人服务。蟹粉菜心不仅工农兵吃不起，而且还要跟着老爷们受罪！为什么，菜心都给他们吃了，菜帮子都到了工农兵的碗里！生炒鸡丁要用鸡脯，鸡头鸡脚都卖给拉黄包车的，这分明是对工农兵的瞧不起。农民进店来只点豆腐汤，有人竟然回生意：‘嘿，吃豆腐汤到玄妙观去吧，那里的豆腐汤又好又便宜。’玄妙观只卖豆腐脑，分明是捉弄乡下人的。要是朱自冶他们来了就不得了，从堂口到厨房，都是忙得飞飞的。鱼要活的，虾要大的，一棵青菜剥剩了拇指那么一点点……”

包坤年这么一带头，人们就跟着发表意见，纷纷揭露我们的浪费，以及重视筵席而看不起小生意。这些情况我以前都不了解，听了十分生气，把手指在桌面上敲敲：“你看，你们看，不改革怎么得了呢！”

跑堂的张师傅低头不语了，回掉农民的生意可能就是他干的。几个厨师也不讲话了。苏州的名菜选料精细，浪费肯定是有的；围着朱自冶之类的人转也不假，名厨要靠吃家，要靠他们扬名，要靠他们品出那千分之几的差别。最好能碰上孔夫子，孔子曰：“食不厌精，脍不厌细！”

改革方案就这么定下来了，包坤年是立了功的，他后来表现得也十分积极，我指向哪里他打向哪里。我也为他的进步创造了很多有利的条件。至于他在“文化大革命”中把我打得半死，那是后话，暂且不提……

我当时把全部精力都扑在改革上，每晚回家都在十一点之后。我改了店堂，换了门面，写了大红海报张贴街头，还向报馆里投了稿，标题是：名菜馆面向大众，大众菜经济实惠！

开张的那一天，景象是十分壮观的。老头老太结伴而来，还搀着小孙子、小妹妹。那些拉车的、挑担的、出差的，突然之间都集中到店门口。门前的黄包车、三轮车，马车停了一长溜。这种车水马龙的情景解放前我也曾见过，可那是拉着老爷太太们来的；老爷太太们美酒高楼，拉车的人却瑟缩在寒风里。如今瑟缩的人们都站起来了，昂首阔步地进入店堂，把楼上楼下两个像会场似的堂口都挤得满满的。一时间板凳桌子乒乓响，人声鼎沸如潮水，看起来有点混乱，可那气氛实在热烈！服务员上菜也很迅速，大众菜，大众汤都用不着现做，汤装在木桶里，菜装在大锅里，一勺一大碗，川流不息地送出去。店门口的行人要靠右走，进出连成两条线，如果用门庭若市来形容，那是十分贴切的。

朱自冶和他的吃友们居然也来了，很好，我倒要看看你们今天想吃点什么东西！谁知道他们先在门口看看广告，再到店堂里瞧瞧热闹，俯下身去看看大众菜，鼻子吸了那么几吸，然后带着不屑一顾的神情走出去，还相互拍拍打打地发笑哩！我见了义愤填膺：“反对吧，先生们，

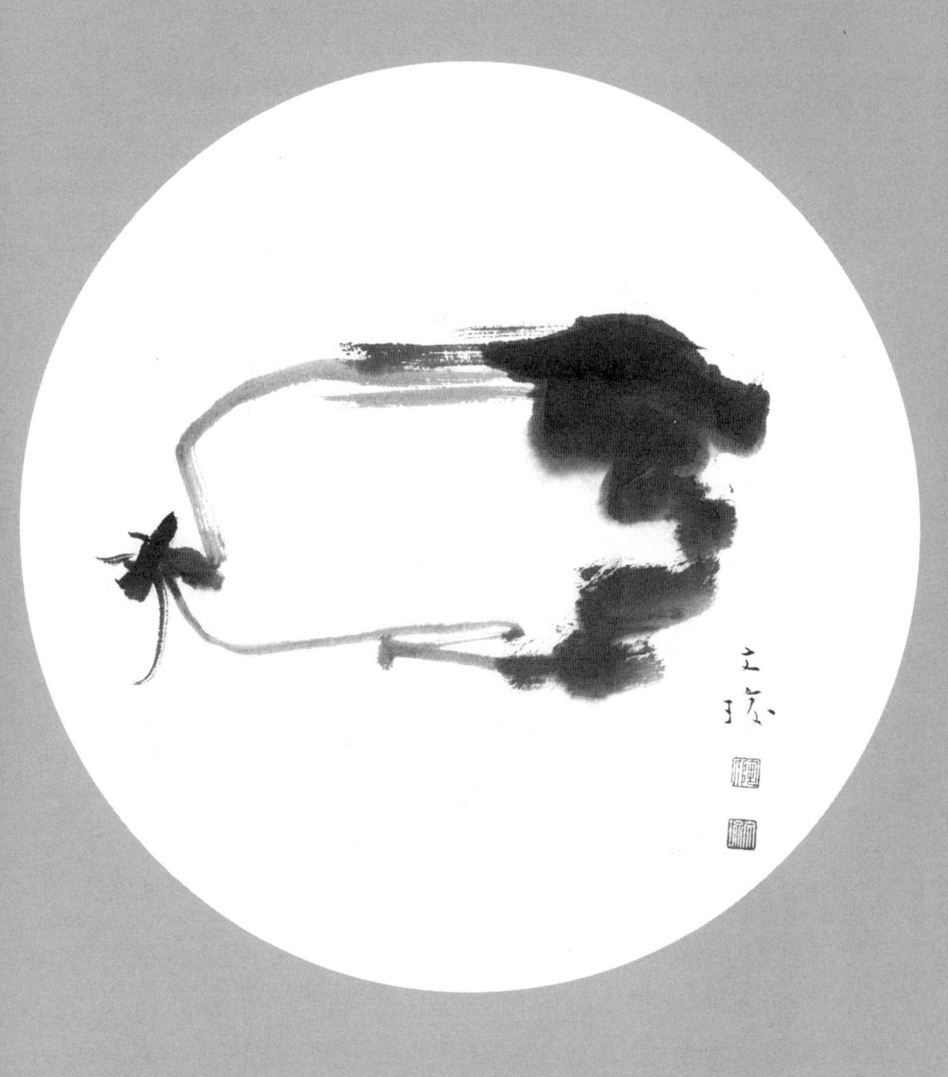

我改革的目标就是要叫你们反对！”

老头老太的反应可就不同了：“啊哟，以前只听说这家菜馆有名，越有名越不敢来，今天可算见了世面！”

挑菜的农民也说了：“这菜馆我以前来过几回，都是挑着青菜进后门，一直送到厨房里，从来不敢向店堂里伸头！”

多么深刻的写照呀，多么自豪的语言，人民的称赞使我忘记了疲劳，感动得心都发抖。不管将来的历史对我这一段的工作如何评价（放心，它无暇顾及），可我坚信，当时我决无私心，我是满腔热忱地在从事一项细小而又伟大的事业！

当时，我们的领导也到了现场，看了也很满意，虽然秩序有点混乱，那也是前进中的缺点，要我们好好地总结提高，然后推向全行业。

五、化险为夷

这一下朱自冶可就走投无路了！尽管我们的经验很难推开，许多名菜馆都是敷衍了事，弄几只大众菜放在橱窗里装装门面。可是风气一开那苏州名菜便走了味，菜名不改，价钱不变，制作却不如从前那么精细。朱自冶有一张什么样的嘴啊，他能辨别出味差的千分之几哩！一吃便摇头，便皱眉，便向人家提意见。朱自冶看错皇历了，这时候再也没有人把他当作朱经理，资本家三个字也不是那么好听的。有钱又怎么样，不许收小费，你爱吃便进来，嫌丑请出去，反正营业额的大小和工资没有关系。如果依了你朱自冶的话，还要落得个为资产阶级服务的臭名气！

朱自冶怎么受得了呀，他每吃一顿便是一阵懊丧，一阵痛苦，一阵阵地胃里难受。每天都觉得没有吃饱，没有喝够，看到酒菜却又反胃。他精神不振，毫无乐趣，整天在大街上转来转去，时常买些糕点装在草包里，又觉得糕点也不如从前，放在房间里都发了霉，被我的妈妈扫进垃圾堆。那个很有气派的小肚子又渐渐地瘪了下去。

有一天晚上，朱自冶居然推门而入，醉醺醺地站在我的面前：

"高小庭，我……反对你！"

资产阶级开始反扑了，这一点我早有准备："请吧，欢迎你反对。"

"你把苏州的名菜弄得一塌糊涂，你你，你对不起苏州！"

"这是你的看法，菜碗没有打翻，一塌糊涂是谈不上的。是的，我对不起苏州的地主和资产阶级，对苏州的人民我可以问心无愧！"

"你你……你对不起我！"

"是的，应当对不起你，因为你自己也是资产阶级！"

"小庭啊，人可要凭点儿良心，这些年来我可没有亏待过你！"

朱自冶语无伦次了，他竟然想揭下伤疤当膏药贴，这就惹得我火起："朱经理，我是对不起你，也对不起你的朋友；你的朋友中有三个是地主，有两个是在反动党团特的册子上登过记的，还有三个是拿定息的，包括你自己在内。别以为定息可以拿到老，这资产阶级总有一天要被消灭！"

朱自冶吓了一跳，以为我们的政策又要改变。对他来说吃当然很重要，消灭却是性命攸关的。他的酒意消掉了一半，不由自主地向后退，掏出一根前门牌香烟塞过来，被我用一根飞马牌香烟挡回去。他趁势把香烟一叼，吸了一口："该死，今天托人到常熟去买了一只叫花子鸡，味道还和从前一样，不免多喝了几杯，这就糊里糊涂地跑到你家来了。咦，我是从哪个门里进来的呢！"朱自冶想夺门而走了。

"慢点！"

朱自冶站住了。

"朱经理，如果我有什么地方对不起你的话，那就是我没有告诉你一句最要紧的话：你再也不能这样下去了，要逐步地学会自食其力！"

"是的，我一定铭记。"

从此以后，我很少碰到朱自冶，他当然也不会再来向我表示反对。我对他倒是十分关心，常常向妈妈问起。妈妈说她也不清楚，经常不见朱自冶回家，房间里一股霉味。我想，朱自冶也许是去干什么了吧，吃是终身的必需，总不能是终身的职业。

隔了不久，包坤年来向我汇报，他经常向我汇报。

"不得了，杨中宝他们开地下饭店了，是专门为资本家服务的，每天晚上赚大钱！"

"可当真？"

"一点不假，是我亲眼看见的，地点就在你家东面的五十四号里，天天晚上有许多资本家在那里聚会，杨中宝烧菜，一个妖里妖气的女人收钱！”

包坤年说得有根有据，我怎能不问不理？立刻到居民委员会去调查，找杨中宝来谈话，一问一查又找到了朱自冶的踪迹。

朱自冶开始隐退了，他对饭店失望之后，便隐退到五十四号的一座石库门里。这门里共有四家，其中一家的户主叫作孔碧霞。孔碧霞原本是个政客的姨太太，这政客能做官时便做官，不能做官时便教书，所以还有教授的衔头。苏州小巷里的人物是无奇不有的。据说，年轻时的孔碧霞美得像个仙女，曾拜名伶万月楼为师，还客串过《天女散花》哩！可惜的是仙女到了四十岁以后就不那么惹人喜爱了，解放前夕，那政客不告而别，逃往香港，把个孔碧霞和一个八九岁的女儿遗弃在苏州。

孔碧霞年轻的时候打扮惯了，也可能是由于登过台的关系，所以举手投足、顾盼摆扭等都讲究个形体美。讲究得过了分便变成矫揉造作、搔首弄姿；特别是在无姿可弄而要硬弄时便有点怪里怪气。苏州话骂人也不是那么好听的，人家暗地里叫她“干瘪老阿飞”。

朱自冶一贯的不近女色，为什么突然之间和孔碧霞混到一起去呢？很简单，那孔碧霞烧得一手好菜！

孔碧霞数十年的风流生涯，都是在素手作羹汤中度过的。她的丈夫的朋友都是政界、实业界、文化界的高雅得志之士，像朱自冶这样的人是休想登堂入室的。什么美食家呀，在他们看起来，朱自冶只不过是个肉头财主，饕餮之徒，吃食癞皮。哪有一个真正考究吃的人天天上饭店？“大观园”里的宴席有哪一桌是从“老正兴”买来的？头汤面算得什么，那隔夜的面锅有没有洗干净呢！品茶在花间月下，饮酒要凭栏而临流。竟然到乱哄哄的酒店里去小吃，荷叶包酱肉，臭豆腐干是用稻草串着的，成何体统呢！高雅权贵之士，只有不得已时才到饭店里去应酬，挑挑拣拣地吃几筷，总觉得味道太浓，不清爽，不雅致。锅、勺、笊篱不清洗，纯正的味儿中混进杂味，而且总有那种无药可救的、饭店里特有的油烟味！朱自冶念念不忘的美食，在他们看起来仅仅是一种通俗食物而已。他们开创了苏州菜中的另一个体系，这体系是高度的物质文明和文化素养的结晶，它把苏州名菜的丰富内容用一种极其淡雅的形式加以表现，在极尽雕琢之后使其反乎自然。吃之所以被称作艺术，恐怕就是指这一体系而言的。

孔碧霞的烹调艺术，就是得之于这一派的真传。她在当年的社交界是个极其有名的姨太太，会唱戏，会烧菜，还会画几笔兰花什么的。二十多年间她家的庭院里名流云集，两桌麻将让八个男人消遣，一桌酒席由她来作精彩的表演。她家有一个高级的厨娘，这高级的厨娘也只能当她的下手！

朱自冶被逼得走投无路之后，偶尔听到他的一位吃友谈起，说是五十四号里有个孔碧霞，此人当年如何如何，如何身怀绝技。

朱自冶一听便笑了：“你老兄是说吃解馋的吧，好菜怎么能在家里做呢。你没有那么多的佐料、高汤，没有那么大的炉火与油镬，办不成的。”

“不信？那也没有办法，我请不动那位尊神。她根本就不把我们这些人放在眼里。解放前我想尽天法也没有打得进去……对了，近几年来听说她的家境不好，手头拮据，也许看了孔方兄的面上，能为我们操办一席。你家和她靠近，去试试。”

朱自冶病急乱投医了，他为了吃总会干出一些冒冒失失的事体；他冒冒失失地去敲五十四号的大门，径直说明来意。

如果是在解放前的话，孔碧霞不把朱自冶赶出来才怪呐！可那孔碧霞不如朱自冶，她没有那么多的存款和定息，已经把房子租给了三家，还得靠变卖家具和首饰度日。同时她也多年不操此道，有点技痒难熬，很想重新得到别人的称赞，再现昔日的风流。她内心已经许诺，表面上还要搭搭架子：

“啊呀，朱先生倷（你）是听啊里（哪里）一位老先生活嚼舌头根，倷尼（我们）女人家会做啥格（什么）菜呢，从前辰光烧点小菜，是呒没（没有）事体弄弄白相（玩儿）格！”这女人的一口苏白像唱歌似的好听，可惜写出来却不是那么好懂的。

朱自冶当然懂啰，涎皮搭脸地恳求着：“行行好吧，不管你办什么我们都吃，总归要比饭店里好点。”

“饭店！……”孔碧霞十分轻蔑地拉长了声音：“你们男人家真没出息，闻了饭店里的那股味道之后居然还吃得下东西！”

朱自冶目瞪口呆了，饭店里有什么味道？有的是美食的香味，闻了以后才胃口大开哩：“啊，是是，我们这些人都是凡夫俗子，吃了一世什么也不懂，赏个光吧，让我们开开眼界。”

“好吧，那就献丑了，你们几个人呢？”

朱自冶默算了一下，把食指一环：“九个。”

“不行，最多只能七个，人多是没好食的。”

“那就八个，正好一桌。”

孔碧霞笑了：“朱先生，你不懂规矩，那下手的一个位子是给烧菜的人留着的。”

“好好，对不起。”朱自冶嘴里叫好，心里犯疑，哪有厨师上桌的？为了吃也只好迁就了，随即从身边掏出一叠钞票，数了五十元放在桌子上，心里盘算，这十块钱就算小费。

孔碧霞面有难色了：“哎呀，这几个钱吃点什么呢？”

朱自冶把心一横，八十块全部豁出去，买个面子。

孔碧霞迟疑了半晌，好像在那里算账，最后乜了朱自冶一眼：“好吧，不够的地方我也凑个份子。唉，你这人也实在可怜！”

事情就这样定下了，孔碧霞足足地准备了五天。据说还有一只红焖鳗没有来得及做，因为买回来的鳗鱼必须先用特殊的方法养一个星期，而那朱自冶又馋得等不及。

至于这一顿到底吃了些什么，我没有参加，不能乱吹。

杨中宝是参加了的。那一天他正好休息，在大街上碰到了朱自冶。朱自冶是去通知他的吃友们准时上阵的，没想到有位老友因病不起，需要另找候补的。看见杨中宝便说：“走走，跟我去见见世面。”接着便把如何找到孔碧霞等等说了一遍。连说带吹，借以发泄对我们饭店的怨气。

杨中宝从来不服人，艺高人总有那么点傲气。名厨师都是男人，哪来这么个女的！可是，他也听他师傅说过，在清末民初的时候，苏州有一种堂子菜，是从高等妓院里兴起来的。做这种菜的全是聪敏漂亮的女人，连丑丫头都不许帮边，那做工细得像绣花似的。他反正闲着没事，那朱自冶又不用他出钱，何不趁此去见识见识，如果真有可取的话也可学点技术；如果言过其实的话也可把朱自冶揶揄一顿，煞煞他的锐气！

杨中宝只向我讲了事情的来龙去脉，说明他没有开地下饭店，同时对这种捕风捉影的小报告十分恼火，说是有人和他过不去，他一气之下就不谈孔碧霞了，而是缠着我把他调到交际处去。这事儿很快就办成了，所以我一直不知道那天晚上孔碧霞如何大显身手，究竟吃些什么稀世的美味！读者诸君也不必可惜，在往后的年月里我们还会见到她表演。"文化大革命"可以毁掉许多文化，这吃的文化却是不绝如流。我当时只能从朱自冶的行动上来进行推测，肯定那天晚上的一桌菜是"此曲只应天上有，人间哪得几回闻！"

朱自冶一吃销魂，从此很少见到他的踪影。他再也不像没头苍蝇似的在街上乱转，再也听不到他清晨开门去赶朱鸿兴；他不食人间烟火了，一日三餐都吃在孔碧霞的家里。一个会吃，一个会烧；一个会买，一个有钱。两人由同吃而同居，由同居而宣布结婚，事情顺理成章，水到渠成。

朱自冶终于成家了，一个曾经有过无数房屋的人，到了四十五岁上才有了家庭！家庭是个奇妙的东西，他会使人变得有了关栏，言行举止也规矩了点。朱自冶稳重些了，注意言谈，也注意外表。衣着和过去大不相同。笔挺的中山装，小口袋里插着两支钢笔，颇有点学者风度，这恐怕是孔碧霞参照她前夫的形象加以塑造的。

那孔碧霞不仅会烧菜，治家也是能手。结婚以后她千方百计地调整住房，让朱自冶搬过去，把五十四号里的三户人家搬过来。三户人家的住房面积都有了扩大，她自己也不蚀本。因为那五十四号是个中式的庭院，有树木竹石，池塘小桥，空间很大，围墙很高，大门一关自成天地，任他们吃得天昏地黑也没人看见。那时候，像我这样的反吃战士比较多，还有反穿的；谁要是考究饭菜，讲究衣着，那就有被斥之为资产阶级的危险，或者说是和资产阶级的思想沾了边。所以有钱的人也不得不稍加隐蔽，关起门来吃，吃到肚子里谁也看不见！当然，完全看不见也不可能，人们每天早晨都看见朱自冶夫妇上菜场。两个人穿着整齐，一个拎篮，一个拎包，一个人的膀子套在另一个人的膀子里，惹得行人侧目而视，嗤溜一声："干瘪老阿飞！"

我的妈妈从来不说孔碧霞的坏话，她认为这个女人是行了件好事，使得一个败子回头。她买菜回来常常对我说："又碰到朱经理啦，现在变好了，夫妻两个亲亲热热，像个过日子的。"

我听了只是哼哼，心里想：这叫变好？这是关起门来逃避改造！

六、人之于味

朱自冶逃避改造，我对他也无可奈何。他不到我们的店里来吃饭，我也不能冻结他在银行里的存款；说他有资产阶级的思想也白搭，他本来就是资产阶级。让他去吃吧，革命不是一次完成的，只要他规规矩矩，不再叫喊什么苏州菜不如从前，不再闯到我房间里来提意见。

朱自冶当然不会提意见罗，偶尔碰到我时也是陌若路人，头也不点，挺着那重新凸起来的肚子扬长而去，像个得胜的公鸡，气得我两肺直扇！

更为气愤的是居然有人和朱自冶唱着一个调子，说我们的饭店是名存实亡，饭菜质量差，花色品种少，服务态度恶劣！而且说这种话的人百分之九十以上都不是资产阶级。有干部，有工人，还有老头老太什么的。我听了很不服，改革才进行了一年多，你们怎么会从赞扬变成反对？两片嘴唇翻得倒快呐！我只好耐心地加以解释：

“老太太，少说两句吧，一年前你能到这里来吃饭，还算见了世面！”

“世面已经见过了，现在要吃好东西！”老太太晃着几张大钞票：“喏，儿子寄来的，他再三关照我要增加营养，高兴的时候便到你们店里来改善改善。改善个屁，还不如我自己烧的！”

“那就自己烧吧，自己烧的东西合口味。”我想起孔碧霞来了，不觉说漏了嘴。

老太太火了：“你……你这话像是开黑店的人说的，我能烧还要你们干什么，白养着你们拿薪水！”

包坤年挺身而出了：“什么叫开黑店，你嘴里放干净点！社会主义的企业是黑店？你诬蔑……”

我连忙拦阻：“好了，算了算了。老太太，你别生气，这菜如果没有动过的话，我们退钱。”

对干部模样的人我就不大客气了：“同志，你是出差的吧？”

“对，咱从北京出差到苏州，听说苏州菜名扬四海，你们的店很有名气，特地来品尝品尝，可你们却拿出这玩艺儿！”

“同志，有这样的玩艺儿已经不错了，你的伙补一天才几毛钱？”

“咱自己就不能补？现在不是包干制的时代了，咱花得起！”

“艰苦朴素的作风还得保持。”

“对对，谢谢您的教导，早知如此应该背一袋窝头上苏州，你们这家饭店嘛，存在也是多余的！”袖子一甩，走了。

我叹了口气，觉得这人的资产阶级思想也是很严重的，才拿了几天薪金制，就这么财大气粗地当老爷！至于我们这家饭店的存在……唉，确实有了点问题。这两年国民经济大发展，农村连年丰收，工人调资定级，干部拿了薪水……那人民币又特别见花，肉才六毛多一斤，五香茶叶蛋五分钱一个，二两五的洋河大曲连瓶才两毛二分钱。许多人都阔绰起来了，看到大众菜便摇头，认为凡属“大众”都没有好东西，“劳动牌”也不是好香烟。我想为劳动大众服务，劳动大众却对我有意见。有人把意见放在桌面上，更多的是不愿费口舌，反正有名的菜馆多的是，他们的改革本来就不彻底，临时弄点大众菜装装门面的，时过境迁连门面也不装了，橱窗里琳琅满目，各种名菜赫然在焉！他们趁着市面繁荣时拼命地掏人家的口袋，掏得人家笑嘻嘻的，那营业额像在寒暑表上哈热气，红线呼呼地升上去！我们也曾有过黄金时代啊！想那改革之初，营业额也曾一度上升，我还以此教育过管账的，说他是杞人忧天。隔了不久便往下降，降，降……降掉了三分之一，再降下去确实会产生能否存在的危机！

好吃的人们啊！当你们贫困的时候，你们恨不得要砸掉高级饭店，有了几个钱之后又忙不迭地向高级饭店里挤，只愁挤不进，只恨不高级。如果广寒仙子真的开了“月宫饭店”,你们大概也会千方百计地搭云梯！

一九五七年的春天是个骚动不安的季节，到处都在鸣放，还有闹事的。店里的职工开始贴我的大字报了，废报纸上写黑字，飘飘荡荡地挂在走廊里。我看了以后倒也沉得住气，无非是大众菜和营业额等等的问题。只有一张大字报令人气愤，说我是拿饭店的名声，拿职工的血汗来换取个人的名利，说那杨中宝是被我打击、排挤出去的！署名是“一职工”，可从那语气和那么多的形容词来看，肯定是包坤年写的。你这小子也太不应该了，当初改革时你也曾热情支持，说杨中宝开地下饭店也是你汇报的，怎么能把一堆屎都甩到我的头上来呢！当然，我也没有必要对此加以解释，只要有千分之一的正确性，都是应该接受的。

正当我惶惑不安，心情烦躁的时候，却来了我的老同学丁大头。

丁大头到北京开会，路过苏州，特地下车来看看我。转眼八年啦，真叫人想念！我情不自禁地叫起来："老伙计，我要好好地请你吃一顿，走，上我们的饭店去！"我叫过以后也觉得奇怪，这话可不像我说的，怎么见了面就想请客呢！

丁大头摇摇头："罢啦，你们的饭店我已经领教过了，还把大字报浏览了一遍。老伙计，你这些年都干了些什么呢？"

"干了点什么？等等，你等等。等会儿我会全部告诉你。"我连忙把我的爱人叫出来，向丁大头介绍："喏，这就是我的爱人。这就是我常常对你说起的丁大头。"

丁大头欠了欠身子："丁正，绰号大头……哎哎，这个雅号再也不能扩散了，我和你一样，大小也是个经理！"

我爱人掩着嘴笑，盯住大头看，好像要弄清楚那头是否比平常人大点。

我说："你别呆看了，快到小菜场去看看，买点儿什么东西。"丁大头对我们的饭店已经领教过了，带他到人家的饭店里去更是制造口舌。所以我想叫爱人随便弄点菜。晚上就在家里吃一点。

谁知道我的爱人没手抓了，结婚两年多她还没有弄过饭哩！她只会替丁大头倒茶、递烟。说："你们先谈会儿吧，妈妈到居民委员会开会去了，等她回来再替你们准备吃的。"

我一听便急了，居民委员会开会是个马拉松，又拉又松，等到他们开完会，那小菜场肯定已经关门扫地。便说："你就烧一顿吧，不能样样事情都依赖妈妈。”

我爱人来话了：“怎么，你把说过的话都忘啦，你说年轻人如果把业余时间都花在小炉子上，肯定不会有出息。”她把双手一摊：“你看，我这个有出息的人还不知道油瓶在哪里！”

丁大头哈哈地笑起来了：“对，我可以证明，这话肯定是他说的，一切后果由他负责！”

我连忙摆摆手：“好了，你到居民委员会去一趟，就说家里来了人，让妈妈早点儿拔签。”

爱人出去之后，我便滔滔不绝地倒苦水，从头说到尾：“……那些大字报你都浏览过了，进行人身攻击的不谈，那是一个年轻人跟着人家起哄。可是我的改革有什么错？旧社会的情景你也见过的，就是为了消灭那种不平才去革命，才去战斗。我不会忘记，临离开这个城市的时候我曾经对她发过誓言。当然，那只是一种壮志，个人的力量是很微薄的，可是在我力所能及的范围内决不能让那些污泥浊水再从阴沟里冒出来，决不能让那些人还生活在他们的天堂里！他们可以关起门来逃避，但是不能让我们的同志在吃的方面去向资产阶级学习。当年我们遥望江南，为的是向旧世界冲击；曾几何时，那些飘飘荡荡的大字报却对着我冲击了！冲吧，我问心无愧！”

丁大头沉默了，直抽烟，他的心情大概也是很不平静的。

“说话呀，你的知识比我广博，这些年又在新华书店工作，整天埋在书堆里，你可以随便抽出一本书来敲敲我的头，最好是那些布面烫

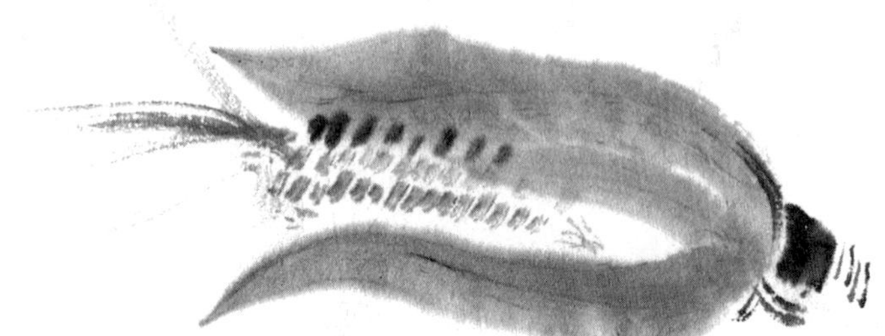

金的，敲起来有力！”

丁大头笑了：“那不行，敲破了头是很难收拾的，我只是想告诉你一个奇怪的生理现像，那资产阶级的味觉和无产阶级的味觉竟然毫无区别！资本家说清炒虾仁比白菜炒肉丝好吃，无产阶级尝了一口之后也跟着点头。他们有了钱以后，也想吃清炒虾仁了，可你却硬要把白菜炒肉丝塞在人家的嘴里，没有请你吃榔头总算是客气的！”

我跳起来了：“你你……你也不能天天吃清炒虾仁呀！”

“谁天天到饭店里吃炒虾仁的，他有那么多的工资吗？”

“可也不少呀，同志，你不能低估这种潮流！”

“是你把大众低估了。大众是个无穷大，一百个人中如果有一个来吃炒虾仁，就会挤破你那饭店的大门！你老是叨念着要解放劳苦大众，可又觉得这解放出来的大众不如你的心意。人家偶尔向你要一盘炒虾仁，不白吃，还乐意让你赚点，可你却像砂子丢在眼睛里。”

“不不，我对大众没意见。”

“我知道，你是对那个朱什么冶有意见，他闭门不出了，你到哪里去揪他呢！”

“也不是全躲在家里。”

“当然，肯定会有许多人跟着劳动大众去吃虾仁，告诉你吧，即使将来地主和资本家都不存在了，你那吃客之中还会有流氓与小偷，还有杀人在逃的，信不信由你。”

我信了。我早就发觉过这一点，住旅馆需要工作证和介绍信，吃饭只要有钱便可以。我只好叹气了："唉，你的话也不无道理，可我总觉得勤俭朴素是我们民族的美德，何必在吃的方面那么顶真呢？"

"说得对，这对你个人来说是一种美德，希望你能保持下去。可你是个饭店的经理，不能把个人的好恶带到工作里。苏州的吃太有名了，是千百年来劳动人民创造出来的文化，如果把这种文化毁在你手里，你是要对历史负责的！"

我一听便凉了。我在学校里读过历史,知道那玩艺可不是好惹的，万一被它钉住了，死都逃不脱！可我也怀疑，这吃的艺术怎么会是劳动人民创造的呢，说得好听罢了，这发明权分明是属于朱自冶和孔碧霞之流。

也怪我的妈妈太热情，这天的晚饭竟然是五菜一汤，汤是用活鲫鱼烧的，味道鲜美。

丁大头眉花眼笑了："你看，这资产阶级的风气已经渗透到你的家庭中来了，注意！"

七、南瓜之类

丁大头走后，我仔细地检查了我的行为。一个老朋友来了，为什么立即想到要去买菜呢？很简单，这是一种乐趣，也含有尊重与慰劳的意味。过去为什么不是这样的呢？记得渡江后和他在无锡分手时，我也曾为他送行，花了五分钱在摊头上吃了一碗小馄饨，他十分满意，我也情意绵绵。今天为什么不能那样做，一顿花掉五块多钱！也很简单，那时的五分钱是我全部流动资金的十分之一，而我今天的工资是七十五，加上我爱人的工资，再扣去家庭的开支，那五块钱也就等于五分钱。物质和精神的砝码一样大，情谊的天平是平平的。如果我今天还请丁大头吃小馄饨，即使他不介意，我又有什么必要让他忆苦思甜！如果让妈妈和爱人知道的话，肯定要给我一顿臭骂："这些年你一直惦记个丁大头，来了以后只肯花五分钱，你还像不像个人呢！"

我当然像个人，而且自以为像个很好的人，不随波逐流，不见异思迁……可我有没有感到时间在流去，生活在变迁？我只知道忘记了过去就等于背叛，却不知道忘记了变化也和背叛是差不多的，同样是违反了人民的心意。不去管什么朱自冶了，让他在小庭院里快活几天！

正当我想转弯的时候，"反右"斗争开始了。这个运动没有碰到我，我差点儿还成了英雄哩。谁都承认我立场坚定，方向对头，早就以实际行动打击了资产阶级的"今不如昔"。只是由于我的心中有鬼，说话吞吞吐吐，行动也不积极，白白错过了一个提拔的好机会，是个扶不起的刘阿斗。

我想转弯也来不及了，因为跟着便是"大跃进"，"大跃进"之后便是困难年。"大跃进"的时候人人都顾不上吃饭，困难年人人都想吃饭了，却又没有什么东西可吃的；酱油都要计划供应了，谁还会对大众菜有意见？连菜汤都是一抢而空，尽管那菜汤是少放油，多放盐。凡是能吃的东西人们都能下肚，还管它什么滋味不滋味！

这就苦了朱自冶啦！他吃了四十多年的饭，从来就不是为了填饱肚皮，而是为了“吃点味道”。这味道可是由食物的精华聚集而成的。吃菜要吃心，吃鱼要吃尾，吃蛋不吃黄，吃肉不吃肥，还少不了蘑菇与火腿。当这一切都消失了的时候，任凭那孔碧霞有天大的本领也难以为炊。

人也真是个奇怪的动物，有得吃的时候味觉特别灵敏，咸、淡、香、甜、嫩、老，点点都能区别。没得吃的时候那饿觉便上升到第一位，饿急了能有三大碗米饭（不需要上白米）向肚子里一填，那愉快和满足的感觉也是难以形容的。朱自冶尽管吃了一世的味道，却也难逃此种规律。他被饥饿从小庭院中逼出来了，又拎着个草包成天在街上兜。这一次不是寻找美味了，只要看见那里围着人，便拼命地向里钻，企图能买到一点红薯、萝卜或花生米之类，不管什么价钱。无奈，他经常总是提着个空包回来，神情沮丧，疲惫不堪地走过我家的门前。我第一次见到他财大并不气粗，他也许是第一次感到金钱并不是万能的。照理说那朱自冶也饿不了，城市不比农村，他有定量供应。大跃进之前他家的定量吃不了，经常向外调剂，现在虽说捐献掉两斤，那也不至于饿肚皮。奇怪，一旦缺少了副食品和油之后，那粮食就好像是棉花做的，一天八两一顿下肚，还不知道是塞在哪个角落里！何况那思想也有问题，一顿不饱十顿饥，眼睛一睁便想吃东西。朱自冶以前是眼睛一睁便想吃头汤面，现在却老是睁着眼睛看饭桌上的饭碗，总觉得他碗里的饭要比孔碧霞女儿少了点。孔碧霞也没好气：

"是你的肚子里有鬼！"

"我有鬼还是你有鬼？一个是空的，一个是实的！"

孔碧霞一把夺过女儿的饭碗："给你，都给你，反正女儿也不是你养的！"

孩子哇地一声哭起来了，夫妻俩吵得不可开交。吵到后来实行分食制，一只煤炉两只锅，各烧各的。在吃上凑合起来的人，终于因吃而分成两边。再也看不见他们两个套着膀子走路了，再也听不见孔碧霞嗲声嗲气地叫喊："老朱嗳，你来呐！"

资产阶级的家庭关系本来就是建筑在金钱上的，当金钱处于半失效的状态时，那关系也就会处于半破裂。我倒有点为朱自冶庆幸了，这下子他可以不再迷信金钱，也可以知道一粥一饭的来之不易，不要那么无休止地去寻求美味。

我这样想并不是幸灾乐祸，因为我和朱自冶同处于一个灾祸之中，他饿我也饿，同样地饿得难受。按说，我是一个饭店的经理，在吃的方面还是有点儿办法的，在这种特定的时刻，权力的作用会明显地超过金钱。可我一贯自认为是个很好的人，饿死事小，失节事大，不去搞那些鬼把戏。老实说，也没有饿到真的爬不起来的地步。况且我的家庭很巩固，妈妈和我的爱人拼命地保证重点。妈妈总是让我先吃："快吃吧，吃了上班去，我反正没事，等一歇。"我知道这"等一歇"是什么意思，总是偷偷地把饭拨掉点。我的爱人重点保证女儿，孩子读小学，正在长身体，放学回家等不及放书包，便喊肚子饿，不管给她多少，她都会呼呼啦啦地吃下去，哪像现在的孩子，吃饭都要大人逼！

我爱人的身体本来就不好，不久便发现腿也肿了，脸也泡了。这是当时的一种流行病，浮肿病，谁都会医，药方也很简单：一只蹄膀、一只鸡，加四两冰糖煎服便可以，到哪里去找呢？

我有点心事重重了，走路也闷着头。走过阿二家门前时，他在门内向我招手。

阿二早已不挖河道了。当年以工代赈时，每天只拿三斤米，他积极工作，毫无怨言，不愧为工人阶级。领导上十分器重他，安排他到搬运站去工作，现在是基层工会的主席。他对我很信任，总以为我说的话都是对的。可不，那黄包车已经进了博物馆，三轮车也不多见，他虽然没有当上司机，却也是司机的领导哩。

我进了阿二家的门，见阿二的爸爸也坐在天井里。这老头儿有好几年对我不予理睬，后来儿子当了干部，定了工资，讨了媳妇，阿三、阿四也都就了业。老头儿也不卖葱姜了，在那摆摊头的地方摆张小桌子，天天晚上弄点老酒抿抿，看见我总是笑嘻嘻地打招呼："来来，弄一杯！"如今的日子又不大好过了，小桌子又搬到天井里。我喊他一声老伯伯，他想笑也却没有张开嘴。

阿二把我拉到一边："怎么样，我看见阿嫂的脸色有点不对！"

"是啊，有点浮肿。"

"这样吧，我们有两辆汽车到浙江去拉毛竹，毛竹没有拉到，却在哪个山沟里弄来两车南瓜。你准备一辆小板车，天不亮便到码头上去，我弄一车给你。”

“不不，我又不是你们单位里的人，怎么好分你们的东西，再说……”

“别说啦，我决不会做那种‘狗皮搗灶’的事情，那南瓜有我的一份，你先拉去吃。我们经常有车子在外面跑，总比你活络点。”

“那……”

“那什么呀，去拉吧！”老头儿在旁边插话了：“南瓜有什么稀奇，大农场，拖拉机，我还等着喝你的伏特加哩！”老头儿咧开嘴笑了，他是在挖苦我的。

我也笑了：“老伯伯，你别挖苦我，我还没有翻你的老底呢。那时候阿二去挖河泥，你看见我连头也不点。后来怎么样啦，天天喊我弄一杯。别着急，目前是暂时的困难，好日子会回来的！”

老头儿真心地笑了，连连点头：“对对，我相信，相信。”

千千万万个像阿二爸爸这样的人，所以在困难中没有对新中国失去信心，就是因为他们经历过旧社会，经历过五十年代那些康乐的年头。他们知道退是绝路，而进总是有希望的。他们所以能在当时和以后的艰难困苦中忍耐着，等待着，就是相信那样的日子会回头，尽管等待的时间太长了一点。我很后悔，如果当年能为他们多炒几盘虾仁，加深他们对于美好的记忆，那，信心可能会更足点！

我回家把这件事情告诉了妈妈，妈妈谢天谢地，连忙四处奔走，去借小板车。

小板车借回来了，可那朱自冶却像幽灵似的跟着小板车到了我的家里！他的样子很拘谨，也很可怜。叫他坐也不坐，痴痴呆呆地站在门角落里。我暗自稀奇，现在来找我干什么，难道还对大众菜有意见！

妈妈对朱自冶一直很尊敬，硬拉朱自冶坐下，还替他倒了杯水：

“朱先生，有什么话你就说吧，是不是又和孔碧霞吵架啦！”

“哪有力气吵啊，你们看，瘦的！”朱自冶叹了口气，拍拍他那曾经两度凸出来的肚子，他那肚子是生活的晴雨表。

是呀，朱自冶那个颇有气派的肚子又瘪下去了，红油油的大脸盘也缩起来了，胖子瘦了特别惹眼，人变得像个没有装满的口袋，松松拉拉地全是皮。我说：“忍耐一下吧朱先生，这对你也是一种磨练！”

“啊……也对，也对。”朱自冶迟疑着，想站起来，又坐下去。

妈妈是个饱经沧桑的人，她从朱自冶的神态上就已经看出，这是一种有求于人而又难以启口的表现。她在解放前被逼得无路可走时，也曾向朱自冶借过钱。也曾经对我说过，向人借钱的日子最不好过，失魂落魄地跑进门，开不出口来又跑出去，低声下气地不知道要兜几个圈子。她大概是不想让自己受过的罪再让别人受，便替朱自冶壮胆：

“朱先生，有什么话就说吧，说出来也好让我们帮助。人生一世，谁还没有个为难之处！”

“南瓜。”朱自冶没头没脑地开了口：“听说你家去拉南瓜，能不能分点给我，我……我给钱。”

妈妈虽然知道决不是来借钱的，却没料到他是来讨南瓜，这事儿她不好作主，因为南瓜和我爱人的浮肿病有点关系，万一有个三长两短，那就说不过去。不答应朱自冶吧，她也觉得说不过去，因为她知道许多公子落难，义仆救主的故事，只好抬起头来看看我:“小庭，你看呐！”

用不着看了，朱自冶那可怜巴巴的样子就在眼前。从他趾高气扬地高踞在阿二的黄包车上，大摇大摆地出入茶馆酒肆，直到今天抖抖缩缩地向人家讨几只南瓜，天意的惩罚也是够受的啦！

我点了点头：“好，分点给你。”

朱自冶双手一合：“谢谢，谢谢，我给钱！”说着便把手伸进口袋，他并没有忘记钱的魔力。

我突然产生了反感：“不要钱，你要答应我一个条件！”

“什么条件？”朱自冶又惶了。

“跟我一起去拉板车。不劳动者不得食，总不能再叫人把南瓜送到你家里！”

“当然当然，我一定劳动！可……可我不会拉板车，弄不好会把车子拉到河里。”

我一想，这倒也是个实际问题：“你总会推吧，我在前面拉，你在后面推。”

“会，我一定用力推。”

“那好，明天早晨四点钟，你在巷头上烟纸店的门口等我，过时不候！”我给他把时间定死了，劳动者总要守点儿劳动纪律。

第二天早晨三点五十五分，我把小板车拉出了大门，在空寂的小巷里哐啷哐啷地向前滚。

果然不错，朱自冶站在那里哩。我本来的意思是叫他站在烟纸店的屋檐下，那里可以避一避深秋黎明时的寒露。可他却紧紧地裹着一件旧雨衣，像个电线杆似的站在路灯的下面，为的是能让我一眼便看见。我看了很高兴，劳动是能改造人的，起码叫他懂得了准时准点。

“早啊，朱先生，叫你久等了吧。”

“可不是，我已经抽掉了五根香烟！”朱自冶说着便脱雨衣，弯下身来帮我推。

我连忙说：“穿上，空车是用不着推的。”我存心要教会朱自冶一点儿劳动的本领，便把车杠向上一提：“你看，只要前高后低，重心在后，它自己会向前滚的，费不了多少力。等会儿装了南瓜，也只要你在上坡下桥时帮我一把。到了平地，你只要一手搭住车帮，弯腰向前，把体重压到车帮上，跟着跑跑便可以。”

朱自冶嘘了口气，原来这推车也不费力！他把雨衣向手弯里一搭，甩打甩打地走在我的身边。朱自冶东张西望，兴致勃勃，好像是第一次看到这黎明前的苏州，第一次看到清洁工人在路灯下扫地，第一次听到那粪车在巷子里辚辚地滚过去。

“高经理，现在几点啦，我怎么觉得还是在半夜里。”

“四点零三分。怎么，你没有表吗？”我有点奇怪了，朱自冶的时间怎么是用抽几支香烟来计算的？

“不瞒你说，读大学的那一年家里给了我一只浪琴金表，我戴了三天就不想要了，总觉得手腕上多了个东西，很不舒服。”

我差点儿笑出来了，那只浪琴表大概早已下肚，放在肚子里是最舒服不过的。

“那你不要准时上课吗，迟到了也是很不舒服的。”

“迟到，嘿嘿，我根本就不到。野鸡大学，文凭也可以卖的。唉，书到用时方恨少呀，现在想看点儿书了，还有许多字不识呢！”

我对朱自冶刮目相看了，不会拉板车也罢，能看点儿书总是好的，开卷有益。

“都看点儿什么书呢？”

“喏，当然是关于吃的，食谱。这些时没有什么吃的了，晚上睡不着，想起自己一生吃过的好东西，好像那些大盘小碗，花花绿绿的菜肴就在眼前。不瞒你说，我在这方面的记忆力特别好，我能记得几十年前吃过的名菜，在什么地方吃的，是哪个厨师烧的，进口是什么味道，余味又是怎么样的……你别笑，吃东西是要讲究余味的，青橄榄有什么吃头？不甜不咸，不酥不脆，就是因为吃了之后嘴里有一股清香，取其余味。人真是万物之灵呀，居然能做出那么多好吃的东西！从天上吃到地下，从河里吃到海里。人要不是会钻天打洞地去吃的话，就不会存在到今天！恐龙只会吃草，那么巨大的东西如今又在哪里？……你别叹气。是的，我也觉得很可惜，当年吃过了就算了，没有写日记，现在回想起来就不那么全面，所以想看食谱，复习复习，还可以熬馋呢！……哎哎，你慢点走啊，听我说，那些食谱看了叫人生气，记载得很不详细，我认为最好吃的里面都没有，特别叫人生气的是看不起我们苏州的菜，都是些奇里古怪的东西，什么皇帝吃过的。皇帝有什么了不起，每天一百只菜，摆摆场面，还不知道有几只是可以吃的！乾隆皇帝为什么要三下江南呀，就是到苏州来吃的……”

我实在熬不住了:“快走吧,拉南瓜去！”我把南瓜二字说得特别响，目的是让他的头脑清醒点。

“对对，我们决不能忽视南瓜，用南瓜照样可以做出上等的美味。你们的店里过去有一只名菜，名叫西瓜盅，又名西瓜鸡。那是选用四斤左右的西瓜一只，切盖，雕去内瓤，留肉约半寸许，皮外饰以花纹，备用。再以嫩鸡一只，在气锅中蒸透，放进西瓜中，合盖，再入蒸笼回蒸片刻，即可取食。食时以鲜荷叶一张衬在瓜底，碧绿清凉，增加兴味。”朱自冶背完了食谱，又摇摇头：“其实那西瓜盅也是假的，鸡里并没有多少瓜味。瓜甜鸡咸，二者不配，取其清凉之色而已。我们可以创造出一只南瓜盅，把上等的八宝饭放在南瓜里回蒸，那南瓜清香糯甜，和八宝饭浑然一体，何况那南瓜比西瓜更有田园风味！……”

够了，这一大篇吃经念下来，已经快到码头了。我也不想打断他的话，也不再希望他有什么转变，这人是本性难移！让你去画饼充饥吧，我可要改变主意。我本来想把南瓜分给他一半，现在重新决定：分给他三分之一。

八、殊途同归

万万没有想到，一个好吃的人和一个反好吃的人居然站到一起来了！“文化大革命”中我成了走资派，朱自冶成了吸血鬼，两个人挂着牌子，一起站在居民委员会的门口请罪。

朱自冶成为吸血鬼犹可说也，我成了走资派……也有道理。因为在困难年过去之后，我觉得时机已到，可以对过去的改革加以检讨，再也不能硬把白菜炒肉丝塞到人家的嘴里了。何况当时的形势和人们的要求也逼着我的转变。领导上提出要开高级馆子、卖高价菜，借以回笼货币。我们本来就是名菜馆，更是义不容辞的。人们在困难年中饿坏了，连我这个素以不馋而自居的人，也想吃点好东西。妈妈也到自由市场上去游转，五块钱一斤豆油，十块钱一只鸡，看了摇头惊呼，还是笑嘻嘻地拎一只回来，加水煎熬，放在我爱人的面前：“吃吧，孩子，这两年苦坏了你！”老人说这话的时候眼泪都掉下来了，其实我爱人的浮肿病早已消退。只有小女儿兴高采烈，到处宣扬：“我们家今天吃了一只鸡！”好像发生了什么惊天动地的事情！

高价菜又把朱自冶吸引到我们的店里来了，而且是和孔碧霞一起来的。两个人虽然没有套着膀子，却是合拎着一只大草包，一人抓住一个拎襻，相视而笑，十分亲热。那包里装满了高级糖、高级饼，两人刚刚剃过高价头，容光焕发，喜气洋溢，一股子高级香水味。金钱又发生作用了，那垂老的爱情当然是可以弥合的。

二十元一盆的冰糖蹄髈，朱自冶一下子便买了两只，分装在两个饭盒子里。我和朱自冶自从拉了那趟南瓜之后，见了面都要点头，说两句天气，以纪念那一段共同的经历。困难终于过去了，店里有了东西卖，我也觉得增添了几分光彩。看见朱自冶来买蹄膀便和他搭话："好呀，老顾客又回来啦！"

朱自冶也高兴，笑着，拉拉我的手，可那话却是不好听的："没有办法呀，蹄膀和冰糖自由市场上没有，只好到你们店里来买老虎肉！"

"噢……那你为什么不趁热吃，带回去给孩子？"

"不不，你们的蹄髈没烧透，不入味。我们带回家去再烧一下，再用半斤鸡毛菜垫底，鲜红碧绿，装在雪白的瓷盘里，那才具备了色香味。你们的菜呀，还差得远呢！"

我听了有点懊丧了，当年不该把南瓜分给他三分之一。可我也接受了教训，决不把这股气扩散到别人的头上去。一九六三年、一九六四年的供应情况又和"大跃进"之前差不多了，我要致力于炒虾仁，使人对这美好的日子留下更深刻的记忆，人总不能老是后悔。可这恢复工作比我当初的改革要困难百倍，从精细到粗放，从严格到马虎，从紧张到懒散，从谦逊到无理都是比较容易的，要它逆转可得费点劲儿哩！

包坤年早就不当"店小二"了，这是在我的启发下改变的。他的行政职务虽然还是服务员（对此他很有意见），服务的时候却像个会议的主持人，高坐在那会场似的店堂里。吃客拥进店堂的时候他便高声大喊："喂喂，不要乱坐，先把前面的桌子坐满！听见没有，你为什么一个人溜到窗子口？”

“同志，请你来一下。”

“要点菜吗？看黑板，都写着咧。”

“同志，我想要两只苏州名菜。”

“名菜？每一只菜都有名字，写得清清楚楚的。”

几乎每天都有吃客吵到我的面前：“我们是来吃饭的，不是来受气的！”我忙着给人家赔不是，同时抓紧时间开会，做思想工作，订服务公约，批评别人，检查自己。还得感谢我们苏州的滑稽艺术家张幻尔（愿他安息），他那时编演了一个滑稽戏，名叫《满意不满意》。这戏还真帮了我不少忙，我还请他到店里来做了一次报告，他的报告比我的报告有效，所以便招待了他一顿，没有收钱，是在宣传费用中报销的。

以上种种，到了“文化大革命”中自然就成了罪孽，说我是全面复辟了资本主义，伤天害理地强迫革命群众去服侍城市里的老爷！张幻尔的那一顿饭也不是好吃的，他陪着我狠狠地被斗了一整天！

包坤年成了头头了，对准着我造反。他那时有一种错觉，认为打倒了局长便可以当局长，打倒了经理便可以当经理。局长已经被人家抢先打倒了，他也只好屈就点，马马虎虎地先当个经理。包坤年确实也具备了各种对我造反的条件：历史清白，一贯拥护革命路线，最最难得的是在一九六三年便抵制过我的“复辟行为”，遭到过我的残酷打击！这话也并非完全捏造，一九六三年我是批评过他，他那名菜都有名字的妙语，还被报纸上的一篇文章引用过，虽然没有点名，总会有点压力。所以他在控诉我的罪行时总是义愤填膺，热泪盈眶："那时候黑云压城城欲摧，我势单力薄，孤军奋斗，只好暂时屈服在他的淫威下面，我盼啊，盼啊……" 包坤年经常在店堂里看小说，词儿是不少的，也不空洞，他对我的情况十分熟悉，重磅炸弹都捏在他手里。那时候他老是跟着我转，我也把他当作左右手，可算是无话不谈的。诸如我小时候曾经帮朱自冶买过小吃，住了他家的房子不给钱等等。有些话是为了说明旧社会的不平，有些话纯属闲聊，并无目的。包坤年把这些事儿都串起来了，批道：

"这个死不悔改的走资派，从小便被资本家收买，眼看蒋家王朝的末日已到，便带着不可告人的目的混入我解放区，混入革命队伍。解放初期伪装积极向上爬，攫取了权力；一有机会便全面复辟资本主义，为他的主子效力！" 这些话虽然不合事实，却也很有逻辑性。我是在蒋家王朝末日已到时到解放区去的，解放初期我是很努力，当了经理当然有了权力，一有机会是改变过经营管理！任何事情只要先把它的性质肯定下来，怎么说都有理，而且是不需要什么学问的。"白马非马"，如果我首先肯定了你是只马，那就不管你是白的还是黑的，你怎么玄也休想滑得过去！要不然的话，世界上的黑白为什么会那样容易被颠倒呢？

也有人是出于一种好奇心理："是呀，哪有房屋资本家是不收房钱的？不是一天两天啊，一住几十年，这里面到底是什么关系？" 这些人并无恶意，只是想知道人与人之间的秘密关系。

包坤年可要抓住这些关系做文章了，立刻通过居民委员会去外调。

这个朱自冶呀，没说头。他除掉好吃之外还有个致命的弱点——怕打。当包坤年把袖管一捋，桌子一拍，他就语无伦次，浑身发抖。

“说，你有没有收买过高小庭？”

“收……收买过的。”

“怎么收买的？”

“经常给他钱。”

“在什么地方给的？”

“在酒店里。”

“总共给了多少？”

“大……大约有几十万。”

“啊！这么多的钱你是怎样从银行里取出来的？”

“用，用不着取，是零钱，对对，是伪币。”

幸亏包坤年要比我的老祖母明白得多，如果他也只知道铜板和银元的话，很可能要闹笑话，几十万元的伪币只是一包香烟钱。

“伪币？……伪币也是钱！快说，解放以后你们是怎么勾结的？”

“没有。解放以后他对我不大客气。”

“胡说，把他带走！”

“啊啊，我该死，我忘了，困难年他还给了我一车南瓜哩！”该死的朱自冶呀，他忘了说三分之一，为了这个数字，还害得我多挨了几拳头！

这下子不得了啦，证据确凿，罪行累累！更不得了的还在后面呢，三转两绕把个孔碧霞也牵出来了。她的前夫解放前夕逃往香港，困难年还从香港给她寄过罐头，秘密指令就藏在罐头里！她是潜伏特务，我和特务内外勾结，窃取国家机密……包坤年看的都是反特小说，看多了自己也会编。你看：天亮前的三点五十五分，朱自冶穿着一件美制的雨衣（那件破雨衣确实是美国货），歪戴着一顶鸭舌帽（没有戴），站在电灯柱下徘徊，连续不断地抽了五支香烟。准四点，高小庭拉着板车从巷子里出来，左右这么一看，轻轻地说了一声："走……"故事的开头很有吸引力，因而十分畅销，到处请他去作批判发言。他没完没了地讲着。我弯成四十五度角站在那里，还要不时地回答问题：

"你有没有罪？"

"有罪，我有罪！"我确实承认自己有罪。当年包坤年听说杨中宝到孔碧霞家吃饭，便编造出杨中宝开地下饭店，而且还有个妖里妖气的女人收钱。我不但没有批评他，却从自己的需要出发，对他重用，加以鼓励。如果编造谎言能得到好处的话，那他为什么不编呢？好处越大，他就会编得更加离奇！

"回答，你是不是罪该万死！"

我拒不回答。我不想死，我要活。我有错误要纠正，还有那愿意为之牺牲的共产主义事业……

拳头又落到我的身上来了，打得并不重，却像刀尖刺在心头，我总觉得包坤年握着的刀柄，有一半儿是我作成的！

居民委员会也不能没有表示，可那批斗的事儿都给包坤年包了，他们捞不到，只好勒令我和朱自冶、孔碧霞早晨到居委会的门口请罪。我和朱自冶终于站到了一起！

挂着牌子站在居委会的门口请罪，那滋味比“押上台来！”更难受。押上台去向下一看，黑压压的一大片，也不知道有几人是我认识的。站在居委会的门口就不同了，巷子里早晨进出的都是熟人。那拎着菜篮的老太是看着我长大的，那阿嫂结婚的时候曾经请我坐过席，那孩子嘛……前几天见了我还喊叔叔哩！我低着头不敢看人，人们也不忍看我。好端端的一个人，又不偷又不抢，怎么突然之间像个吊死鬼似的，胸前挂着个牌子，一动不动地竖在那里！有人绕道走了，绕不掉的人便匆匆地奔过去，装着没看见。偏偏我又能从他们的脚步和鞋袜上看得出是谁。看得最准确的当然是我的妈妈了，她小时候缠过足，后来才放开，那双半大的脚围着儿子转过多少回啊，如今是那么沉重而零乱，歪斜而迟疑。

只有阿二满不在乎，他走到我身边便高声咳嗽，轻轻地说：“别着急，先熬着点。”

孔碧霞可熬不住呀，她是个爱打扮而又讲风度的人，如今剃了个阴阳头，挂着个女特务的牌子站在那里。特务而加女字，更容易引起人们的注目和非议，因为谁都不会想到女特务会做菜，总是想到女特务会搞一些乱七八糟的男女关系。再加上那个该死的朱自冶，居然交待他曾经看到孔碧霞从外国罐头上剥下商标纸，一直压在玻璃台板里，破四旧的时候才烧毁，使得包坤年的故事里又多了一个情节。这密码就在商标纸的背后！孔碧霞又羞、又恨、又急，站了不到半个小时便砰然一声倒地，满脸鲜血，人事不省。亏得居委会主任并不存心要和谁作对，便叫人把她搀回去。

我对朱自冶更加反感了，请罪的时候都离他远点，表示我和他并非同类。你朱自冶好吃倒也罢了，在那样的情况下，好吃根本就算不了一回事体。可你为什么那么怕打，为了一时的苟安，竟然不顾夫妻情义，提供那种不负责任的细节。由此我也得出结论，好吃成性的人都是懦弱的，他会采取一切手段，不顾任何是非，拼命地去保护、满足那只小得十分可怜而又十分难看的胃！

第二天一早，阿二带着二十多个搬运工人来了，一个个身强力壮，头上戴着柳条帽。队伍由一部大榻车开路，榻车上装着杠棒、绳索和铁钎。车子到了我们的面前时便往下一停，有人大喝一声："是谁叫你们站在这里的？"

朱自冶又吓了，慌忙回答："是居委会主任。"

阿二把手一挥："去几个人，把主任找来。"

五六个人同时拥进大门，把主任拉到了大门口。

"是你叫他们站在这里的？"

"是的，请问你们是哪一派的？"居委会主任感到有些来者不善。

"我们是杠棒派，告诉你，这里不许站人，妨碍交通！"说着便有人到榻车上，抽杠棒，拿铁钎。

居委会主任连忙摆手："革命的同志们，这件事情可以商议，可以商议。"

阿二说："这样吧，如果你觉得不好交待的话，那就叫他们到拐弯的弄堂里去扫地。"

居委会主任是个很有社会经验的人，他立刻明白了阿二的用意，也没有必要冒挨打的风险，便对我们挥挥手："回去，各人回家去拿扫帚。"

阿二高兴地瞟了我一眼："不许偷懒，扫得干净点！"

我听了暗自发笑，那拐弯的弄堂是条死弄堂，总共不到三十几米，划不了几扫帚。

可是我却无法和朱自冶分开，我扛着扫帚进弄堂，他也紧紧地钉在我后面，我扫他也扫，我歇他也歇，还要找机会向我表示谢意："还是你的朋友好，够交情！"

我忍不住叫出来了："我的朋友是不讲吃喝的！"

九、士别三日

其实并不是别了三日，三三得九，整整九年我没有见过朱自冶。他大概还住在五十四号里，我与全家下放到农村去了九年。

九年的时间不算太短了，所见所闻再加上亲身的经历，足够我进一步思考吃饭的问题。在思考中度过了五十大寿。

过生日的那一天，妈妈杀了一只老母鸡，开后门弄来一斤洋河大曲，闷闷地喝了几杯。三杯下肚之后突然惶恐起来，怎么搞的，什么事儿还没有干呐，却已经到了五十岁！解放初期我和五十多岁的老先生一起开会，上下台阶都要看着他们，防止有个闪失什么的。在我的印象中，年过半百已经是老人了；在农民的生活中，五十岁的人如果有儿有女而且儿女都很孝顺的话，他是不挑重担的。一事无成两鬓斑，长使英雄泪满衫！我虽然不是英雄，却也流下了几滴眼泪。我在泪眼与醉意中胡思乱想：如果能让我重新工作的话，我第一要……第二要……简直像在做梦似的。梦也是一种预感吧，它有时候也能实现，只是实现起来不如梦中那么容易。

灾难过去之后，我又回到了苏州。这一次可不是背着背包回来了，一家大小，瓶瓶罐罐，台凳桌椅，农具家具装满了一卡车。我对苏州城有点不习惯了，觉得它既陌生又熟悉。大街小巷都没有变，可是哪来的这么多人哩！苏州人没有事儿并不是游园林，而是荡马路。如今，你连过马路都得当心点！在大街上碰到多年不见的熟人时，只能站在人行道的边上讲话，讲话要提高嗓门，还不停地有人从你的肩膀上擦来擦去。大批下放并没有能减少城市的人口，却把个原来比较安静的城市涨得满满的。涨得我连个安身之处也没有了，只好借住在亲戚的家里。也好，这下子可以和那朱自冶离得远点，他在城东，我在城西。

组织部的同志找我去谈话，那位同志也和我差不多的年纪。当年要饿我三天的老部长早已不在了，愿他安息，在“文化大革命”中，他在另外一个城市里“自动跳楼”。什么都懂的丁大头也不在了，他就死在“什么都懂”的上面，而我这个什么都似懂非懂的人却活到了今天……

“组织上考虑，你还是回到原来的工作岗位，有什么意见？”

我什么意见也没有，只是感到一阵心酸，忍不住自己的眼泪。如果坐在我面前的还是老部长的话，我会和他抱头痛哭的！

老部长啊，你再也用不着饿我三天了，我已经深深地懂得了吃饭的意义；放心吧，丁大头，我再也不会硬把白菜肉丝塞到人家的嘴里。我要拼命地干，我要把时间放大三倍，一份为了老部长，一份为了你……

“不要激动，过去的都过去了，困难还在前面。”

我点点头。这是用不着说的，每次灾难都是首先影响到吃饭，灾难过去之后第一个浪头便是向食品市场冲击，然后才想到打扮，想到电风扇和电视机。

我的估计没有错，但是还有两点没有估计在内。十年动乱以后乱是停止了，可那动却是大面积的！人们到处走动，纷纷接上关系，访战友，看亲戚，老同学，老上级，有的被关押了十年，有的从“反右”以后便失去了联系。人们相互打听，谁谁有没有死，谁谁又在哪里。“好呀，看看去！”几乎是每一个家庭都会发生一次惊呼：“啊呀，你怎么来啦……”我虽然反对好吃，可在这种情况之下并不反对请客。我也是人，也是有感情的，如果丁大头还能来看我的话，我得好好地请他吃三天！

还有一点没有估计在内，那就是旅游的兴起。旅游这个词儿以前我们不大用，一般地都叫作“游山玩水”，含有贬义。现在有新意了，是领略祖国的山河之美。不管是什么意思，我都不反对，人是动物，应该到处走走。特别是欢迎外国朋友们来走走，请他们看看我们民族的文化，顺便赚点儿外汇。别以为苏州的园林都是假山假水，人工造的，试问：世界上哪有一种文化不是人为的？真山真水虽然伟大，但那算不了文化，是上帝给的。何况苏州的园林假得比真的还典型、集中、完美，全世界独一无二，不是吹的！

苏州的饭菜呢？经理。在这个古老的天堂里吃和玩本来是并驾齐驱的，你既不反对请客，不反对旅游，还欢迎外国朋友，那就不能落后，落后了是要挨打的。

可不是，开始的那阵子人们意见纷纷，什么吃饭难呀，品种少呀，态度坏呀。有人提意见，有人发牢骚，有人指着我的鼻子骂山门。那包坤年还和一帮年轻的吃客打了起来，真的挨了几拳头！没有办法，包坤年也需要有个恢复的过程。“文化大革命”期间他不是服务员，而是司令员，到时候哨子一吹，满堂的吃客起立，跟着他读语录，做首先……，然后宣布吃饭纪律：一号窗口拿菜，二号窗口拿饭，三号窗口拿汤；吃完了自己洗碗，大水槽就造在店堂里，他把我当初的改革发展到登峰造极！

别人对我发牢骚，我也对别人发牢骚，我的牢骚只能私下里发：“现在的事啊，难哪……”不能在店堂里发，如果伙着大家一起发的话，那不是要把店堂吵炸啦！我得注意点，年岁也不小了，不能那么毛毛糙糙。特别是对包坤年，得讲个团结，他整天都在等着我打击报复呢！不错，他在“文化大革命”中打过人，但也只是打过我，没有打过别人。朱自冶招得快，没有挨过打，孔碧霞也不是他打的。他自己也是上当受骗，又没有能当上经理，牢骚要比我多几倍！

包坤年挨了人家几拳之后，便到办公室里来找我，面部的表情是很尴尬的：“高经理，我……过去，对不起你……”

我连忙摇手：“算了算了，过去的事情别提，那也不能完全怪你。如果你是来检讨的话，那就到此为止；如果你有什么事儿的话，那就直说，不必顾虑。”

包坤年翻翻眼睛，半信半疑：“我想……我这个人不适宜于当服务员，说话的嗓门儿都是两样的，容易惹人家生气。过去的那些年胡思乱想，都是不切实际。今后再也不能靠吵吵喊喊了，要凭本事吃饭，技术第一。所以我想好好地学点儿技术。”

“你想离开饭店？”

“不，那也是不现实的。我想去当厨师，学烧菜。不管怎么样，我学起来总比别人方便。”

“噢……”我的脑子悠转着，考虑两个问题：一是包坤年的服务态度恐怕一时难改，很难保证他在相当长的时间内不和吃客打起来。二是厨房里确实也需要人，培养年轻的厨师已经成了大问题。我二话没说，马上同意。

包坤年十分满意，到处宣扬："放心，这个走资派是不会打击报复的，我那么打他，他都没有记仇，你贴了张把大字报，发过几次言有什么关系！"

别小看了包坤年的宣扬，还真起了点稳定人心的作用。人心思治，谁也不想再翻来覆去。牢骚虽多，可那牢骚也是想把事情做好，不是想把事情弄坏，只不过性急了一点。性急也是一种动力，总比漫不经心好些。

我和同志们仔细地研究了吃客的意见，发现除掉有关服务态度之外，要求也很不统一。有的要吃饱，有的要吃好；有的要吃得快（赶着玩儿），有的不能催（老朋友相聚）；有的首先问名菜，有的首先问价钱；有人发火是等出来的，有人发牢骚是因为价钱太贵。不能把白菜炒肉丝硬塞在人家的嘴里，可那白菜炒肉丝也是不可少的，只是要炒得好些。

我的思想也解放了，不搞一刀切，还引进了一点洋玩艺。不叫大众菜，叫"快餐"，一菜、一汤、一碗饭，吃了快去游园林，否则时间来不及。其实那快餐也和大众菜差不多，只是听起来还有点效率。否则的话，人家一看"大众"便上楼，谁都欢喜个高级。我们把楼下改成快餐部，一律是火车座，皮靠椅，坐在那里吃饭也好像是在旅行似的。青年人特别满意，带劲儿，又新鲜，又花不了他们几个钱。我年轻的时候只知道拖拉机，他们现在比我们当年懂得多，还知道外国有种餐厅是会转的。怎么个转法我也不知道，反正在火车座儿里吃饭也有动的意味。当然，快餐的味道也不错，如果要添菜也可以，熏鱼、排骨、油爆虾、白斩鸡都是现成的。有个青年朋友吃得高兴起来还对着我打响指："喂，最好来瓶威士忌！"这一点我没有同意，我担心那威士忌和伏特加也是差不多的。

楼上设立炒菜部，把会场似的店堂再改过来，分隔成大小不同的房间，一律是八仙桌，仿红木的靠背椅，人多可加圆台面，墙角里还放几盆铁树什么的。老年人欢喜怀旧，进门一看便点头："唔，还是和过去一样的！"其实和过去也不一样了，如果真和过去一样的话，他们也会有意见："怎么搞的，二十多年了，还是这样破破烂烂的！"

当我忙得满身尘土，焦头烂额的时候，背后也有人说闲话："都是这个老家伙，当年拆也是他，现在隔也是他，早干什么的！"我听了心往下沉，什么，我也成了老家伙啦！老……老得还可以嘛，那家伙二字是什么含义？也罢，干活儿不能动手抓，总得使几样家伙的，何况我从拆到造也不是简单的重复，内中有改进，有发展，这就叫不破不立。遗憾的是从破到立竟然花去了十多年，我的心里也是不好受的。

改进店堂和引进一点洋玩艺都好办，要恢复传统的名菜，全面地提高烹饪技术就难了，难在缺少人材。杨中宝和他的同辈人都纷纷退休了，有的是到了年龄，有的是想尽办法提早退休，好让子女顶替。名菜虽然都有名字，有些菜名青年人连听也没有听到过，他们的心里也很急，纷纷要求学习，而且对杨中宝十分想念。许多人虽然没有见过杨中宝，但都听师傅说起过，说杨中宝的手艺如何如何，肯定也会说我当年对杨中宝是怎样怎样的。历史不仅是写在书中，还有口碑世代流传！

我决定去求见杨中宝，希望他不记前隙，来为我们讲课，按教授待遇，每课给八块钱。

我去的那天天下大雨，大雨也要去！

杨中宝见我冒雨而来，十分感动："啊……你还没有忘记我！"他确实老了，行动蹒跚，耳朵也有点不便。当我说明来意并作了检讨之后，他紧紧地握住我的手，拍拍我的手背："你呀，还说这些干什么呢，那些事我早就忘光了。我只记得那里是我的娘家，我在那里学徒，在那里长大。我发过几次狠了，临死之前一定要回娘家去看看兄弟姐妹。你请也要去，不请也要去，听说你们现在忙得不错哩！"

我听了很感动，这是一个老工人的胸怀，也是一个老工人的心意，他对我们的事业是有感情的，那感情比我深厚。

杨中宝来了，是由他的孙子陪同来的。他先把我们的店里里外外看了一遍，不停地点头叫好，说是和过去简直不能比。特别是那宽大的厨房，冰箱、排气风扇，炊事用具，雪白的灶头，他当年在交际处也没有这种条件。我把所有菜单都请他过目，他看得十分仔细。

杨中宝开讲的时候，全店上下都来了，把个小会场挤得满满的。我请他解放思想，放开来讲，多讲缺点。可是杨中宝讲得很有分寸，入情入理：

"我看了，你们工作得蛮好。要说苏州的名菜，你们差不多全有了，烧得也好。缺点是原料不足和卖得太多引起的。这事很难办，现在吃得起的人太多，十块八块全不在乎。据讲有些名菜你们连听也没有听见过，这也难怪，一种菜往往会有很多名字。比如说苏州的‘天下第一菜’，听起来很吓人，其实就是锅巴汤……”

下面轰地一声笑起来了。

“就是锅巴汤，你们的菜单上天天有。有些名菜你们应该知道，但是不能入菜单，大量供应有困难。比如说鲃肺汤，那是用鲃鱼的肺做的。鲃鱼很小，肺也只有蚕豆瓣那么大，到哪里去找大量的鲃鱼呢？其实那鲃肺也没有什么吃头，主要是靠高汤、辅料，还得多放点味精在里面。鲃肺汤所以出名，那是因为国民党的元老于右任到木渎的石家饭店吃了一顿，吃后写了一首诗，诗中写道：‘老桂开花天下香，看花走遍太湖旁；归舟木渎犹堪记，多谢石家鲃肺汤。’从此石家饭店出了名，鲃肺汤也有了名气。有些名菜一半儿是靠怪，一半儿是靠吹。”

我向椅背上一靠，深深地透了口气。

“你们的缺点也不少，为什么把活鱼隔夜杀好放在冰箱里？为什么把青菜堆在太阳里？饭店里的东西除掉酒以外，其余的都得讲究新鲜。过去有一只菜叫活炒鸡丁，从杀鸡到上菜只有三分多钟，那盆子里的鸡丁好像还在动哩！”

包坤年举手发言了：“杨师傅，请你说说，这么快都有什么秘密？”

“也没有什么秘密，主要手脚快，事先做好一切准备，趁鸡血还未沥干时便向开水里一蘸，把鸡胸上的毛一抹，剜下两块鸡脯便下锅，其它什么也不管。这……这主要是供表演用的，也可以为厨师增加点名气。”

杨中宝为我们讲了两个多钟头，又到厨房里去实地操作表演；老人的兴致极高，不肯休息，回家后便犯老病，睡了十多天。

我本来想打报告，把杨中宝请回来当技术指导，补足他的原工资，外加讲课津贴。现在再也不敢惊动他了，让老人安度晚年。青年人的学习热情很高，不肯罢休，说是刚刚听出点味道来，怎么能停下呢！这话很对，我过去没有重视人材，更没有想到培养的问题，现在悔之未晚，得加倍努力！想来想去，想出了一个主意：出招贤榜！谁熟悉哪个烧菜的名手，都可以推荐，不管是在职的还是退休的，讲一课都是八块钱，年老体弱的人，可以叫出租汽车去接。

这一下可坏了，一张招贤榜又把个朱自冶引到了我的身边！

十、吃客传经

不知道是谁首先想起了朱自冶，一经宣扬以后，人人都同意请朱自冶来讲课。这使我十分吃惊，原来好吃也会有这么大的名气！

是的，请朱自冶来讲课的理由是很充分的。他从一九三八年开始便到苏州来吃馆子，这还没有把他在上海的“吃龄”计算在内，不间断地吃到了“大跃进”之前。三年困难之中虽然一度中断，但他从未停止在理论上的探讨，据外间流传，就是在那极其困难的条件下，他写成了一本食谱。“文化大革命”期间他什么都肯交待，唯有这份手稿却用塑料纸包好埋在假山的下面。此种行为的本身就可以跻身于科学家、理论家、文学家的行列，且不说他到底写了点什么东西。包坤年说得好：“只要他讲讲一生都吃了哪些名菜，就可以使我们大开眼界！”我同意了。我再也不能把个人的好恶带到工作里。何况我不见朱自冶已经整整十年，十年寒窗还能中状元，你怎么能把个朱自冶看死呢？可是我没有亲自登门求教，是包坤年叫了一部出租汽车去的。朱自冶六十八岁，符合我所说的坐车条件。包坤年说他想借此机会去向朱自冶和孔碧霞检讨，过去的事情是一时昏了头。我想也对，这个检讨由他去做比较适宜，谁欠的账谁还，我也不能包揽。

朱自冶讲课的那一天，也是我主持会议。他的吃经我已经听过一些了，特别是关于南瓜盅，我的印象是很深的，我要听听这些年他到底有了哪些发展。

朱自冶并不是很会讲话的人，尤其是到了台上，他总是急急巴巴，抖抖合合的。讲起吃来可大不相同了！滔滔不绝，而且方法新颖。他一登台便向听众提出一个问题：

“同志们，谁能回答，做菜哪一点最难？”

会场活跃，人们开始猜谜了：

“选料。”

“刀功。”

“火候。”

朱自冶一一摇头："不对，都不对，是一个最最简单而又最最复杂的问题——放盐。"

人们兴致勃勃了，谁也没有料到这位吃家竟然讲起了连一个小女孩都会做的事体。老太太烧菜的时候，常常在井边上，一面淘米一面喊她的孙女儿："阿毛，替我向锅子里放点盐。"世界上最复杂和最简单的事情都有最大的学问在里面，何况我们的几个老厨师都在频频点头，觉得是说在点子上面。

朱自冶进一步发挥了："东酸西辣，南甜北咸，人家只知道苏州菜都是甜的，实在是个天大的误会。苏州菜除掉甜菜之外，最讲究的便是放盐。盐能吊百味，如果在鲃肺汤中忘记了放盐，那就是淡而无味，即什么味道也没有。盐一放，来了，肺鲜、火腿香、莼菜滑、笋片脆。盐把百味吊出之后，它本身就隐而不见，从来就没有人在咸淡适中的菜里吃出盐味，除非你是把盐放多了，这时候只有一种味：咸。完了，什么刀功、选料、火候，一切都是白费！"

我听了大为惊讶，这朱自冶确实有点道理！

朱自冶的道理还在向前发展："这放盐也不是一成不变的，要因人、因时而变。一桌酒席摆开，开头的几只菜都要偏咸，淡了就要失败。为啥，因为人们刚刚开始吃，嘴巴淡，体内需要盐。以后的一只只菜上来，就要逐步地淡下去，如果这桌酒席有四十个菜的话，那最后的一只汤简直就不能放盐，大家一喝，照样喊鲜。因为那么多的酒和菜都已吃了下去，身体内的盐份已经达到了饱和点，这时候最需的是水，水里还放了味精，当然鲜！”

朱自冶不仅是从科学上和理论上加以阐述，还旁插了许多有趣的情节。说那最后的一只汤简直不能放盐，是一个有名的厨师在失手中发现的。那一顿饭从晚上六点吃到十二点，厨师做汤的时候打瞌睡，忘了放盐，等他发觉以后拿了盐奔进店堂时，人们已经把汤喝光，一致称赞：在所有的菜中汤是第一！

整整的两个小时，朱自冶没有停歇，使人感到他的学识渊博，像冰山刚刚露了点头。他在掌声中走下台来，挺胸凸肚，红光满面，满头的白发泛着银光，更增加某种庄重的气息。包坤年从人群中挤上去，紧紧地拉住了朱自冶的手："朱老，你讲得太好了，我都做了记录，只是记录得不全面，我想带只录音机到府上去拜访，请你再讲一遍。"

"这个嘛……可以，不过最好请你在下午三点以后，我吃了饭得睡一会。"

"当然当然，你以后的报告我一定当场录下来，不再麻烦你。我想根据录音再加整理。"

"不必了吧，我是随便讲讲的。"

"哪里，你的讲话太珍贵了，不留下来太可惜！"

"好吧，整理好给我看看。"

"一定，一定要请你过目的。"

朱自冶到底在野鸡大学里混过，老来颇有点教授风度。包坤年一贯重视收集材料，包括收集批斗你的材料，热情都是很高的。我也向朱自冶发出邀请，请他下个星期继续讲下去。

朱自冶连续为我们讲了三课，包坤年借来一只四喇叭，把朱自冶的讲话全部录下。可惜的是讲到第二课大家便有点着急，讲了半天的盐，这盐怎么还没有放下去呢？厨师们不像我那么外行，放盐的重要性他们是知道的；他们更想知道朱自冶在放盐上有哪些绝技。朱自冶不像杨中宝，他只肯在台上讲，不肯到厨房里去表演。讲到第三课的时候便开始说故事了，说是哪一年和哪几个人去游石湖，吃了一顿船菜如何精美，哪一年重阳节吃螃蟹，光是那剔螃蟹的工具便有六十四件，全是银子做的。而且讲来讲去只有一个观点，现在的菜和过去不能比，他以前说皇帝不懂吃，现在又说清朝是如何的。我当然不能说他是宣扬今不如昔，却也产生了一点怀疑，饭菜不比文物，文物是越古的越值钱。如果在山洞里发现了一幅原始社会的壁画，哪，了不起！可那山洞里的烤野牛是否也算是最好吃的？厨师们打哈欠了，有的干脆回家去睡觉，说是不听他吹牛。讲到第四课味道就不正了，把什么大姑娘唱小曲、卖白兰花、叫堂会等等都夹在菜里面。

我决定叫暂停，可那包坤年有意见，说是这样珍贵的材料如果不及时抢救，那是要对历史负责的！

我听到对历史负责就发怵，心里就没有个底。很难说啊，万一那朱自冶还有许多货真价实的东西没有讲出来，或者说他已经讲出来的东西我们并不理解，那倒真是要负责的！好在这一类的难题现在已经难不倒我了，我也学会了一套，即遇事拿不准时，千万不能说死，这里打一个坝，那里要留一个口，让他走着我瞧着，到时候再说话，总归是我对。

“这样吧，朱自冶的报告必须暂停，因为人们已经听不下去。抢救材料的事情当然不能停，反正你已经开始了，那就由你负责到底，我可以提供一定的条件。”

包坤年雀跃了：“买个四喇叭！”

“四喇叭不能买，那是属于集团购买力，要上面批。录音磁带你可以买，宣传费用中可以报销，也不要全买 TDK，买点儿国产的。”

包坤年十分满意：“高经理，谢谢你的信任，我一定把这个任务好好地完成。”

讲课就这样结束了，朱自冶前后讲了三课，三八二十四，外加出租汽车费。可是事情并没有结束，另外的一个口子还开着哩，那录音磁带不停地向外流。

包坤年每隔一个星期便要报销两盒磁带，而且全是 TDK，我在批发票的时候便问他：“你的任务什么时候才能结束呢？”

包坤年神气活现：“啊呀经理，现在的事情闹大了，到处都来请朱自冶做报告，而且都是找我联系，不会有结束的时候。我们也不想结束，决定成立一个烹饪学学会，对外联络可以有个正式的名义。朱自冶当会长，我当副会长，你也是发起人之一。考虑到你的工作忙，所以请你当理事长，挂挂名的。”

“啊！”我的脑袋嗡了一下，立刻产生了一种条件反射，那包坤年又像在“文化大革命”期间一样了，要成立什么战斗队！

“不不，我不能参加，我对烹饪学是一窍不通。”

“不需要你通，表示赞助而已。”

“不不，我赞助不起，我们没有那么多的宣传费，当年请张幻尔吃顿饭，也不过花了一盘磁带的钱。”

包坤年笑了：“经理呀，你也真是……赞助不等于要钱，钱我们有办法，可以印讲义。你看地摊上卖的《缝纫大全》，一本一块多，成本才几毛钱？穿的有人要，吃的还愁没有生意！何况我们可以趁做报告的时候往下发，用不着私人掏腰包，人家也有宣传费。”

我看着包坤年直翻眼，佩服。他实在比我还会做生意，我只想到掏私人的腰包，没想到要挖公家的宣传费。可以预料，那比掏私人的腰包更容易。我无权反对他们这样做，只好提一点忠告式的意见：

“讲义也不能瞎编呀，不能把那些大姑娘唱小曲等等的东西也编进去。”

“不不，讲义是我执笔的，它和小说不同，全谈学术，牵不到男女关系。”

我笑笑，在发票上签了个名：“拿去吧，下次请买国产的。”

包坤年拎起发票抖了抖：“放心吧，下次用不着你批了，我们还要买四喇叭，买计算机！”

说实在，我没有把包坤年的话全当真的，他们想得起劲罢了，成立个学会谈何容易！就凭包坤年这点儿烧菜的本领，再加上朱自冶讲

放盐，又有多少学术可以研究呢，弄不成的。包坤年欢喜赶时髦，赶那么一阵子就要回头。

我想得太简单了，过分低估了包坤年的活动能力。不错，包坤年在烧菜方面的本领还没有学到家，可是他在估量形势、运用关系方面却很老练。饭店是个公共场所，什么人都有；有名的饭店当然会有有名的人物前来光顾，只要主动热情，多加照顾，帮着订菜订座，那关系便可以搭上去。老的搭不上便搭小的，通过小的也可以牵动老的，包坤年便可由此而登堂入室，看准时机，帮助人家操办家庭宴会。儿女婚事，老友相聚，用得着酒席的地方很多，花几个钱也不在乎，唯一困难的是缺少技术与劳力。包坤年精力充沛，技术虽然不算好，但他能请动技术很好的老师傅。老师傅会烧，朱自冶会吹，包坤年能跑腿，酒席价廉物美，包你满意。趁人家吃得高兴时，他们便宣传烹饪学学会的宗旨，请求赞助。如果他们是成立营养学学会的话，赞助的人可能不多，营养学虽然可以防病健身，延年益寿，但是很难懂，而且也不如烹饪学实惠，烹饪学是看得见摸得着的，硬是有一桌丰美的筵席放在你的面前！“学会”二字也很有吸引力，反动学术权威早已打倒了，现在人人都知道，任何学术总比不学无术好，赞助学术不会犯错误，即使错了，学术问题也是可以讨论的，讨论得越多越有名气！

朱自冶的名气越来越大了：一个老专家，在十年浩劫中写了一本书，某某经理看了佩服得五体投地，用小汽车接他去做报告，出两百块工资请他当顾问，他不去……

包坤年在外面活动的风声，朱自冶那越来越大的名声，呼呼地吹到我的耳朵里。“让他走着我瞧着，到时候再发表意见。”现在时候已经到了，我也无话可说了。我不能说朱自冶讲课是吹牛，大家别去听，听一次讲放盐还是可以的。我也不能揭朱自冶的老底，说他一贯好吃，死不改悔……正中，一个人要做出点学问来，必须终身不渝，坚持到底！对于包坤年我也不好说什么，我不能说他是开地下饭店，他再也不找我在发票上签字。唉，一切实用主义的工作方法都是自搬石头自砸脚，有的随搬随砸，有的从搬到砸要隔几十年！

十一、口福不浅

过了不久，我的老朋友阿二到店里来找我。我们两个人虽然不再住在一条巷子里，可是两家人家却经常来往。当我搬进新大楼的时候，他们一家都来道喜，连阿二的爸爸也由孙子们搀扶着爬上楼。他对我的妈妈说：“恭喜你呀老嫂子，你活了一生一世，从今以后再也不必担心房东会把你赶出去！”我的妈妈老迈了，回不出话来，只是擦眼泪。阿二更是经常到我家来，说说老话，坐一坐。有时候觉得老话也重复得太多了，便抽烟喝茶，无言相对，好像也是一种享受。他直接到店里来找我，这还是第一次。

阿二见了我便把手一举：“无事不登三宝殿，有件事情求求你。”

“什么事？”

"我家大男要结婚了，就在这个星期天。我想到你们店里订两桌酒席，可你们要排到三个星期之后！经理呀，能不能帮帮忙呢？"

我为难了："哎呀，你何必来凑这种热闹，人家在饭店里摆酒席是图排场，收人情，省事情。你也准备收人情吗，我应当送几十块呢？"

"去，我也不准备大请客。你家、我家、亲家，还有几个小朋友，总共不到二十人。"

"那好，两桌酒席你家摆不下吗，不能摆在天井里吗？你到店堂里去看看，闹哄哄的，想说几句高兴的话谁也听不见；到时候服务员要下班，拿着扫帚站在旁边，你能吃得安逸？"

"啧啧，哪有卖瓜的说瓜苦的？"

"瓜倒不苦，不是吹的，现在的几只菜都不推扳，表扬信收到了一大堆，可我总觉不如家宴随便。还有一个问题不好解决，我们有店规，凡属本店的工作人员，一律不得在本店与熟人同席，以免吃客们产生误会。你叫我怎么办，站在边上看！"

"嗬，那不能。这一次我要好好地请你喝两杯，当年如果不是你动员我参加失业登记，今天的情况也许就是两样的。"

"行，自家办。我可以帮助你请个好厨师，呱呱叫的手艺。"

阿二笑了："那倒不必，我们家人手多，个个能动手。鸟枪换炮啦，伙计，人人都有一两样拿手菜哩！"

"更好，一人烧一只，我烧最后的一只汤。"

阿二拱拱手："免了，你的汤我已经领教过了。星期天晚上早点来，等你。”

我的心里喜滋滋的，真的等着这桌酒席。我给他家惹过麻烦，害得阿二的爸爸摆葱姜摊头。也就是在那个天井里，阿二叫我去拉过南瓜，如今在那里摆上两桌酒啊，不吃也美！

正当我美的时候，包坤年蹦跳着进来了，看样子他也很美；我美他也美，这个世界才会变得更美！

包坤年高高地叫了一声：“经理，给！”把一张印着金字的大红请柬塞到了我手里。我把请帖翻过来一看：“为庆祝烹饪学学会成立，特订于二十八日中午（星期日）假座××巷五十四号举行便宴招待各界人士，务请大驾光临。”好，又是一顿酒席来了！我对这桌酒席的反应很快，不假思索地便说了出来：“抱歉，我星期天有个约会，要到人家吃喜酒去。”说着便把请帖向桌上一丢。

包坤年搔搔头皮：“你那是什么时候？”

“晚上六点。”我又不假思索地说了出来。

“好极了，不冲突，我们是中午十二点。”

我再把请帖拿起来看看，果然不错，中午二字明明白白地印在那里。我只好摆观点了：“不行，我没有参加你们的学会，也算不了是哪一界的人士，去是不合适的。”

“经理呀，正是因为你不肯当理事长，才使得我们的工作进行得十分顺利，空出一个理事长的位子来，解决了大问题！要不然的话，我们早就吵散啦，学会到今天也不能成立！”

“噢！”原来如此，参加是一种赞助，不参加还是更大的赞助！事物的因果关系实在微妙之极！

“去吧经理，某某某都去了，你不去是不像话的。又不是开大会，也不要你发言，纯粹是吃，一顿美餐，不去很可惜。”

“我不大欢喜吃。”

“那就少吃点，见识见识，对你来说也是一种业务学习。老实告诉你吧，这一桌酒席是百年难遇。朱自冶指挥，孔碧霞动手，我们几个人已经忙了四天。所有的理事都想参加,挤不进来大有意见。没有办法，孔碧霞有规矩，最多不得超过八人，再三商量才同意改用圆台面，连你十个。”

包坤年的话使我动摇了。当年杨中宝到孔碧霞家去吃饭，只听说吃得好上天，却一直不知道究竟吃了些什么东西。如今有了机会，不去见识一下是会终身遗憾的。何况我参加不参加都是赞助，如果再空出一个位子来，还不知道会引出什么后果哩！

“好吧，我去。”

“一言为定，不来接你了，五十四号你是熟悉的。”

“太熟悉了，我闭上眼睛也能摸到。”

五十四号我是很熟悉，读中学的时候我每天都要从那里经过，常常看见有许多油光锃亮的黄包车停在门口，偶尔还有一辆福特牌的小轿车驶过来，把巷子里的行人挤得纷纷贴上墙头。那两扇黑漆的大门终日紧闭着，门上有一条缝，一个眼。缝里投信件，眼里装有玻璃，据说这是一种窥视镜，里面能看清外面，外面看不见里面，叫花子是敲不开门的。那时候沿门求乞的人很多,差不多的人家都装有这种东西。我从来不知道那门里是什么样子，只是看见那高高的围墙上长满了爬墙虎，每到秋天便飘送出桂花的香气。如今的桂子又飘香了，我从一个孩子变成了“各界人士”，又到了五十四号的门前。

那两扇黑漆斑驳的大门敞开着，有一位年轻而漂亮的妇女站在门里面。她的穿着很入时，高跟皮鞋，直筒裤，银灰色的衬衫镶着两排洁白的蝴蝶边，衬衫也是束腰的。她笑嘻嘻地迎了上来，我以为是收入场券的，连忙把请柬掏出来给她看。她掩嘴，深深一鞠躬，左手向前一伸：“请进。”跟着便高声地叫喊：“妈妈，高经理来啦！”

噢……对了，她就是孔碧霞的女儿，是那个政客兼教授留下来的。姑娘也应该有这么大了,连我的女儿都有孩子了。我再回过头来看看她，活像孔碧霞，孔碧霞年轻的时候，也该是一代风流！

孔碧霞从那条铺着石子的花径上走过来了。我抬头一看，简直不认识了，她好像已经把原来的脸型留给了女儿，自己变成了一个半老的贵妇。现在不会有人喊她“干瘪老阿飞”了，她也发了胖，胖得丰满圆润，比站在居委会门前请罪时年轻得多。她的头发向上反梳着，在后脑上高高隆起。这种高，正好抵销了因发胖而造成的横向发展，所以不会造成人们视觉上的错误，好像发了胖的女人都比以前矮了一点。她的衣着并不花哨，时间已经使她懂得了打扮的真谛：年轻而漂亮的人不管穿什么衣裳都好看，淡装浓抹都相宜；年老的人如果要打扮的话，主要是用衣着来表示某种风度和气质而已。所以孔碧霞的衣着很素净，一件普通的蓝色西装外套，做工考究，质地高贵，和她的年龄、体型都很相配。

孔碧霞对我很热情，像她这样精细的人，很难忘记细小的事情。

“高经理呀，就怕你不来呐。唷，也老了，当阿爹了吧？”

“没有，刚当上外公。”

“好，都是一样的。快请进，就等你开席。”

我跟着孔碧霞往前走，一个幽雅而紧凑的庭院展现在面前。树木花草竹石都排列在一个半亩方塘的三边，一顶石板曲桥穿过方塘，通向三间水轩。在当年，这里可能是那位政客兼教授的书房，明亮宽敞，临水是一排落地的长窗。所有的长窗都大开着，可以看得清楚，大圆桌放在东首，各界人士暂时都坐在西头。

包坤年从曲桥上走过来了，把我向各界人士一一引见，其中有两位是朱自冶的老吃友，我当年替他们买过小吃的。有一位是我的老领导，我年轻时便听过他的报告。其余的三位我都不熟悉，一个沉默寡言，两个谈笑风生，谈吐间流露出一股市侩气。

朱自冶穿着一套旧西装，规规矩矩地系着一条旧领带，领带塞在西装马甲里。这套衣裳不知道是从哪个箱子的角落里翻出来的，散发着浓重的樟脑味，可是朱自冶穿着并不显得滑稽，反而使我肃然而有敬意。好熟悉，这种装束是在哪里见过的？对了，我在读高中的时候，老师们的衣着基本上分为两大派。一派是长袍蓝衫，一派是西装革履。

国文教员总是穿长袍，物理教师都是穿西装的。烹饪学属于科技，穿长袍蓝衫显得太陈旧，穿制服又没有特点，穿崭新的西装又显得没有根基，西装而是旧的，妙极！好像是一个潦倒多年的老科学家刚被重视，刚被发现！这一身打扮肯定是出于孔碧霞的大手笔，朱自冶穿衣裳一贯是很拆烂污的。

朱自冶多年不穿西装了，行动很不自然，碰碰撞撞地越过几张椅子，把一本烹饪学讲义塞到了我的手里。我拿着讲义在我的老领导的面前坐下，也觉得十分拘谨。解放初期当我还在工作队的时候，曾经和这位领导同志有过一段时间的接触，在我的印象中他是个不苟言笑，要求严格，对知识分子有点不以为然的人。我们那一伙“小资产”在他的面前都装得十分规矩而谨慎。今天在此种场合中相遇，还使人感到有点手足无措，最主要的是找不出话来说，只好把手中的讲义慢慢地翻阅。

“小高。”

“！”

老领导叫了我一声小高以后，也发现我的年纪已经不小了，立刻改了口：“老高呀，你要好好地看看这本书，多向人家学习学习。”

“是，我一定好好地拜读。”

“现在不能靠外行领导内行了，要好好地钻进去。”

“是的，我在这方面过去犯过错误。”

“知道错误就好，现在还来得及。”

我点点头，继续把讲义翻下去，发现这本由朱自冶口述，包坤年整理的大作并不是什么新鲜的东西，是从几种常见的食谱中抄录而来的，而且错漏很多，不知道是抄错的还是印错的。我抬起头来看看朱自治，想向他提出一点问题，可那朱自冶却避开我的目光，双手向前划着，好像赶鸭子似的请大家入席。

人们鱼贯而出，互相谦让，彬彬有礼，共推我的老领导走在前面。

人们来到东首，突然眼花缭乱，都被那摆好的席面惊呆了。洁白的抽纱台布上，放着一整套玲珑瓷的餐具，那玲珑瓷玲珑剔透，蓝边淡青中暗藏着半透明的花纹，好像是镂空的，又像会漏水，放射着晶莹的光辉。桌子上没有花，十二只冷盆就是十二朵鲜花，红黄蓝白，五彩缤纷。凤尾虾、南腿片、毛豆青椒、白斩鸡，这些菜的本身都是有颜色的。熏青鱼，五香牛肉，虾子鲞鱼等等颜色不太鲜艳，便用各色蔬果镶在周围，有鲜红的山楂，有碧绿的青梅。那虾子鲞鱼照理是不上酒席的，可是这种名贵的苏州特产已经多年不见，摆出来是很稀罕的。那孔碧霞也独具匠心，在虾子鲞鱼的周围配上了雪白的嫩藕片，一方面为了好看，一方面也因为虾子鲞鱼太咸，吃了藕片可以冲淡些。

十二朵鲜花围着一朵大月季，这月季是用勾针编结而成的，可能是孔碧霞女儿的手艺，等会儿各种热菜便放在花里面。一张大圆桌就像一朵巨大的花，像荷花，像睡莲，也像一盘向日葵。

人们从惊呆中醒过来了，发出惊讶的叹息：

“啊……”

“啧啧。”

还没有入席我就受到批评了 :“老高，你看看，这才是学问呐! 看你们那个饭店，乱糟糟的。”

我没有吭气，四面打量，见窗外树影婆娑，水光耀廊，一阵阵桂花的香气。庭院中有麻雀吱吱唧唧，想当年那位政客兼教授身坐书房……

朱自冶又把两手向前划着，邀请大家入席。同时把领带拉拉松，作即席讲说 :

“诸位，今天请大家听我指挥，喝什么酒，吃什么菜，都是有学问的。请大家不要狼吞虎咽，特别是开始时不能多吃，每样尝一点，好戏还在后面，万望大家多留点儿肚皮……”

人们哈哈地笑起来了，心情是很愉快的。

“……吃，人人都会，可也有人食而不知其味，知味和知人都是很困难的，要靠多年的经验。等会儿我可以一一介绍，敬请批评指教。开席，拿酒杯。”

包坤年立即打开酒橱，拿出一套高脚玻璃杯，两瓶通化的葡萄酒。这一套朱自冶不说我也懂了，开始的时候不能喝白酒，以免舌辣口麻品不出味。可我就想喝白酒，我学会喝酒是在困难、苦闷的时刻，没有六十四度不够味。

包坤年替大家斟满了酒，玻璃杯立刻变成了红宝石，殷红的颜色透出诱人的光辉。葡萄美酒夜光杯，那制作夜光杯的白玉之精也可能就是玻璃。

包坤年是副会长，斟完了酒总要讲几句的，为了要突出朱自冶，多讲了也不适宜，便举起筷子来带头："同志们请吧，请随意……"

朱自冶也不想为别人留点面子，煞有其事地制止："不不，丰盛的酒席不作兴一开始便扫冷盆，冷盆是小吃，是在两道菜的间隔中随意吃点，免得停筷停杯。"说着便把头向窗外一伸，高喊："上菜啦！"

随着这一声叫喊，大家的眼睛都看住池塘的南面，自古君子远庖厨也，厨房和书房隔着一池碧水。

电影开幕了：孔碧霞的女儿，那个十分标致的姑娘手捧托盘，隐约出现在竹木之间，几隐几现便到了石板曲桥的桥头。她步态轻盈，婀娜多姿；桥上的人，水中的影，手中的盘，盘中的菜，一阵轻风似的向吃客们飘来，像现代仙女从月宫饭店中翩跹而来！该死的朱自冶竟然导演出这么个美妙的镜头，即使那托盘中是装的一盆窝窝头，你也会以为那窝窝头是来自仿膳，慈禧太后吃过的！

托盘里当然不是窝窝头，盖钵揭开以后，使人十分惊奇，竟然是十只通红的番茄装在雪白的瓷盘里。我也愣住了，按照苏州菜的程式，开头应该是热炒。什么炒鸡丁，炒鱼片，炒虾仁等等；第一只菜通常都是炒虾仁，从来没见过用西红柿开头！这西红柿是算菜还是算水果呢？

朱自冶故作镇静，把一只只的西红柿分进各人的碟子里，然后像变戏法似的叫一声："开！"立即揭去西红柿的上盖：清炒虾仁都装在番茄里！

人们兴趣盎然，纷纷揭盖。

朱自冶介绍了："一般的炒虾仁大家常吃，没啥稀奇。几十年来这炒虾仁除了在选料上与火候上下功夫以外，就再也没有其它的发展。近年来也有用番茄酱炒虾仁的，但那味道太浓，有西菜味。如今把虾仁装在番茄里面，不仅是好看，而且有奇味，请大家自品。注意，番茄是只碗，不要连碗都吃下去。"

我只得佩服了，若干年来我也曾盼望着多给人们炒几盘虾仁，却没有想到把虾仁装在番茄里。秋天的番茄很值钱，丢掉多可惜，我真想连碗都吃下去。

唔，经朱自冶这么一说，倒是觉得这虾仁有点特别，于鲜美之中略带番茄的清香和酸味。丁大头说得不错，人的味觉都是差不多的，不像朱自冶所说有人会食而不知其味。差别在于有人吃得出却说不出，只能笼而统之地说："啊，有一种说不出的好吃！"朱自冶的伟大就在于他能说得出来，虽然歪七歪八地有点近于吹牛，可吹牛也是说得出来的表现。在尽情的享受和娱乐之中，不吹牛还很难使那近乎呆滞的神经奋起！

"仙女"在石板曲桥上来回地走着，各种热炒纷纷摆上台面。我记不清楚到底有多少，只知道三只炒菜之后必有一道甜食，甜食已经进了三道：剔心莲子羹，桂花小圆子，藕粉鸡头米。

朱自冶还在那里介绍，这种介绍已经引不起我的兴趣，他开头的一笔写得太精彩了，往后的情节却是一般的，什么芙蓉鸡片，雪花鸡球，菊花鱼等，我们店里的菜单上都有的。

人们的赞叹和颂扬也没有停歇：

“朱老，你的这些学问都是从哪里得来的？”

“很难说，这门学问一不能靠师承，二不能靠书本，全凭多年的积累。”

“朱老，你过了一世的快活日子，我们是望尘莫及。”

“哪里，彼此彼此，‘文化大革命’和困难年也是不好过的。”

“算啦，那些事情都过去了，吃吃！”

“是呀，将来到了共产主义，我们大家天天都能吃上这样的菜！”

我听了肚里直泛泡，人人天天吃这样的菜，谁干活呢，机器人？也许可以，可是现在万万不能天天吃，那第五十八代的机器人还没有研制出来哩！

“老高。”

“……”

“你为什么不说话呀，像朱老这样的人材你以前一点儿也不知道吗？”

“知道，我很早便知道。”

“那你为什么不请他去指导指导，把你们的饭店搞搞好。”

“请……请过，我们请他讲过课。”

“那是临时的，没有个正式的名义。”

人们突然静下来，目光都集中在我的身上。我凝神了。在今天的这顿美餐里，似乎要谈什么交易？！

“名义……这名义就很难说了。”

“也是一种专家嘛！”

“叫什么专家好呢？”我等待着人们的回答。科学家、文学家、表演艺术家，你哪一家都靠不上去！

“吃的……”说不下去了，“吃的专家”是骂人的。

“会……”会吃专家也不通，谁不会吃？

包坤年把筷子一举："外国人有个名字，叫‘美食家’！”

“好！”

“好！”

“对！”

“美食家，美食家！”

“来来，为我们的美食家干一杯！”

朱自冶踌躇满志了，忍不住把那旧西装敞开，举杯离座，绕台一周，特别用力地和我碰了碰杯，差点儿把那薄薄的玻离杯都碰碎。是呀，他那吃的生涯如今才达到了顶点；辛辛苦苦地吃了一世，竟然无人重视，尚且有人反对，他的真正的价值还是外国人发现的！

我只恨自己的孤陋寡闻，一下子就败在包坤年的手里。我只知道引进“快餐”，却没有防备那“美食家”也是可以引进的。好吃鬼、馋痨坯等等都已经过时了，美食家！多好听的名词，它和我们的快餐一样，也可以大做一笔生意。如果成立世界美食家协会的话，朱自冶可当副主席；主席可能是法国人，副主席肯定是中国的！

人们在欢乐声中拨动了第十只炒菜，这时候孔碧霞走了进来，询问大家对炒菜的意见。人们纷纷道谢，邀请孔碧霞同饮一杯，我站起身来为孔碧霞斟满酒，举起杯：

“谢谢朱师母，你的菜确实精美，谢谢你，也谢谢孩子，她为我们奔走了半天。”我对孔碧霞也没有多少好感，但是我得承认，她的确是做菜的能手，一级厨师的手艺，应该由她来当烹饪学学会的主席或者是副主席。世界上的事情往往是会做的不如会吹的，会烧的也不如会吃的！

孔碧霞很高兴：“哪里，能得到经理的称赞很不容易。”她举起杯来划了个大圈子：“怠慢大家了，几只炒菜连我也不满意，现在没有冬笋，只好用罐头。”

“啊，没说的。”

“来来，为美食家的夫人干一杯！”

一杯干了以后，包坤年开始收酒杯了，别以为宴会已经结束，早着呢，现在是转场，更换道具的。

朱自冶又拿出一套宜兴的紫砂杯，杯形如桃，把手如枝叶，颇有民族风味。酒也换了，小坛装的绍兴加饭、陈年花雕。下半场的情绪可能更加高涨，所以那酒的度数也得略有升高。黄酒性情温和，也不会叫人口麻舌辣。我向那酒橱乜了一眼，看见还有两瓶五粮液放在那里，可能是在喝汤之前用的。我暗自思忖，这桌饭不知是谁出钱，是朱自冶的银行存款呢，还是人家的宣传费？

孔碧霞告辞以后，下半场的大幕拉开，热菜、大菜、点心滚滚而来：松鼠桂鱼，蜜汁火腿，“天下第一菜”，翡翠包子，水晶烧卖……一只三套鸭把剧情推到了顶点！

所谓三套鸭便是把一只鸽子塞在鸡肚里，再把鸡塞到鸭肚里，烧好之后看上去是一只整鸭，一只硕大的整鸭趴在船盆里。船盆的四周放着一圈鹌鹑蛋，好像那蛋就是鸽子生出来的。

人们叹为观止了：

“老高。”

“……”

“你看看，这算不算登峰造极？”

“算。”

“就凭这一手，让朱老到你们的店里去当个技术指导还不行，每月给个百二八十的。”

我明白了，这恐怕是今天的中心议题，连忙采取推挡术：“不敢当，我们的庙小，容不下大菩萨。”

“你们的庙也不小呀，就看方丈的眼力啰……”

幸亏那只三套鸭帮了忙，当它被拆开以后人们便顾不上说话了，因为嘴巴的两种功能是不便于同时使用的。

我看了看表，这顿饭已经吃了将近三个钟头，后面还要喝五粮液（我很想喝），还会有一只精彩的大汤作总结，还会有生梨或者是菠萝蜜。可我不敢终席了，因为终席之后便是茶话，那圈套便会绕到我的脖子上面。

“实在对不起，我下面还有一个约会，不能奉陪到底。谢谢朱先生，谢谢诸位，谢谢……”我不停地说谢谢，不停地向后退，退了五步便转身，径直奔石板桥而去。过得桥来回头看，见那长窗里的人都呆在那里。

我觉得今天的举止很不礼貌，也不光彩，好像是逃出来的。如果不向女主人打个招呼，那孔碧霞会伤心，她是很要面子的。

孔碧霞和她的女儿还在忙着，听说我要走，有点儿扫兴：“啊呀，大概是我做的菜不好吧，不合你的口胃！”

“哪里，你的菜做得确实不错，什么时候请你到我们的店里去讲讲，交流交流。”

孔碧霞笑了：“有什么好交流的，这些菜你们都会做，问题是你们没有这么多的时间，细模细样地做，还得准备个十几天……哎，你不能再坐会儿吗，还有一只大汤咧。”

“知道……”我突然想起件事情来了：“朱师母，今天的甜菜里面怎么没有南瓜盅？困难年朱先生和我一起去拉南瓜的时候，说是要创造出一只南瓜盅，有田园风味！”

孔碧霞咯咯地笑了：“你听他瞎吹，他这人是宜兴的夜壶，独出一张嘴！”

十二、巧克力

出了五十四号向西走，到阿二家去。天啊，那里还有一桌酒席等着我哩！我什么也不想吃了，三套鸭不好消化，那一番谈话也值得回味。可我想和阿二和他的爸爸干几杯，当然是白酒，六十四度，喝下一口之后像一条热线似的直通到肚里，哈地一声长叹，人间无数的欢乐与辛酸都包含在内。

秋天对每个城市来说，都是金色的。苏州也不例外，天高气爽，不冷不热，庭院中不时地送出桂花的香气。小巷子的上空难得有这么蓝湛，难得有白云成堆。星期天来往的人也不多，绝大部分的人都在忙家务，家务之中吃为先，临巷的窗子里冒出水蒸气，还听到菜下油锅时滋啦一声炸溜。

从五十四号到阿二家，必须经过我原来住过的地方，这地方的样子一点儿也没有变。石库门，白粉墙，一排五间平房向里缩进一段，朱自冶住过的小洋楼就在里面。我仿佛看见阿二的黄包车就停在门前，朱自冶穿着长袍从门里出来，高踞在黄包车上，脚下铃铛一响，赶到朱鸿兴去吃头汤面。四十年来他是一个吃的化身，像妖魔似的缠着我，决定了我一生的道路，还在无意之中决定了我的职业。我厌恶他，反对他，想离他远点。可是反也反不掉，挥也挥不走，到头来还要当我的指导，每月给个百二八十的。百二八十是多少？加起来除以二，正好是一百元人民币！如果杨中宝能来当指导，我情愿在一百之外再加二十，奖金还不计算在内。可这朱自冶算什么，食客提一级最多是个清客而已，他可以指导人们去消遣，去奢靡，却和我们的工作没有多大的关系。美食家，让你去钻门子吧，只要我还站在庙门口，你就休想进得去！

一直走到阿二家，我心中的怨气才稍稍平息。这里是个欢乐的世界，没有应酬，没有虚伪，也谈不上奢糜。天井里坐满了人，在那里嗑瓜子，吃喜糖。我的一家都来了，包括我那个刚满周岁的小外孙在内。这孩子长得又白又胖，会吃会笑，还会做眯眼，捏捏小拳头和人表示再会。现在都是独生子女，一个娃娃可以有六个大人在他的身上花费物力和精力。满天井的人都以娃娃为中心，给他吃，逗他笑，从这个人的手里传到那个人的手里。

有人把硬糖塞到我那小外孙的嘴里，他立刻吐了出来。

“怎么，他不吃糖吗？”

“他呀，要吃好的！”

“试试，给他巧克力。”

有人拿了一条巧克力来，剥去半段金纸，塞到孩子的手里。果然，这孩子拿了就往嘴里送，吃得咂咂地流口水。

人们哄笑起来了：“啊呀，这孩子真聪明，懂得吃好的！”

我的头脑突然发炸，得了吧，长大了又是一个美食家！我一生一世管不了个朱自冶，还管不了你这个小东西！伸手抢过巧克力，把一粒硬糖硬塞到孩子的小嘴里。

孩子哇地一声哭起来了……

满座愕然，以为我这个老家伙的神经出了问题。

1982 年 8 月——9 月

附言：

本文是小说，纯属虚构，不得已而借用苏州风物，此亦文学之惯技，务请读者诸君不必一一查对。

作者再拜

小巷深处

苏州，这个古老的城市，现在是睡熟了。她安静地躺在运河的怀抱里，像银色河床中的一朵睡莲。那不太明亮的街灯照着秋风中的白杨，把婆娑的树影投射在石子马路上，使得街道也洒上了朦胧的睡意。

在城市的东北角，在深邃而铺着石板的小巷里，有一个窗子里亮着灯，灯光下，有一个姑娘坐在书桌旁，双手托着下巴，在凝思，在默想。

她的鼻梁高高的，额骨稍稍向前耸起，耸得并不过分，和她的鼻梁正显得那么匀称。她的眼睛乌泽而又闪光，睫毛长而稀疏，映着灯光似乎可以数得出来。她的两条发辫从太阳穴上垂下来，拢到后颈处又并为一条而拖到腰际，在两条辫子合并的地方随便地结着一条花手帕。唉，她的眼圈儿为什么那样暗黑？不像哭过，也不像失眠，倒像痛苦与折磨所留下的标记！

在这条巷子里，很少有人知道这姑娘是做什么的。邻居们只知道她白天不在家，晚上读书到深夜。只有邮递员知道她叫徐文霞，是某纱厂的工人，因为邮递员经常送些写得漂亮的信件给她，而她接到这种信件时便要皱起眉头，甚至当着邮递员的面便把信撕得粉碎。

徐文霞放下双手，翻开桌上的《小代数》，却怎么也读不下去，感到一阵阵的烦恼。近些时来，她的心头常常涌起这种少女特有的烦恼。每当这种烦恼泛起时，便带来了恐惧与怨恨，那一段使人羞耻、屈辱和流泪的回忆又在眼前升起……

是秋雨湿漉的黄昏，是寒风凛冽的冬夜吧，阊门外那些旅馆旁的马路上、屋角边、弄堂口，游荡着一些妖艳的妇女。她们有的像幽灵似的移动，有的像喝醉酒似的依在电线木杆上，嘴角上随便地叼着烟卷，双手交叉在胸前，故意把乳房隆起。她们的眼睛都盯住旅馆的大门和路上的行人，每当有男人走过时，便嗲声嗲气地叫喊起来：

“去吧，屋里去吧！”

“不要脸，婊子，臭货。”传来了行人的谩骂。

这骂声立即引起一阵麻木的轰笑：“寿头、猪猡、赤佬……”一连串下流的咒骂来自这群女人。

在这一群女人中也混着徐文霞。那时她被老鸨叫作阿四妹。才十七岁的孩子啊，瘦削而敷满白粉的脸映着灯光更显得惨白惨白……

这些事已经去得很遥远了，仿佛已经退到了世界的另一边，可是，徐文霞一想起来便颤抖！

一九五二年，人民政府把所有的妓女都收进了妇女生产教养院，治病，诉苦，学习生产技能。徐文霞在那里度过了终身难忘的一年。她不知道母亲是什么样子，也不知道母爱是什么滋味，人间的幸福就莫过如此吧，最大的幸福就是在阳光下抬着头，做一个真正的人！

那一年以后，徐文霞便进了新生染织厂做工，后来调到大生布厂做挡车工，最后又进了勤大纱厂。厂长见她年轻，又生着一副聪明相，说："别织布吧，学电气，去，那里需要灵巧的手。"

生活在徐文霞面前放出绮丽的光彩，尊敬、荣誉、爱抚的目光一齐向她投来！她什么时候体验过做人的尊严呢，她怀着惊奇的心情进入了另一个世界！

慢慢地，徐文霞担心了，害怕了，她怕小伙子们那奇特而灼热的目光，怕那目光透过她的心胸而发现她身后的恶魔，那时候奇特就会变为鄙视，灼热就会变为冷漠！她深藏着自己的身世。好在几次调动后已经没人知道这些了。让它去吧，让它像噩梦般地消逝吧。

爱情呢，家庭的幸福呢？徐文霞不敢想，也怕别人讲，怕人提起解放前的苦难，更怕小姐妹翻弄准备出嫁的衣箱。她渐渐地孤独起来，在寂静无声的夜晚，常蒙着被子流泪，无事不愿有人在身边。于是，便在这条古老的小巷里住下来。这里没有人打扰她，只是偶尔有行人走过，皮鞋敲打着搁空的石板，发出叩磬般的响声，响声在深巷里渐渐地远去，又送来微弱的回音。她拼命地读书，伴着书度过长夜，忘掉一切。那些小伙子不肯放松她，常写信来，徐文霞接到这些信便引起一阵惆怅，后来索性不看便撕掉："谁能和做过妓女的人有真正的爱情？别尝这杯苦酒吧！"

徐文霞烦躁不安，从书桌旁站了起来，在房间里走动，跟着又强迫自己坐下来，双手捧住头，手指捺着突突跳动的太阳穴，好像要把头脑里的杂念统统挤掉。她深深地透了口气：

“把工作让给我，把爱情让给别人吧！”

徐文霞重新打开《小代数》，努力去探索方程式中的奥妙。一会儿工夫，字母在眼前舞动起来了，像波浪似的起伏。她拉拉眼皮，想唤回注意力，不消多时，又浮动了，像湖水似的荡漾开去……

可能是天气燥热吧？徐文霞伸手推开长窗，窗外起着小风，树叶子互相敲碰，沙沙地作响。夜气和秋声能催人入眠，徐文霞却更加烦躁！

徐文霞为啥烦躁，她自己知道。那个大学毕业的技术员张俊的影子，如今还在眼前晃动：年轻方方的脸上放着红光，老是带着笑容和自己谈话，常跑到自己的身边来，想找点什么吧，却又涨红了脸无声地走开。徐文霞知道为着这些事烦躁，却故意不肯承认，用这种办法，她击退过多次爱情的侵袭。今天怎么搞的呢？说不想，却又偏去想：“他今天为什么到我这里来呢？先是轻轻地敲了一下门，隔半天又敲了一下，想进来又不敢进来。他的脸那样红做啥？别这样红吧，同志，难道我这个人还能讥讽别人吗？唉，他为什么不讲话，他蛮会说话的嘛，今天倒成了结巴。尽翻我的书看，还看得很有趣咧！这些书他不是都读过的吗？他要帮我补习代数，还要教我物理。昏啦，我竟答应了他，要是他怀着什么心思，我可怎么办啊！”

徐文霞平静的心被搅乱了，全部“防线”都崩溃了。她拒绝过许多奇特的目光，撕掉好些美丽的信件，却无法逃避张俊那纯真的、孩子般的眼睛。她收不住奔驰起来的思想野马，一会儿觉得充满了幸福，幸福得心都向外膨胀！一会儿却又充满了恐惧，那么可怕，像跌进了无底的深坑！各种矛盾的心情痛苦地绞缢着她，悲惨的往事又显现出来。她伏在桌上抽泣起来，肩膀在柔和的灯光下抖动。

窗外下起雨来，檐头水滴在石板上，倾叙着说不完的闲话。

时间从秋天到了冬天，徐文霞的心里却开满了春花。

一下班，张俊便到徐文霞的房间里来，坐在她的对面，呆呆地看着，看得徐文霞脸红：

“来吧，抓紧时间。”

张俊笑着，打开课本。世界上再也找不到这样好的老师了，他不仅讲，还表演，不知道从哪里找来许多生动的比喻。这一点，张俊自己也不明白，在徐文霞的面前，他的智慧像流不完的河水。

徐文霞开始做习题时，张俊便坐到另一张桌子上做他自己的功课。这时候，房间里静极了，只有笔在纸上轻微地作响。张俊一闷到书桌上，能两三个小时不动身，徐文霞深怕他闷坏了脑子，便走过去拉拉他的耳朵，搔搔他的后脑。张俊嚷起来：

“好，你又破坏学习！”

徐文霞咯咯地笑着，坐下来。不一会，又向张俊手里塞进一只苹果。

张俊把苹果放在桌上，先不去动，过了一会，拿起来看看，然后到徐文霞的袋袋里摸小刀。

“好，这一次是你破坏！”

“苹果是你送来的嘛！”

这一阵骚动，两个人都学不下去了，便收起书本，海阔天空地谈起来。张俊老是爱谈将来，一开口便是五年以后：

“那时候我是工程师，你是技术员……”

“我也能做技术员吗？”

“只要你学习的时候不调皮。”张俊在徐文霞的前额上戳了一下。“那时我们还在一起工作，机器出了毛病，我和你一起修，我满脸都是机油，嘿，你会不认识我哩！”

“你掉在染缸里我也认识。”

“要是世界上有这么一对，他们一起工作，一道回家，星期天带着孩子上街……多好啊！”

徐文霞被说得心直跳，脸绯红：“那是人家的事情，谈它做啥？”

张俊越谈越远，越谈越美。徐文霞好像浸在一缸温水里，她第一次感到爱情给人的幸福和激动。

实在没话谈了，他们便挽着手到街头散步。苏州街上的夜晚，空气很新鲜，行人却又那么稀少，挑馄饨担的人敲着木铎，在附近的什么地方游转，那笃笃的响声，更增加了街头的谧静。他们尽拣没人的地方走，踩着法国梧桐的落叶，沙沙地，怪舒服。徐文霞老爱把那些枯叶踢得四处飞扬。到底走多少路，他们并不计较，总是看着北寺塔，看到那高大巍峨的黑影时便回头。

张俊每天都到徐文霞这里来，实在忙了，睡觉之前也一定要来说一声："睡吧文霞，明天见。"

徐文霞也习惯了，等到十点半张俊还不来，她便睡下，聆听着门上的钥匙响，等张俊的大手在她的被头上拍两下："睡吧文霞……"然后，真的安详地熟睡了。

在爱情的海洋里，徐文霞本来已经绝望了，却忽然碰着救生圈，她拼命地抓着，深怕滑掉。夜里。她常常梦见张俊铁青着脸，指着她的鼻子骂："我把你当块白璧，原来你做过妓女，不要脸的东西，从此一刀两断！"徐文霞哭着，拉住张俊："不能怪我呀，旧社会逼的……"张俊理也不理，手一摔，走出去，徐文霞猛扑过去，扑了个空，醒来却睡在床上，浑身出着冷汗，泪水洒湿了枕头，人还在抽泣。

徐文霞再也睡不着了，多少痛苦都来折磨她：

"怎么办呢，老是这样下去吗？万一给张俊知道呢？告诉他吧……不，他不会原谅我。像他这样的人，多少纯洁的姑娘都会爱上他，怎么能要一个做过妓女的人啊！不能讲，不能讲啊！"徐文霞用力绞着胸前的衬衣，打开床头的电灯，她恐惧，她忧愁。她不能失去张俊，不能没有张俊的爱情。

初冬晴朗的早晨，天暖和得出奇。苏州人都溜进了那些古老的园林，去度过他们的假日。

徐文霞穿着鹅黄色闪着白花的绸棉袄。这棉袄似乎有点短窄，可是却把她紧束得更加苗条而伶俐。辫子也好像更长了，拖过了棉袄的下摆，给人一种颀长而又秀丽的感觉。她左手拎着黄草提包，右手挽着张俊的臂膀。他们悄悄地走进了留园，在幽静曲折的小道上漫步。他们的脚步是那么的一致、轻捷，硬底皮鞋叩打着鹅卵石子，咚、笃，好像尖指拨动了琵琶的丝弦。小道的两旁是堆得奇巧的假山，尖尖的石笋，瘦透的太湖石参差耸立；晚开的菊花还是那么精神，不时从太湖石的洞眼中冒出一枝。徐文霞的眼珠像清水里的一点黑油，滴溜溜地转动着，她心旷神驰："老天爷，但愿能永远这样吧！"

他们在清澈的小石潭旁立了片刻，和孩子们一起呼唤石潭中五彩缤纷的金鱼；然后又转过耸峙的石峰，前面出现了一座小楼。

"上楼去吧。"徐文霞动了一下她的右手。

张俊拉着她的手就向假山上爬。

"咦,上楼嘛！"徐文霞跌跌跄跄地,爬到山顶直喘气。"我叫你上楼，你偏要上山！"

"已经上楼啦，还怪人！"

徐文霞向前一看，真的上了楼，原来假山又当楼梯，使人在玩弄山景中不知不觉地登了楼。徐文霞忍不住笑起来，停了会儿又叹气：

"俊，你看造花园的人多灵巧啊，人总是费尽心机，想把生活弄得美好点。"

"走吧，说这些空话做啥。"

穿过了曲折的回廊，徐文霞的心中有些忧伤："唉，空话，要是你明白了造园人的苦心，你就会同情他，原谅他的过错，成全他那美好的愿望。”

张俊一楞，发现了徐文霞那忧伤的眼神：“怎么啦文霞，想起什么心事吧？”

“不，没有什么。”

“那你为什么不高兴呢？”

“高兴哩，能和你在一起总是高兴的。”徐文霞强笑了一下。“走吧，你看前面又是什么地方？”

前面是一个满月形的洞门，门内是一派乡村的景色。豆棚瓜架竖立着，翻开的黑土散发着芬芳。他们在牵着葫芦藤的紫藤架下走过去，那些缀满在枯藤上的小葫芦，像繁星似的悬挂在他们的头上。

张俊沉默了一会，躲躲闪闪地说：“文霞，你说心里话，你觉得我这个人怎样？”

“怎么说呐，我这一世，要找第二个，恐怕……再也……”

张俊蹦跳起来，脸像太阳钻出云隙，向四面放射出光彩：

“文霞，我们结婚吧！”

徐文霞陡然一震，喜悦夹着恐怖向她猛袭过来！她脸色苍白，嘴唇抖动，半晌才说：

“走吧，我们向前。”

张俊的心潮从高处倾泻下来，化成了潺潺的流水，向深远处流去：

“文霞，人生的道路短暂而又漫长。在这条路上，两个人搀着手，齐奔共同的理想，一个疲乏了，另一个扶着她；一个胜利了，另一个祝贺他。你说，还有爬不过的高山，渡不过的大河吗！”徐文霞感动得几乎掉下泪来。有这样的人伴着自己度过一生,不正是一个迷人的梦，一幅美丽的画吗！可是，她却不得不疑惑地望着张俊，心里在发问:“要是你知道了，你还能说这些话吗？”她痛苦地低下了头，说声:“走吧。”

那边出现了一座土山。山上长满了枫树，早霜把枫林染红了，红得像清晨的朝霞。在半山腰的石凳上，坐着个人，这人背朝着徐文霞，拉起大衣领子在晒太阳。徐文霞咯咯的皮鞋声，引起了这人的注意，便回过头来，露出一张扁平的脸，这脸像一面绷紧了的皮鼓，眼睛、鼻子、嘴巴不分什么高低，在皮鼓的两条裂缝中，尖溜溜的眼睛盯着徐文霞。等到徐文霞发现这人时，已经到了眼前，这人立即站起来，恭恭敬敬地说：

“你好呀四妹，你还在苏州吗？”

“你！你……也在这里玩吗？再见。俊，到山顶上去看看吧。”

徐文霞拉着张俊的手，一溜烟奔上了山巅。她慌乱哪，喘气，眼皮跳动，腿肚发抖，浑身直打寒颤。

张俊望着那个人，见他已懒洋洋地下了山去。

“那是谁，怎么叫你四妹？”

“没有什么，一个熟人。四妹是我的小名。”徐文霞哆嗦着。她呆了一会又说：“回去吧，这里很冷，没啥看头。”

张俊看着徐文霞奇怪的神色，疑惑不解，忐忑不安地出了园门。

门上轻轻地敲了一下。半晌，又轻轻地敲了一下。

徐文霞的脸色从惊疑变成了喜悦，敏捷地从床上弹起来：

“是他，又忘了带钥匙！”

徐文霞轻轻地、慢慢地拉开门，想猛地冲出去，吓张俊一下。

忽然，有个扁平的脸在眼前晃了一下，徐文霞一惊，一阵凉气从脚下开始传遍了全身。朱国魂！就是那天在留园碰到的朱国魂。徐文霞愣住了，手搭着门边，不知道关上呢，还是放他进来。

朱国魂微笑着，向巷子的两端看了一眼，不等什么邀请，很快地挤进门来，跟着便弯了弯腰，叫了声徐小姐。

听到朱国魂不是喊阿四妹，而是喊徐小姐，徐文霞更加惶乱了：“都知道啦，这个鬼！”她努力使自己镇静，不露出一点慌张的神色：

“这几年在哪里得意呀，朱经理？”

“嘿嘿，没有什么。前几年破坏了市场，得到政府一点教育，劳动改造了两年。现在的政府跟过去大两样啦,吃官司不打也不骂。劳动嘛，人人都得劳动呀。徐小姐，听说你这两年很抖呀！”朱国魂努力想学点儿新腔，不小心又漏出了老话：很抖。

“现在谈不到抖不抖。”徐文霞感到一阵恶心。

“是的，是的。劳动就是光荣。”朱国魂向房间里打量着，一样样看过去，想从每样物品中探出女主人的秘密。

徐文霞戒备着，心跳得厉害，不知道他下一步会要出什么花招来。

朱国魂的目光从物品回到了徐文霞的脸上，那目光变得大胆而随便。

徐文霞的眼睛也盯着这张扁平的脸，她那目光中有着屈辱的胆怯和愤怒的火焰。就是这个投机商，解放前第一个占有了她，包着她的身子残酷地加以摧残。现在他想干什么呢？不讲话，伸长着脖子挨过来，咧着那个圆圈圈似的嘴直喘气。徐文霞向后让着，打恶心，真想伸手给这张扁平的东西一记巴掌。可是她忍着。从碰到的那天起，她就怕这个人，总觉得有把柄落在这个人的手里。

朱国魂无所顾忌地操起流氓腔来：

“嘻嘻，阿四妹，你真有两手，竟给你搭上了张俊那小子，大学生，一表人材，咳咳，有苗头！当心噢，过去的那段事要瞒得紧点，露了风可就炸啦！”朱国魂眨着他那小眼睛，故意拖长了声音：“当然啰，我不是蜡烛，决不会公开我们在解放前的那段交情，君子成人之美，对不对？”

徐文霞像被雷劈了一下，手脚冰凉，极力保持着的镇静消失了，脱口说出心里话：“你怎么晓得这么详细？”

“嘿嘿，买卖人嘛，打听行情的本事还是有的！”

徐文霞脸色煞白，一霎时转了很多念头：痛骂，轰他出去，上派出所！这些都容易做到。可是，要是给张俊知道呢，要是这恶棍加油添酱地告诉张俊呢……她不敢想，头昏沉起来，那张扁平的脸在眼前无限制地伸长、扩大，成了极其可怕的怪相。徐文霞眨眨眼，心一横：

“你要怎么样呢？朱经理，大家都是明白人，有什么话放到桌面上。”

“呃，谈不上怎么样，这又不是解放前。不过，我现在摆个小摊，短点本，想向你借一点。大家心里有数，人有急处，船有浅处嘛！”

徐文霞打落了门牙往肚里咽，气得肺要炸，却又不敢讲话，下意识地伸出颤抖的手，摸出一叠钞票放在桌子上。

朱国魂欠欠身，一串连声地谢谢。他把大拇指放在嘴唇上蘸点唾沫，熟练地一数，又笑嘻嘻地放在桌子上：

“徐小姐，不是我嫌少，也不是我过去在你的身上花过多少钱，实在是这二十块钱不能派什么用场。要是你身边不便，我隔日再来拜访！”

徐文霞咬着下唇，脸涨得发紫，拉开抽屉，摔出了一个月的工资，转身扑倒在床上，掩面痛哭起来。

冬天，渐渐地摆出它那冷酷的面孔，连日刮着西北风，雪花飞飞扬扬地洒下来。

徐文霞呆坐在窗前，面容消瘦了，目光滞板，那滞板的目光直盯着玻璃窗，看着雪花扑打到玻璃上，化成水珠，像眼泪似的流下来。窗外的雪更大了，大团的雪花飞舞着，把世界搅成了蒙蒙的一片。

床头的闹钟嗒嗒地响着，它永远那么不慌不忙。徐文霞又向钟看了一眼：“他怎么还不来啊！”

“知道了吧，朱国魂告诉他啦！”徐文霞的心像悬在蛛丝上，快掉下来了，却又悬荡着：“他在发怒哩！不，在难过，他心爱的人原来做过妓女啊！”

“滴铃铃铃……”闹钟突然响起来。徐文霞一惊，赶快去按了一下，无力地坐在床上，手按捺着跳得别别的胸脯。张俊不在身边时，她怕听见响声，怕朱国魂又来纠缠。她真想离开这座冷静的房子，可这冷静的房子也许会变成归雁的小窝！

“不，他还没有知道呢，朱国魂不会轻易地放过我，这条毒蛇，不把血吸干了是不会吃肉的！”

张俊进来了，跺着脚，抖掉雨衣上的雪，脸冻得通红，嘴里喷出白汽：“多大的雪啊，你出去看看吧，好几年不下这么大的雪啦！”

徐文霞飞奔过去，搂着他：“怎么现在才来？最近怎么常常来得这么迟呀！”

“是你的心理作用，还不是和过去一样。别乱猜，文霞，无论怎样，我总不会离开你。”

徐文霞把张俊搂得更紧了：“别离开我，别丢掉我啊！不，就是丢掉我，我也不会埋怨你。”

张俊推开徐文霞，拉着她的手，呆呆地看着：“消瘦了，眼眶中含着泪水，心中藏着什么痛苦呢？不肯说，又不准问。唉，亲爱的姑娘，有什么事我会对你不肯原谅！”张俊的嘴唇动了两下，想说什么，又忍住了，最后还是重复那句常说的话：“结婚吧文霞。”

徐文霞放开张俊的手，向后一退：“离开我吧，张俊，我配不上你，你会后悔的，离开我吧！”说着又扑过去，埋在张俊的怀里揩眼泪。

张俊抚摸着她的头发，又怜惜，又着急：“别难过，不要把我当成那种轻薄的人。”他拍拍徐文霞。“还有个会等我去，你先看看复习题，明天再讲新课。别乱想呀！”

徐文霞恍恍惚惚地：“走啦，又走啦！最近他总是这样匆匆忙忙。好吧，结局快到了，到了，总有一天会到的，不如早些吧！”徐文霞哪有心思复习小代数呀，不知不觉地又去打开箱子，把新大衣披上，把新皮鞋穿上，围好那红色的围巾，对着镜子慢慢地旋转，嘴角的微笑和眼角的泪珠同时出现。她叹了口气，又一件件脱下来，再把那些花布、绸料翻出来，看一看，又放进去。嫁妆！她自己也不相信，这些东西竟是买来准备结婚的。她幻想着这一天，却又不敢相信会有这一天，可却偏偏要买这许多东西。这几天张俊不在时，她便独个子翻弄这些什物，玩赏着，作出各种美妙的想象，交织着光彩夺目的生活图画。越是痛苦失望的时候，她越是爱想这些。

“你好呀，徐小姐。嗬！准备结婚啦，我讨杯喜酒吃。”朱国魂！张俊刚才出去时忘了锁门。

徐文霞一看见这个人，所有的幻想都破灭了。她嘣地一声关上衣箱，弹起眼睛问：“你又来做什么？”

“上次，承你借了点小本钱……又光了。”

“怎么，我是你的债户，出去！”徐文霞挺身直立，眼睛都发了红，她恨不得燃起一场大火，把这个人烧成灰烬！

“何必这样动火呢，徐小姐。有美酒大家尝尝，一个人喝光了是要醉的！”

“你！”徐文霞叫了一声，怒火在心中翻滚。自己的一切幸福与欢乐都被这个人砸得粉碎，拼了吧，跟这个畜生！可是回头看看衣箱，心又软下来，手抖抖地摸出二十块钱。

朱国魂没有料到第二次勒索竟这么容易，不禁向徐文霞看了起来，发现她近几年竟长得如此苗条而又丰满。高高的胸脯，滚圆的肩膀，浑身散发着青春诱人的气息。他的心动起来了，升起了一种邪恶的念头，扁平的脸上充满了血：

"今晚我睡在这里。"

"叭叭！"两声清脆的耳光。

朱国魂没防着，猛地向后一跳，手捂着面颊：

"正经的啥，我又不是第一次。"

徐文霞猛扑过去，像一头发怒了的狮子，所有的痛苦、屈辱和愤怒一齐迸发出来，用力捶打着朱国魂。

朱国魂痛得并不厉害，只是小声地嚷嚷："看哪，欺负人哪！"

徐文霞什么也不顾了，一口咬住朱国魂的膀子。

朱国魂真的痛得跳起来了，用力一甩，随手拎起一张方凳，想了想又轻轻地放下来：

"别这么麻木，要为你的前途着想。"

徐文霞只当没有听见，夺过方凳猛力掷过去。朱国魂晓得不好，转身溜出门去，方凳轰隆一声撞在板壁上。

徐文霞站在张俊的宿舍门口，头发蓬乱，脸色发青，眼睛里却放射着坚定的光芒:“去！告诉他，让我一个人出丑，让我一个人痛苦吧！”心里虽然这么想，脚步却不肯移动，仿佛门槛里有条深渊，跨进一步就无法挽救！

张俊洗完了脸，端着满满一盆肥皂水，用力向门外泼，忽然发现门外有人，连忙收住，半盆水都泼在自己的身上。

“你！文霞。”张俊惊叫起来。看到徐文霞这副样子，更加惊慌，拉着她的手坐到床沿上：“发生了什么事啦文霞，快告诉我，快！”

徐文霞痴呆着，眼睛直楞楞地看着张俊。

“什么事呀？文霞！”张俊摇着徐文霞的肩膀，“快说吧，看你气成这个样子，唉，急死人啦！”

徐文霞还是僵呆着，突然一转身，扑到张俊的怀里，眼泪像决了堤的河水！

张俊慌乱极了：“别哭，有话快说，别哭嘛！给人家听见了不好。”

徐文霞不停地哭着，让眼泪来诉说她的身世、痛苦和屈辱。一直哭了十多分钟，才觉得塞在心头的东西疏通了，慢慢地平静下来，深深地吸了口气，坦率地叙述着自身的遭遇。

曾经有多少个夜晚啊，她把这些话在胸中深深地埋藏着，这些话中的每一句，都能像利刃一样在她的胸口剜绞。可是现在，当她毫无保留地说出时，却一点也不骇怕。开始时还有些羞涩，说得断断续续，慢慢地却越说越流畅，越说越激昂；到后来她觉得自己坚强起来，巨大起来，觉得她是站在原告席上，对旧社会发出悲愤的控诉！

徐文霞说完了，拉着张俊那修长的大手，看着他那惊呆了的脸，想到不得不和他分手时，忍不住又抽泣起来。

张俊被徐文霞的叙述激怒了。他像听到了一个令人不平的故事，愤怒地从床沿上跳起来："那个坏蛋在哪里？岂有此理，现在竟敢做这种事，我去找他！"

"别去吧，派出所会找他的。不要为我的事情暴躁，我已经对不起你了，你一片真心待我，我却瞒了你这么长的时间。原谅我吧张俊，我在冬天冻怕了，总希望永远是春天……"

"别哭吧文霞，不能怪你。"

"不，应当怪我，我太自私了，我为什么要拖住你呢，拖住你来分担我的耻辱和痛苦？！离开我吧张俊，我求求你，也许一时会不习惯，慢慢就会忘掉的。不要完全忘光，永远记住一个人，她不能和你捻手同行，她永远祝福你……"徐文霞说不下去了，伏倒着又哭起来。

张俊混乱极了，心被两把挠钩攫住，向两边撕裂，一是身后的抽泣，一是窗外的夜空。就在同一个夜空下面，在阊门外，旅馆旁，在昏暗的街灯下面……

张俊的沉默不语，倒使徐文霞平静下来，这是她想象中最好的结尾，一切在沉默中了结。她支撑着爬起来，默默地、深情地在心底里喊了一声："再见！"轻轻地、无声地退了出去……

夜深了，空气冷得几乎凝结，大半个月亮挂在屋檐上，屋面在寂静中粘上了浓霜。

在那条深邃而铺着石板的小巷里，张俊在徘徊，他远远望着徐文霞那个亮着灯的窗户，每次走到窗户跟前又回头："怎么说呢，向她说些什么呢？"他想得出，那盏灯下坐着一个少女，这少女是美好和善良的化身，她无论如何也不能和妓女这个名字联系起来，但连不起来却偏要连起来！张俊咆哮了：是谁在洁白的绫罗上染了一个斑？是谁在清澈的溪流中吐了一口痰？不能怪她啊，在那个黑暗的时代里，一个柔弱的孤儿怎么能主宰自己啊！

要是作为一个普通女孩的不幸，毫无疑问，张俊是会同情的，而且马上就能谅解。可是，这是徐文霞，是个要伴着自己度过一生的姑娘……他踌躇着，在巷子里一趟又一趟地走着。许多往事在眼前起伏，他想起和徐文霞相处的那些充满了欢乐和激动的日子，在那些日子里，天空变得更蔚蓝，道路变得更平坦，悲伤都是快乐的前奏，失败都是成功的象征，一切都充满了活力、希望和信心。这些都是受到一个姑娘的激励，这姑娘挣扎出了苦海，向自己献出一颗纯洁的心。她忍受着那么多的痛苦来爱自己，又那么向往着美好的生活和不断地上进。张俊慢慢地觉得自己卑下而又渺小起来，是一个缩着脖子弓起腰，在世俗的闲言和传统面前的败兵！

张俊抬起头来，对着圣洁的夜空发问："和这样的姑娘在一起，有什么会玷污了你呢？你为什么不敢说：'我们永远不要离开，在人生的道路上携手向前！'为什么不敢说？有什么不好说啊！"张俊不觉喊出了声音，猛地一转身，奔跑到徐文霞的门前，一摸，又忘了带钥匙，便捏起拳头拼命地敲门……

苏州，这古老而美丽的城市，现在又熟睡了，只有小巷深处传来一阵紧似一阵的敲门声。

1955 年 10 月

献身

晚上七点半，月亮刚刚升起。一个女人来到了土壤研究所的传达室里。这女人看上去象四十多岁，眉目清清，圆圆的脸，短短的头发向后掠起。她迟疑了一下：

“麻烦，我找卢一民。”

近日来，找卢一民的人很多，这位曾被“四人帮”赶出研究所的科学工作者，前两天刚调回来，找他的人川流不息，所以值班的老宋也没有细看来人，便把会客单递到她的手里。等到老宋拿起会客单一看，不禁叫起来：

“啊，唐琳！”

唐琳也叫起来了：“老宋，你还在这里！”

“在呀，在呀，我这老头儿是离不开大门的。”老宋拖过凳子，“坐，你坐。哎呀，头发还没有白嘛，还在公司里？”

唐琳没有讲话，只是点了点头。

“哎呀，唐琳，好人还是好人，是非总是颠倒不了的。‘四人帮’那么陷害卢一民，把他赶下农村，嗨！倒是如鱼得水，他在那里治沙改土，取得了很大的成绩，还写了一本书呐！”

老宋岔开两个指头比划着，“喏，这么厚！”

唐琳还不讲话，笑笑。

“老卢这一回来，咱们研究所都乐啊，要甩开膀子干啦！可是……你们夫妻，呃，破镜就圆了吧，有什么过不去的！”老宋乐哈哈地在唐琳的肩膀上拍了一下，把她轻轻地向前一推，“去吧，他在家，还在你们住过的老房子里。”

唐琳讲话了：“老宋，我是作为一个朋友来看看他的！”

“行行，去吧，重新交个朋友吧！”

唐琳沿着水泥道往前走，拐弯以后，路面铺着石头，高大的法国梧桐耸立在路的两边，月光从枝隙间筛下来，使景物变得迷离。唐琳的脚步慢下来了，想法在动摇，勇气在消退。

灯光闪烁在石路的尽头，一排平房的轮廓显现在月光的下面，窗子里有人影晃动，高声的谈论传到了窗子的外面，接着便是一阵爽朗的大笑。

唐琳听得出，这是卢一民和党委书记曾同林的谈笑声，过去的那些年，他们的谈笑曾经为家庭带来过生气。

唐琳犹豫起来，踟蹰不前：去，还是不去？

她想起来了，就在附近的冬青树旁，有一张木制的长椅，多少年来，她曾经坐在长椅上结毛衣，看着女儿小玲在草地上嬉戏。

长椅还在，而且是新近油漆过的，沾着夜来的露水。唐琳坐下来，望着前面那熟悉的门户：去，还是不去？

其实，这件事唐琳想过何止千遍，再想也是徒然。眼前的景物倒使她想起了往事，往事虽然久远，却又那么清晰：

那时候，卢一民多么年轻，多么俊逸；高高的个子，深邃的眼窝，眼珠儿像黑色的玻璃球浸在清水里。虽然有些不修边幅，可是那才华，那充沛的精力，好像是从散乱的头发、从敞开的衣衫中向外漫溢！他家庭贫困，是靠一位小学老师的资助，靠自己的刻苦读到大学毕业。他学的是土壤化学，却对历史、音乐、文学都有涉猎。他会写诗、会唱歌，还会画几笔，在反饥饿、反迫害时他的诗画传单飞舞在街头，他和同学们手挽着手，高唱着《团结就是力量》，冲向国民党的刺刀和水龙头。那时他参加了共产党。初到研究所时做团的工作，后来，党委书记曾同林和他谈话："小卢，还是干你的老本行吧，无产阶级需要自己的专家！"

好像是一个有风的天气，唐琳也坐在这椅子上，卢一民站在她的面前，讲到他们的未来，讲到社会主义，风吹着他那散乱的头发，吹着法国梧桐的枝叶，哗哗的呼啸增加了他语言的激昂和情绪的热烈：

"唐琳，我要把毕生的精力都献给它！"卢一民弯身抓起一把泥土，"你看，这是先烈们用鲜血换来的，四万万同胞在这九百六十万平方公里的土地上栖息；可是我们对它还很陌生，不完全了解它的奥秘。我的老师说过，他那时研究土壤，总担心会把地主和资本家养得太肥。我们是幸福的，我们的研究将直接造福于人民，造福于人类！"卢一民把手中的泥土高高地抛向天空："开始啦！唐琳，我们是幸福的！"

当时，唐琳确实也感到幸福。她觉得未来的丈夫即将从事一项伟大的、轰轰烈烈的事业！她也和卢一民一样，憧憬着未来，憧憬着社会主义。可惜她的社会主义概念，是从苏联画报和什么小册子上得来的，那是美满的家庭、幸福的生活，是海滨的浴场和欢乐的假日……这一切虽然遥远，却像夜空的星星一样明灭可见！

婚后的唐琳，不那么如意，觉得丈夫所从事的事业并不轰轰烈烈。相反，卢一民却像潜水员下了大海，隐没在万顷波涛之中，无声无息。他经常出外踏勘山川河谷，风尘仆仆，辗转万里；经常去参加学术讨论和专业会议，一去几个月、半年；回来以后不是蹲实验室便是坐图书馆，晚上又寂静无声地钻进书堆里。生活的一切光彩，通过他的凸透镜，统统聚成了一个光点，一个白炽的光点，深深地钻进土壤里。他没有星期天，没有假日，甚至缺少必要的休息。唐琳只听见他深夜轻轻地咳嗽；只看见那些读不完的厚书和写不完的笔记。开始的时候，她不去打扰他，让他专心一致，早点作出成绩，一年、两年……

卢一民的第一部学术著作，是和他的女儿同时呱呱坠地的。他从广泛的角度论述了土壤与宏观世界各方面的关系，跳出了传统土壤学狭隘的范围。立论新颖，论据详细，文笔清晰流畅，富有文学意味，引起了学术界的普遍重视，国外的刊物也转译了某些章节。同志们敬佩他，曾书记表扬他，号召研究人员向他看齐。

丈夫的成就，女儿的诞生，使唐琳的面前闪耀着一种奇异而炫目的光彩，照亮了她那几乎被遗忘在家庭琐事间的憧憬，那夜空的星星似乎已经落到了地面！卢一民却什么也没有看见，反而更深地隐没在土壤之中，更加没有声息。

和他们差不多年纪的人，这时候是个小家庭蒸蒸日上的建设时期，可是他们这里却是清水冷灶，没有增设，连必要的投资也都送进了书店。

唐琳是个要胜好强的人，经过一番比较，有点沉不住了：

"一民，我们也该添置点家具吧？"

"对对，书架子还需要买几只。"

"一民，明天带孩子到公园里去吧？"

"好好！不过……最好还是你带她去，我这里还有点问题。"卢一民说着，眼睛又回到书本里。

唐琳认真了，把那些看不完的书向旁边一推："一民，我想问问你，你大概把我们这个家忘记了吧！"

卢一民抬起头来，深深地透了口气："没有，我总是记着，每个家庭都建造在土地上面。对了，我们这里似乎冷清了一点，是吗？"

"我不明白，难道研究土壤的人就不要孩子，不要鲜花，不要山光和湖水？"

"啊，要，全要！"卢一民站起来了，窗外鸟声啾唧，春光是那么明媚。"要啊！我们要让禾苗长得更茂盛，要让鲜花开得更美；要让群山都披上新装，要使湖水更加明澈；让孩子们生活在繁荣富强的社会主义国家里……"卢一民满怀着真挚的感情，用着诗一般的语言。

唐琳不再为这种语言感动了："既然是这样的话，你为什么要像个苦行者呢？”

卢一民想了一下：“不是苦行者，我们是登山队。一个登山队员为了爬上喜马拉雅山顶，就只能带一点仅能够维持生命的东西；如果他什么都想要，一样也舍不得丢弃，那是无法达到顶点的。唐琳，我很抱歉，不能为你分担许多杂事，不能和你一起休息。我觉得，一个人登上山顶，总是和许多人的辛劳分不开的，因此我感到惶恐，一刻也不敢停息！”

唐琳感动了，觉得卢一民的心地是一片真诚，不应该受到责备。可是，生活里不会天天放焰火、过节日，却天天有工作、家务和柴米。天长日久，唐琳感到幸福十分渺茫，身心十分疲惫，不免时有怨言。

研究所里有个人，名叫黄维敏。此人虽然在工作上毫无成就，却能研究出许多实用的东西，诸如房间布置，家具款式，烹调技术，假日的游戏等等。他觉得卢一民已经是个名人，马上就要提升，很想接近接近，尽管不一定立刻就得到什么好处。他相信，多拉一个有用的关系，等于投放一笔资金，什么时候用到的话，那利息会大得惊人！平时也可以作为一种抬高身价的资本：“某某嘛，他和我是老朋友啰！”

有一次，唐琳到食堂里去拿菜，黄维敏见了直摇头：“你们呀，是工资少呢，还是职位低，老是这么寒寒伧伧的！”

唐琳笑着说：“没有办法，老卢就是那个脾气。”

黄维敏很起劲：“有办法，星期天到我家来做客，让他增加一点感性知识！”

唐琳答应了。她并不希望卢一民成为黄维敏那样的人，而是想让他有点交游，扩大一点眼界，看看人家是怎么生活的。

那是个暮春天气，唐琳难得出外做客，她特地穿了一身新衣，拉着没精打采的卢一民，走到黄维敏家的门口。

黄维敏揩擦着双手迎出来："请到客堂里去坐，我正在亲自动手。"

客堂里已经到了几个人，正在谈论黄维敏生活的本领。

唐琳四面打量着，开始启发卢一民："你看，人家的客堂多雅致，齐白石的虾，徐悲鸿的马，都是从哪里弄来的？一民，你看看嘛！"

卢一民笑着说："看见了，都是荣宝斋的产品。"

客人们都忍不住笑起来了。

唐琳不服："荣宝斋的产品也很精致，总比钉两张地图好一点。"

"不一定……"

黄维敏拎着水壶，兴冲冲地进来："你们笑什么？"

唐琳故意开了一句玩笑："笑你忙得像猴子似的。"

"啊，这是对我的赞美！今天卢老兄肯光临寒舍，我情愿扮演我们的祖先。"黄维敏说着，便拎着水壶走到卢一民的面前，卖弄着："卢老兄，你喜欢什么茶叶，我这里差不多都可以满足的。"

卢一民对黄维敏的为人并不钦佩。这人在学生时代就倒卖过"袁大头"[1]，有一种令人厌恶的市侩习气，便忍不住把茶杯伸到他的面前：

---

1. 一九四八年国民党的货币贬值，一日三变，人们多以银元作为保值货币。一时间市场上出了许多银元贩子，进行银元与货币的捣卖，获取暴利。因为有一种银元上有袁世凯的大头像，所以人们便把银元称作"袁大头"。

“谢谢，我希望从你这里得到一杯干净纯洁的水。”

黄维敏愣了一下：“呃呀，你的要求太高，一壶崂山矿泉水的价钱会超过所有的茶叶！”

唐琳连忙打岔：“老黄，你这些古怪的家具在哪里买的？”

黄维敏笑着：“先喝茶，关于家具以后再议。”说着，向唐琳眨眨眼睛，退了出去。

这是一顿十分好看而并不丰盛的筵席，颜色很美，价钱不贵，至于那些细瓷的餐具，当然不会吃到肚子里。

宾主入坐时，有人发出啧啧的叹息：“唷，多美，看了叫人开胃！”

黄维敏得意了：“食物有三大要素：色、香、味。”

卢一民听了有些倒胃，他不是一般地反对美食，而是联想到黄维敏这个人，工作逢迎讨好，花拳绣腿，却把精力集中在这些事情上面。便也跟着叹息：“唉，老黄，弄这么一桌饭要花多少时间和精力！”

黄维敏懂得这话的意思，但是并不介意，人生的哲学是各不相同的：“卢老兄，这种精力是不会白费的，它会以双倍的欢乐偿还的！”说着，举筷一划：“请！”

唐琳说：“一民，你看这萝卜花做得多美！”

卢一民伸手就是一筷子：“让我试试，这萝卜花吃进肚里是什么样子的。”

桌子上的人都轰笑起来，话意虽然不投，气氛还是欢畅的。

黄维敏得意地掂着酒瓶：“别看不起这种酒，它的质量不比茅台差，价钱却比茅台便宜。在生活中，我们必须懂得用最小的代价，去获得最大的实惠！”说着便替卢一民斟上一杯：“卢老兄，讲科学我是望尘莫及，讲生活我还是可以当当顾问的，以后嘛，多多联系。”

卢一民不想讲话了，人家请你吃饭，你和人家顶嘴，总是不礼貌的。只希望快点受完这份罪，早些回家去。

想不到黄维敏两杯落肚，酒酣耳热，竟想从更高的意义上来标榜自己：“卢老兄，如果一个人不懂得生活受用，那是一种不文明的表现。就说这吃饭吧，它也是一种文化，我们的祖先高度地发展了它，在世界上是无与伦比的，我们应该好好地继承才对。”

卢一民忍不住了：“我承认这是一种文化，应当继承和发展它；可是当我们侈谈这种文化的时候，应当焦急，应当惭愧，因为我们国家的其它文化，还远远地落在这种文化的后面！”卢一民举起杯：“来，感谢老黄的盛情款待，也希望老黄为我们国家的其它文化多作贡献，像筹办酒菜那样精心尽意！”

唐琳恼火了，横眼拦阻：“一民，你……”

卢一民不讲话了，端坐着等待终席，宴会的气氛降到了冰点，简直像一顿送葬后的斋饭似的。

这下子可把唐琳惹恼了，真是岂有此理！回家后把小玲往卢一民的身边一推，自己回娘家去了：让你尝尝生活的滋味！

这时候小玲已经九岁，长得很像妈妈，她爱妈妈，也很疼爱爸爸。她觉得爸爸太辛苦，不贪玩，天天在念书，所以也不去麻烦他，自己到食堂里去打饭、扫地、灌开水。晚上还偷偷地多买一盒饭，捂在被窝里，半夜醒来时送到爸爸的面前：

“爸，你饿了吧，饭还是热的！”

卢一民紧紧地搂着小玲，不禁流下了眼泪。他打开那散发着孩子体温的饭盒子，咽下去，擦干泪，一直工作到鸡啼……

科学的道路不平坦啊，生活的道路也不是一帆风顺的。

月亮渐渐地升高了，露水更加浓重。唐琳坐在长椅子上，还在回忆。她想，卢一民不会忘记这些，会想到他们之间的龃龉从开始就有的。后来虽然从娘家回来了，而且相处得还算好，但她并没有真正地理解他，只是觉得他辛劳得可怜，在生活上多照顾他点。现在人家回来了，受人尊敬了，你要破镜重圆了，你势利……不，他不会这样想，也不会记恨的。谁没有年轻时代的幼稚、幻想与短浅，都是靠时间与经验来纠正的；所以发生龃龉，也只是希望共同的生活能变得更加美好一点。去！唐琳从椅子上站起来，抹着头发上的露水，向前走去。走了几步又后退，一步一步退到椅子上面：不行，不能去啊……

那是十年之前，“文化大革命”的飓风刮过了这九百六十万平方公里的土地，刮得树倒房塌，山崩地裂！许多人都被刮得不知所措，无法逃遁，无能为力，只好小心翼翼地等待着风势减弱，风浪平息。

善观风色的黄维敏开始的时候不动声色，随波逐流，既不保守，也不积极。等他看到风势越来越大，而且是不可逆转的时候，立刻表态，加入一派。他比那些年轻幼稚的人熟悉内情，能言善辩；他没有什么热情的冲动，有的是深谋与熟虑。三转两绕，便成了一派的头头，进入了革委会，成了土壤研究所的主宰，一时间声势显赫，炙手可热！但是他是个实用主义者，他知道冷盘上的萝卜花虽然好看，却是不中吃的。他所得到的只是一种表面上的权力，研究所的知识分子对他不会尊敬，只会阳奉阴违，而且会在暗中等待着时机，来结束这一场历史的误会。

黄维敏也在等待，等了许久却不见动静，他的心腹们很高兴，说那些臭知识分子已经不敢翻天！

黄维敏笑笑："早着呢，你们不懂得知识分子的心理，他们从内心到行动十分曲折，不是直来直去的。沉默也是一种抗议，而且是很难对付的抗议，留心点！"

果然，黄维敏渐渐地发觉，一到夜晚，图书馆和实验室里灯火辉煌，老少咸集。人们把白天的八小时用来应付他的政令，晚上各自开展研究活动，甚至以卢一民为中心，进行着一种不拘形式的学术讨论。黄维敏立刻发起进攻，下令封闭实验室和图书馆，宣布研究所有个地下黑俱乐部，这些人继续推行业务挂帅，走白专道路，阴谋以生产压革命，头头就是卢一民！

他们吆五喝六地把卢一民押上台，要他交代。可是卢一民刚要反驳，便有人扭他的膀子揿他的头。卢一民索性不讲话了，任凭他们横拖竖拽。黄维敏知道"士可杀而不可辱"，他反其道而行之，不杀，却非辱不可！

给卢一民戴上高帽子，而且强迫他每天上下班要戴着高帽子走来走去。

卢一民沉默着，杀头并不怕，这种对人格的侮辱却是受不了的！他十多年来第一次中断了研究，晚上呆呆地坐在门口，仰望长天；看着流星煜煜东逝，听着大雁嘎嘎南飞，那黑玻璃球似的眼珠，深深地凹陷进去。

有一天晚上，靠了边的曾书记悄悄地走来。他被折磨得身体虚弱，行走不便，拄着一根竹制的拐杖，一步一步地挪向前。

卢一民腾地跳起来，迎上去，双手搀着，喊了一声："曾书记！……"其余的声音都哽咽在喉咙里。

唐琳也忘记了通常的礼节，顾不上张罗茶水，端起板凳，坐在大门口，了望着石路的尽头。她好像是在做什么地下工作，担任着警戒，担任着保卫。但是她没有地下工作者的那种正义与凛然的气概，胆怯和心慌占了主要的地位。他们两个人的谈话不到一小时，唐琳却好像过了整整的一天。

自从这次谈话以后，卢一民很快地恢复了常态，变得超脱而自在，不再害怕那顶高帽子了，而且对这种锐利的武器还十分爱惜。晚上回来轻轻地除下，掸掉灰尘，好端端地挂在衣架上面，然后又开始看书、写笔记。那深秋的凉风，严冬的冰雪，好像都没有看见。

黄维敏倒是看得见的，可是他正忙于参加社会上的武斗。他当然不会去冲锋陷阵，可那出谋划策、发布文告等等也是够忙的，不得不把他的卢老兄暂时搁置在一边。每天叫卢一民坐在一间阴暗的小房子里，当然不给茶水啰，却允许给他纸笔，叫他交代问题。

卢一民倒也乐意，这么一来，连白天的八小时也可以由他支配。他面对着一堵黄墙，让思想在科学的天地间飞翔，想到了什么便在纸上作一种符号，划一些别人看不懂的东西。他现在什么也不怕了，只怕生命在囚住中白白地浪费。

唐琳可不同啊！她终日恍恍惚惚，走路做事都像梦游似的。日落之前便到石子路口去守候，一直要等到卢一民的那顶高帽子从林木间探出来，要等到卢一民不伤不残地走到她的面前，心里才放下了一块石头。回到家还要追问："今天受苦了吧？"

卢一民从来不对唐琳讲某些人的禽兽行为，因为他还没有找到足够的科学依据，来说明这些非人行为是怎么产生的。这是一种变态心理学，很少有人研究，他也未曾涉猎。所以他总是马马虎虎地说："喔，没有什么，还是老一套，叫我交代问题，喏，都在这里！"他从口袋里掏出那张划满符号的纸来，笑着。接着便坐到书桌旁，把符号变成公式和语言，补充修改，写进笔记。

唐琳也跟着挪过凳子，坐在卢一民的身边做针线，这种时刻，她总想在卢一民的身边多待一会。

卢一民埋头写着，笔在纸上沙沙作响；唐琳慢慢地缝着，线在布上嗞嗞地曳过，两种微弱而宁静的声音十分和谐地混合在一起，这种声音只有挑灯夜坐的夫妇才能听得见。唐琳听着这种声音，像有一条潺潺的清泉流过了心田，心像被幸福之泉浸泡得膨胀起来似的。过去的那许多年，唐琳竟把这种幸福当作日常生活的烦琐景象，感到寂寞而疲惫。幸福原来要从愁苦中回过头来才能看得见，看见的时候却又带着愁苦的意味！

正当唐琳愁丝不断的时候，卢一民却突然变得兴高采烈，喜滋滋地对唐琳说："告诉你一个好消息，我在研究中又有了重大的发现……"

如果是在以前，唐琳听到卢一民的研究有了进展，一定会把这种时刻当作家庭的节日。可是现在，唐琳抬起头来，看着卢一民那清瘦而苍白的脸，不觉流下了眼泪："一民，不要作茧自缚了，但愿能平安地度过这场风暴，然后把你的笔记收起来，把那些书籍卖掉。我也不希望你有成就，只希望你能不挨斗，默默无闻、却能够安安稳稳地过日子。你不为我着想，也要替小玲考虑。小玲为什么常住在外婆家？她怎么能和戴帽子的爸爸相处啊！……"提到了孩子，唐琳更心酸，忍不住哭了起来。

卢一民没有哭，说话的声音却也有些颤抖："唐琳，请你不要劝我回头。我这人虽然生得晚些，却也被骂过'华人与狗'，也被称作'东亚病夫'，也曾流着眼泪重读《最后的一课》！[1]那时候满腔热血地要救国救民，却又找不到正确的道路。当年的科学虽然不能救国，今后要救国却非靠科学不可！是啊，眼前的情形叫人痛苦，也叫人捉摸不透。天空中总有浮云吧，大海里也有逆流。眼睛看得远一点，心地放得宽

1.《最后的一课》是法国作家都德的一个短篇小说，描写普法战争中法国的亚尔萨斯省被德国占领，柏林下令在亚尔萨斯的学校中只许教德文，不许教法文。小说以一个孩子的口吻，写他的法文老师上最后一堂法文课的情景，十分动人。抗日战争初期，国土沦陷，爱国师生都垂泪而读。

一些，人的精神需要有一种支柱！”

唐琳用泪眼望着丈夫，也不忍心叫丈夫回头。她知道，卢一民如果离开了土壤，生命就会枯萎。可是她也不能离开孩子，丈夫和孩子是一架天平上两个等量的砝码，少了一个天地都会倾斜！她只能忧心忡忡地劝卢一民："你要注意，天天在纸上划符号，总会被人发现的！”

卢一民答应今后不再划了，他要进一步锻炼自己的记忆力，准备长期作战！

黄维敏回来了，他那一派在武斗中得胜，班师回朝。他竟然能做到功成身退，对那些主任和常委的桂冠没有多大的兴趣。他有某种直觉，觉得那些架空的权力机构有点变幻莫测，非久留之地。最实惠的是要有个巩固的地盘，攻守自如，可进可退。他一回来便查问卢一民的情况，发现卢一民并未屈从，整个研究所还是一种沉默和僵持的局面。他苦苦地思索了一番，决定重开大会！

这一次的大会开得很特别，他们没有吆五喝六地把卢一民押上台，也没有扭他的膀子揿他的头，还在台口放了一张凳子，叫卢一民坐在那里。在长长的批判发言之后，黄维敏讲话了：

“前些时工作忙，没有时间参加会议，以致在批斗中使用了体罚，出现了违反政策的行为，十分抱歉。从现在起，受批斗的人也可以摆事实讲道理，任何人都不许拦阻，更不许动手！”黄维敏显得公正严肃，对台口的卢一民示意："卢一民，你现在可以自由答辩。"

卢一民的眉毛耸动了一下，没有作声。

台下发出了窃窃的议论，汇聚成一片嗡嗡的响声，几百双眼睛都盯着卢一民。有人高声叫喊："讲嘛，真理愈辩愈明！"

黄维敏竟然也点头同意，对着卢一民讪笑："怎么样，如果真理在你的手里，你就当众申辩；如果不在，你就低头认罪。沉默和默认是一样的！"

卢一民看看台下那么多期待的目光，又看看黄维敏那副阴阳怪气的脸，沉不住气了。他错误地认为也可以利用对方的讲台当作宣扬真理的阵地！他唰地站起来，来到话筒前。他本来不准备多讲，只准备使用几句投枪式的语言。可是一讲便不可收拾，那话像开了闸门的水，滔滔不绝地向外流。他讲得慷慨激昂，明确尖锐；讲得台下的人失声叫好，喧嚣四起！黄维敏真的不加拦阻，让他讲下去。一次讲不完，下次再开会；快要讲完了，又提出新问题。热烈紧张的辩论整整地进行了三天……

等到卢一民发觉这是个陷阱时，已经来不及。黄维敏把他的历次讲话添枝加叶，减头除尾，编印了一本《卢一民反革命言论集》，造成了轰动一时的"卢一民反革命事件"。卢一民被关押审查，不能回家！

唐琳站在石子路口！等啊！直等到夜幕降临，仍然不见卢一民的身影。

突然间，几十道手电的白光划破了夜幕，几十个人飞奔而来，包抄而上，把铁棍子在石子路上拖得当啷作响，制造出一种紧急而恐怖的景象。几十道白光同时集中到唐琳的身上：

“就是她！”

“抓住她！”

“回去，把卢一民的黑材料交出来！”

唐琳还没有弄清楚是怎么回事，便被架到了家门口，叫她把门打开，却又不许她进去。他们搬出一张方凳子，叫她站在凳子上，随时随地回答问题：

“卢一民的黑材料藏在哪里？”

“他没有什么黑材料。”

“把橱柜上的钥匙交出来！”

“都没有锁。”

“好，抄！”

唐琳这才明白，是要抄家了！她不怕抄家，因为家里根本就没有什么黑材料，可怕的是这帮人太粗暴！为什么把地板踩得咚咚地像打鼓？那地板已经腐朽，踩不得的，前几天她还在破裂的地方钉了一块铁皮。哗啷啷一声响，唐琳的心也跟着炸裂。她听得出，那是衣橱上的大镜子被铁棒砸碎！那是一面不改容貌的镜子，唐琳每天都要擦一遍，她准备在这面镜子里送走自己的青春，迎来幸福的晚年……轰然一声巨响，书架子被推倒在地，那书架子上还有几件精致的小瓷器哩！

唐琳像一只鸟雀，眼看自己终日衔泥衔草修筑起来的窝巢被人捣毁，可是她却不如一只小鸟，她不能叫，也不能飞。

“抄到啦！”

有人抱着卢一民的手稿和笔记向外跑。

“烧，架火烧！”

“不能烧！”唐琳尖叫着，扑过去。她忘记自己是站在凳子上，一个筋斗栽倒在地。她在地上翻滚着向前爬：“不能烧啊，那不是黑材料，你们看看清楚嘛……”

等到唐琳被人重新抓住时，看见路口已经燃起了一堆熊熊的烈火，那股红的火舌在乱舔，带光的纸灰飞上树梢。唐琳再也不敢看了，她的心也在燃烧！二十多年来多少个日日夜夜啊，卢一民从黄昏写到天明；二十多年来多少个严寒酷暑啊，卢一民从挥汗如雨写到满天霜冰！一家人的辛勤与劳累，希望与烦恼，刹那间化为灰烬！

一直没有露面的黄维敏，此时正蹲在火堆的旁边，火光映着他那兴奋得发光的脸，脸上像涂了一层鲜血似的。他不慌不忙地把旧书和废纸抛进火堆，把手稿和笔记装进包里。按照黄维敏的分析，每一个机构里面大体上有两种人，一种是搞政治的，一种是搞业务的。运动来了搞政治的人吃香，要发展生产了，又对搞业务的人有利。这两种人常常会此起彼伏，都是跛足的。他要站得稳些，既是政治权威，又是科学泰斗，两者相辅相成，永远立于不败之地！黄维敏透过那熊熊的火光，看到了一幅美妙的景象：一本本皮面烫金的厚书在飞舞，书名还很模糊，作者的姓名却很清楚：“黄维敏”三个赫然醒目的大字。

唐琳至今也记不清楚，那以后的几个月是怎么度过的。只记得有一个早晨，天空飘着雪花，有两个人闯到她的办公室里，说是什么领导要找她谈话。

唐琳忐忑不安地跟着两个人往前走，竟走到了黄维敏家的门口！唐琳像见到了魔窟，直往后退，那两个人不由分说地把她推上了楼。

这一次黄维敏没有迎出门来，只是坐在沙发上，欠了欠身子，点了点头，随随便便地把手这么一摆："请坐。"

唐琳没有坐，垂着眼皮站在那里。她不敢看黄维敏，不是怕，而是觉得她面前是一个异怪，是一个看了会使人产生生理反感的东西！

黄维敏并不反感，脸上虽然毫无表情，心里却是踌躇满志的：看那么一个骄傲的公主，一个要用恭维和美食才能请得动的女人，如今竟俯首帖耳地站在自己的面前，连命运都掌握在自己的手里！

黄维敏咳了一声："唐琳，我们是老朋友了，有些事情嘛，事先得通个气。卢一民的处分批下来了，定为反革命分子，开除党籍；他离不开土壤嘛，到农村去！"

"啊……"唐琳一阵眩晕，抬起眼睛来看黄维敏。眼前的一切都是模糊的，只看到黄维敏的那一张变了形的大嘴，嘴角还在向两边无限制地伸延！唐琳感到天旋地转，人像在浪头上抛掷。她拼命地控制自己，不让自己跌倒在黄维敏的面前。

黄维敏勾着头，啧啧嘴，像魔鬼舔血似地品咂着滋味，感到一种满足，一种快慰。他快活得从沙发上爬起来，替唐琳倒了一杯开水，故意皱着眉头："唉，卢老兄也太顽固了，识时务者才能为俊杰。如今之计……你也只能为自己、为孩子考虑啰！说老实话，今后你们之间也只能保持一种名义上的夫妻。可是这种名义对你很不光彩，对小玲更加有害。她将来升学、分配、使用，都会碰到问题！”黄维敏扬起右手，提高嗓门，随即停顿下来，等待唐琳的反应。他害怕这个女人将来会以妻子的名义来戳穿他著书立说的秘密！

唐琳木木然，没有反应。黄维敏退坐到沙发上，叹了口气：“当然啰，你们的感情是很好的，有什么办法啊，夫妻好比同林鸟，大难来时各分飞，咳咳。”

唐琳听了黄维敏的话，不觉打了个寒噤；感到那似笑非笑，似咳非咳的声音，有如鸱鸮啸鸣于漆黑的森林。

“你的话都说完了吧？”

“唔，话是说完了，事情还刚刚开始。据我了解，你家小玲现在正遭到围斗！”

“小玲！”唐琳失声惊叫起来，一转身，踉踉跄跄地飞奔下楼。

唐琳奔到街上，发现雪下得更密。大雪纷飞，远近莫辨，好像无路可走似的。她想喊没有声音，想哭没有眼泪，一路上在心里呼喊：“小玲，别怕，妈妈来啦！”

她奔到外婆家，小玲不在；奔回家一看，小玲蜷缩在门角里睡着了，浑身盖着白雪，双手交叉在胸前，手中紧握着红卫兵袖章。

唐琳惊叫着：“小玲，小玲！”

小玲猛然跳起来，刹那间看清了是妈妈，哇地一声扑到唐琳的怀里：

“他们要把我开除出红卫兵，要抢我的袖章啊！妈妈……”

唐琳慌忙把门打开，把孩子搀进屋，紧紧地搂着、亲着，眼泪簌簌地往下流。她发现小玲的额头上滚烫，浑身颤抖：“你……你在发高烧！”

“我感冒。”小玲这才发觉自己的力气都用完了，瘫在妈妈的怀里，“爸爸是冤枉啊，妈妈……”小玲的眼泪像断了线的珍珠，一颗颗落在唐琳的手背上。这滚热的泪珠有如烧红的钢针，一根根刺进唐琳的心：“小玲，你不要管大人的事情，快去睡一会，呃，听话。”

小玲依偎着妈妈睡着了。

看着小玲那绯红的脸，唐琳心乱如麻：黄维敏已经说过了，孩子今后的升学、使用都会碰到问题。倔强的孩子碰到问题会想不通，会变得自暴自弃，玩世不恭；或者是盲目反抗，铤而走险！会堕落，会犯罪，会毁在他们的手里！……唐琳像站在一场大火的面前，什么都不能顾及了，赶快抱起孩子逃出火堆！怎么个逃法，有什么办法？没有办法，唯一的……唯一的办法……只有和卢一民分手！“大难来时各分飞”？不，那比同归于尽要好一点。唐琳被自己的想法吓出了一身冷汗。这对卢一民简直是落井下石，火上浇油啊！忍心吗？难道就没有其他的办法吗？唐琳的思绪像车轮儿似的飞转，嗡嗡作响，颠颠倒倒，各种各样的念头跳出来，又沿着切线飞出去！

雪还在下着，不是纷纷扬扬地飘洒，而是一层层地往下压，天空变成一种奇怪的，泛着银光的暗灰色。唐琳呆呆地坐着，不想动，也不想吃，看着这奇怪的天空，听着大雪压树枝，发出噼噼叭叭的折裂声。

卢一民踏着大雪归来了。他因为瘦弱而显得更加修长，但是不见佝偻，那黑玻璃球似的眼珠，放出一种冰灯似的光辉："唐琳，事情暂时告一段落，我回来整理行装，三天之后下乡！"他说得十分平静，好像释了重负，好像又要出差一样。

唐琳跳起来，一头扑在丈夫的怀里，千言万语都化成了泪水！

"别哭，应该庆幸，从今以后，时间又可以由我支配，他打他的，我打我的。"

"你！……你的手稿和笔记都给他们烧掉啦！"

卢一民陡然一震，周身像通过了一股电流，一个趔趄，坐在藤椅子上面："野蛮，法西斯，刽子手！"

"我没有想到要藏起来，我对不起你，使你半生的心血都化成了灰！"

卢一民深深地透了口气："噢，不能怪你。好吧，我们前半生总算没白活，在风雨吹打中得到了锻炼！唐琳，抬起头来，擦干眼泪，像二十年前一样，从头做起！"

唐琳擦着眼泪，叙说着自己和小玲的经历……

卢一民不能平静了，在房间来回走着，脸色由白转青，太阳穴上青筋暴起，满腔怒火无处喷射，鼓得那双颊微微地颤抖。

唐琳断断续续地说出了自己的想法："……我们的前半生，结束了。后半生……你不会低头，我也不想抬头。为了救孩子，我……我……

请你让我带着孩子离开你！我没有办法啊，我顾不了两头……”唐琳泣不成声，呜咽哽噎。

卢一民坐在那张藤椅子上，不作声，侧着头，看着窗外漫天大雪飘向冬旱的土地。

“一民，你说话呀，你替我拿个主意！”

这一声追问，使卢一民簌簌地流下了眼泪，眼泪在他那清癯的脸上，沿着鼻梁，像檐头的滴水往下流。

唐琳惶乱了，结婚二十一年，她第一次看见卢一民掉眼泪：“一民，你不要难过，我是跟你商量的，也许我想错了，不能在这样的时刻离开你！……”

卢一民的目光射向穹窿，仿佛要穿透那厚重的雪幕，去看到农村，看到土地，看到大雪后的丰年！望穿数九寒冬的冰和雪，盼来那山花烂漫的春天！

“我，同意你的意见！”

唐琳号啕大哭起来：“一民，你不要生气，你有什么意见，还有什么话，你说嘛，我都会同意的啊！”

卢一民唰地跳起来，好像要冲出门去，好像要和谁搏斗！结果只是在门内绕了个圈子，一把抓住唐琳的手：“你不能这样想，是我对不起你；我不能对你提出更高的要求了，你承受不了这么多的痛苦与压力！希望你好好地教育孩子……好啊，黄维敏，你要叫我妻离子散，要叫我灰心低头！错啦，魔鬼想消灭种子，却又把种子撒在土壤里！”

卢一民放下唐琳那冰凉的手，觉得地板在脚下飘浮，连忙扶着书架。书架支扭着，它也摔成了残废。

唐琳抽啜着："我……只求你答应一件事，往后……多保重身体……"

"也希望你保重。我为科学事业献身已定，死无反悔！"

月亮升得更高了，地面上像涂了一层银粉似的。

吱呀一声门响，打断了唐琳的回忆。

卢一民送曾书记出来，只听见曾书记叫了一声：

"啊，多好的天气！"

"是大干的时候！"

曾书记拖着拐杖，卢一民跟在后面，两个人谈着话，从唐琳的前面转过去。

唐琳的心怦怦地跳着，到时候了，去，还是不去？

不能去啊！这不是一般的龃龉，这是叫人伤心掉泪的事，我为什么如此短浅，如此的软弱呀，不……也不能全部怪我，是那万恶的"四人帮"害的！我也不是为了自己，他所喜爱的小玲，如今已长大成人，分配在县农科所里，应该去！

卢一民送曾书记回来，突然发现唐琳站在面前！他喜出望外，惊叫起来："啊，是你！"

唐琳有些尴尬："没有想到吧？"

“早想到了，只是没想到近在眼前！”

唐琳能从卢一民的语调中听出他的心情，因而也感到高兴。抬起头来仔细打量：脸色比过去健康，两鬓却已经斑白了，眼梢上有了鱼尾纹。如果没有记错的话，他今年应该是五十四岁。

“你，老多啦！”唐琳流下眼泪，觉得他脸上的某些皱纹，完全是自己造成的！

“哦，别难过，你看起来还很年轻。”

“女人只是希望年轻吧？”

“男也也不希望年老啊，哈哈。”他们边说边走进房间。卢一民活跃起来：“你坐，小玲呢，她为什么不来？”

唐琳也跟着欢跃起来：“我知道你要问小玲为什么不来，可你为啥不问我为什么要来？”

“为什么要问呢，难道你我不都是在最美好的想象中盼望着今天！”

唐琳莞尔而笑，点点头：“是呀，刚才经过传达室的时候，老宋也跟我说了一大气，他说破镜重圆了吧，你们夫妻有什么过不去的。这话不知道对不对？”

卢一民笑起来了：“对对，老宋说得对，我们这面镜子是给‘四人帮’打破的。告诉你，今天在会议室的外面，黄维敏还对我流泪呢：‘饶了我吧，我其实也是个“四人帮”的受害者’。”

唐琳跳起来：“别相信鳄鱼的眼泪！”

“当然，我只问了他一句话：‘你还想用最小的代价去获得最大的实惠？'”卢一民仰面大笑，那笑声几乎要震落天花板上的尘灰，人生实在难有如此大笑的机会！

卢一民收住了笑声，停住了脚步，站在唐琳的面前："回来吧唐琳，让我们重新开头！"卢一民伫立着，侧起头，那黑玻璃球似的眼珠，霎时间又变得莹洁。这种神情和语气，都像二十七年前那个有风的天气，卢一民也是这样站在唐琳的面前，只是比那时显得深沉，那时像爆竹在天空爆炸，现在像石硪夯打着地面。

唐琳万万没有想到，萦绕着她的那许多问题，卢一民竟半点也没有提及，只是渴望工作。唐琳惶恐起来了，她这些年已经习惯了独身的清静，想到的是退休与晚年。她丈夫所从事的工作，过去不是伴着鲜花和乐曲前进，现在却要拼着老命向前！唐琳发觉，她和卢一民之间依然存在着距离。这距离曾经造成龃龉，曾经受不住强大的压力……

唐琳站起来了："今天，我是作为一个朋友来看看你。"

"好，什么时候我也作为一个朋友去看看你！"

唐琳走了以后，卢一民还站在那里，想起了这一场历时十年的"文化大革命"，产生了多少痛苦，产生了多少眼泪！可这痛苦的折磨却也使得许多人开始觉醒，那眼泪的冲刷也使得许多人现出了原形！如果能把失去的时间夺点儿回来的话，那就可以少付点代价。他连忙坐下来，架起老花眼镜，奋笔疾书，头也不抬，那一点白炽的光，又深深地钻进土壤里！

月亮在窗外窥视着这位半百少年，看见他深夜用冷水浇头；看见他黎明时分打了个盹，又在火油炉上烧了点什么东西。

当太阳和月亮换班后，卢一民又精神抖擞地在门外来回，舒展筋骨，伸拳踢腿。

猛抬头，唐琳又来了，不是她一个人，曾书记拖着拐杖走在她的身边。

卢一民没料到唐琳来得这么快，心想一定是曾书记在插手，连忙迎上去。

来的不是唐琳，而是小玲。她老远便看清了父亲："爸爸！"她尖叫着，飞奔着，一把抱住爸爸，放声大哭起来。

卢一民抚摸着小玲的肩膀，想起当年替自己拿饭的女儿，已经长得这么高大，不觉纷纷泪下。

曾书记的眼睛也湿润了："哭吧，哭个够；然后再笑，笑个够！"

小玲抬起头来："爸爸，你身体好吗？"

"好，小玲，你怎么来的？"

"特地来看看你，也要向你请教几个问题。爸爸，你还不知道呐，你留下来的那些书，都被一条小蠹鱼啃到肚子里了！"

卢一民笑起来了："那小蠹鱼就是你，小东西。"

曾书记也笑了："一民，我倒有个想法，想把小玲商调回来，一方面照顾你身边无子女，一方面当你的助手，不知道你同意不同意？"

小玲连忙摇着父亲的膀子："爸爸，同意，快点同意，不是当女儿，是当个徒弟！"

卢一民不知如何是好，看看曾书记，又看看女儿："小玲，你也要走这条路？"

"要走，世世代代，前仆后继！"

卢一民心潮澎湃，热血翻腾，一手拉住曾书记，一手拉着小玲；紧紧地握着，高高地举起："走，跑步向前！"

1977年11月7日

小贩世家

小贩而称世家，有点不伦不类，此地只能望文生义，说是有个叫朱源达的人，他家世世代代是做小贩的。

朱源达家从哪朝哪代便开始做小贩？没有考证过；都是贩卖的哪种货品？也难一一说清楚。只记得三十二年前，我到这条巷子里来定居时，头一天黄昏以后，便听见远处传来一阵阵敲竹梆子的声音，那声音很有节奏：笃笃笃、笃笃、的的的笃；的的的、笃笃、的的笃，虽然只有两个音符，可那轻重疾徐、抑扬顿挫的变化很多，在夜暗的笼罩之中，总觉得是在呼唤着、叙说着什么。

我推开临街的长窗往下看，见巷子的尽头有一团亮光，光晕映在两壁的白粉墙上，嗖嗖地向前，好像夜神在巡游。渐渐地清楚了，原来是一副油漆亮堂的馄饨担子，担子上冒着水汽，红泥锅腔里燃烧着柴禾。那挑担子的便是朱源达，当年十七八岁，高而精瘦。担子的旁边走着一个头发斑白、步履蹒跚的老头，那是朱源达的父亲。他再也挑不动了，正在把担子向儿子交付，敲着竹梆子走在前面，向儿子指明他一生所走过的、能够卖掉馄饨而又坎坷不平的小路。

那时候我没有职业，全靠帮几个兼课太多的国文教员批改学生的作文簿，分一点粉笔灰下的余尘，对付着生活。这活儿不好干啊，夜夜熬着灯火！

那“的的笃笃”的竹梆子声，夜夜从我的窗下经过，出去总在黄昏，回来得却有早有迟，通常都在京戏散场之后。

如果有谁熬过冬天的长夜，身上衣衫单薄，室内没有火炉，那窗外朔风像尖刀似地刺透窗棂，那飘洒的夜雨变成了在瓦垄上跳动的雪珠；十二点钟以后，世界成了一座冰窟，人冻僵了，只有那紧缩着的心在一阵阵地颤抖。这时候，五分钱一碗的小馄饨，热气腾腾，可以添汤，可以加辣，那是多么巨大的引诱，多么美好的享受！

几乎是从头一天开始，我便成了朱源达的主顾。后来成了习惯，每当京戏馆的锣鼓停歇以后，我便不时地把视线离开作文簿，侧起头来，等待着那使人感到温暖的梆子声。

朱源达敲过来了，敲得比他父亲好，有一种跳跃的感觉，显得顽皮而欢乐。快到我的窗下时，那竹梆子简直是在喊话：“吃、吃，快点儿吃；快点儿快点儿，吃吃吃！”如果我的动作迟了一点，朱源达便歇下担子叫唤：

“高先生，下来暖和暖和。”

我慌忙下楼，站在朱源达的担子旁边，看着他投下馄饨，扇旺泥炉，听着他叙述这一晚做生意的经过。他的话很多，东搭西搭，一大连串，使你在等吃馄饨的时候不感到焦急，不感到寂寞。

“今晚生意很好。”他总是这样开头，好像他的生意从来就没有坏过：“散戏馆的辰光，起码有二十个人围着我的担子转。急死人啦，肉馅儿不够！不瞒你说，那最后的几碗馄饨，肉馅只有一半……呃，你这一碗是特意留着的，肉包得很多。”

他用铜勺搅动着锅里的馄饨，向我证明：“你看，一个个都是胖鼓鼓的。”

我笑着说：“不管你肉多肉少，我只要多加辣椒！”

朱源达顺水推舟：“天冷啊！要不要再来一碗？”

“好的，可你的肉馅儿已经卖完。”

朱源达爽朗地笑起来，狡黠地眨眨眼睛：“高先生，要是让你来卖小馄饨，准定是蚀光老本！做买卖的只能说货色不够卖，人家就买得快；你说肉馅没有了，他连馄饨皮子都要的！”说着便从小碗橱里拿出肉钵，向我的面前一伸：“看，还不够你吃的！”他咯咯地笑着，十分得意。

我也笑起来了，好像看见变戏法的人很幽默地把自己的骗术故意说破。

那时候我也不觉得朱源达有什么奸诈欺骗，唯利是图。我觉得他想多卖几碗小馄饨，就等于我想多改几本作文簿，都是为了那艰难的生活。他夜夜为我送来温暖，我能够多买他一碗，简直是“涸辙之鱼，相濡以沫”。

解放以后我有了职业，在教育部门当了干部。虽说工作也忙，却用不着夜夜去熬灯火；虽说工资也不高，却对那五分钱一碗的小馄饨看不上眼了。如果看京戏回来晚了，街上有面馆，一毛五分钱一碗的肉丝汤面比小馄饨好，何况大模大样地坐馆子，要比站在摊子旁边，缩起肩膀捧着个碗体面得多！

那竹梆子的声音还是夜夜从我的窗下经过，那声音却因为时间的流逝而失去了顽皮与欢乐，又像在呼唤着、叙说着什么。我也很少碰到朱源达了，当他深夜敲着竹梆子回来时，我已经入了梦乡，偶尔听到几声笃笃，矇眬中还有一种温暖的感觉，但也非常模糊，非常遥远。

大概是五八年以后，到店里去吃面要排队了，于是我突然想起已经好久没有听到深夜的竹梆子，觉得可惜，也觉得少了点什么。但是自从经过“反右”斗争之后，我怎么也不敢恋旧，不仅要说服自己，而且要说服别人，社会主义应该整齐划一，不应该有个资本主义的小贩深夜游转在街头。我为朱源达庆幸，他已经挣脱了沉重的枷锁，投入了大跃进的洪流！

事情出乎意料。朱源达不敲竹梆子了，却在大白天挑着柳条筐串街走巷，悠悠荡荡，形色仓惶，躲躲闪闪的，春天卖杨梅，秋天卖菱藕，夏天卖西瓜，冬天放只炉子在屋檐下，卖烘山芋。有时候还卖青菜、黄豆芽、活鸡和鱼虾，简直闹不清他究竟在贩卖些什么。院子里有人家来了不速之客，常听见主妇悄悄地命令当家的：“到朱源达家去一趟，看看可有什么东西？”我从来不向朱源达买东西，也不许爱人和孩子们去，认为买他的东西便是用行动支持了自发的资本主义。记得有一年的中秋节，机关里的反右倾正进行得火热。我和所谓的“右倾机会主义分子”进行了一场舌战之后，回家时月亮已经升到了中天。满城桂子飘香，月色如水。斗争是如此的猛烈，景色却如此的幽美，我的心中有一种异样的感觉，好像这个世界的格调很不统一。走过一座小石桥的时候，忽然发现朱源达在桥头上摆的地摊，一筐是水红菱，一筐是白生生的嫩藕。我立刻停了下来，真想买一点回去，这是传统的中秋果品，不见已有多年。可是我迟疑着，因为眼前不是国营水果店，而是黑市摊头。

朱源达凑上来了 :“高同志，买点儿回去吧。你看，多新鲜，这东西现在国营商店里买不到，说是有一点，跟我的货色也不能比。他那是什么水红菱呀，老的咬不动，嫩的干瘪得有臭味！”朱源达把菱筐颠簸了一下，表示他的货色是表里如一。他的话还是那么多，还是变着法儿叫人买他的东西。

我一听，唔！气味不对。他的论调和机关里的那个“右倾机会主义分子”简直如出一辙，污蔑社会主义！我不想斗争朱源达，但是得开导他几句，也是与人为善 :

“你呀，以后讲话要注意。这种小买卖嘛，还是趁早歇手，这是资本主义的细胞，很快要被消灭！”

朱源达一惊 :“怎么，要抓小贩啦？”

“不是抓，资本主义性质的东西，迟早要被消灭。”

朱源达笑起来了 :“你放心，消灭不了的。有人愿买，有人愿卖，国营商店里又不卖，你看怎么消灭？”

“怎……怎么消灭呀，蒋介石八百万军队都消灭掉了，还在乎什么小商小贩的！”这种话是我在斗争会上常用的杀手锏，说起来带有很浓的火药味，是任何人都招架不了的。

朱源达连忙点头哈腰：“是是，高同志，我是无知无识的人，不懂世面，今后还请你多照顾。”说着，慌忙挑起担子往回走，生怕我会抓他似的。

看着朱源达踉跄而去的背影，我有点后悔，心里也不是滋味。当年站在他的担子旁边吃小馄饨，怎么也没有想到要把他消灭，而且还结下了一定的友谊。朱源达渐渐地走远了，我弄不明白，我和他之间的距离是怎样产生的。

我很想再碰到朱源达，向他笑笑，点点头，说几句平和的话，表明友谊还是存在的。想不到朱源达却跑到我的楼上来了，很拘谨地坐在藤椅子上，打量着我的房间里的陈设：“高同志，你现在好了，记得那年你生病，叫我送一碗馄饨上楼，那时候你只有一张板床，一张破台子，真可怜。”

我记起这件事来了，不无感激地笑笑，但是心里却在盘算：“他来找我有什么事情？”说老实话，自从“反右”以后，我和差不多所有的人都怕作私下往来，以免惹出点什么事，有口难辩。

朱源达很会鉴貌辨色，连忙说明来意：“高同志，实在没有办法，在我认识的人当中，只有你是懂文墨的，所以来请你写个东西。”

“写什么？！”我对落笔更害怕。

"检讨。"

还好，写检讨可以。"检讨什么呢？"

"投机倒把呗，其他能有什么东西。"朱源达说得很轻飘，无所谓。

我叹了口气："又卖高价啦！"

"其实也不算高价，我买来的虾每斤四角，卖出的是六角。跑三里路就要蚀掉一斤秤，虾在路上会滴水。算下来，熬了一夜天，跑了六十里，也不过赚了两三块钱。说句不好听的话，你们在办公室里漫淡一天，还要比我多赚点。"

我听了很不舒服："这怎么好比呀，我们是为人民服务，你是为了自己赚钱！"

朱源达也不服："我不是为人民服务呀？我不服务他那油锅里有虾炸吗？"

咦！这是什么歪理，必须予以反击。我站起身来，指指戳戳地说："你卖官价就是为人民服务，卖高价就是投机倒把的行为，这个问题是很严重的！"

朱源达突然意识到他所处的地位，像皮球泄了气："好同志哎，你不做买卖，不懂价钱。货真才能价实，菜场里根本就没有货，那牌价只能挂在那里哄人，是假的！"

"你敢！……"我接受了上次的教训，把过分重的话忍在肚里，但还是向前跨了一步，气势汹汹的。

朱源达连忙抱拳打拱："好好，我不说了，求求你，替我写个检讨吧。"

这下子被我抓住了："你既然没有错，还写检讨做啥？不写！"

朱源达拉住我的袖子，从口袋里掏出一张揉皱了的纸："啊啊，别生气，我错，我是资本主义！随你怎么写都可以，写得高点！老朋友啦，我十几岁的时候便认识你！"

我的心软下来了，坐到写字台旁，拿起笔，可是不得不问一问："你能保证下次不犯吗？"

"保……证……保证保证，保证下次放得机灵点！"朱源达对我眨眨眼睛，又像年轻时那么狡黠。

我忍不住放下了笔，真心诚意地劝说他："你呀，人很聪明，手脚麻利，又肯吃苦，为什么不去做工，或者到商店里当个营业员什么的。哪样工作不受人尊敬？何必像个老鼠似的被人赶来赶去！"

朱源达的脸色暗淡下来，呆呆地坐在藤椅子上，双手交叉在胸前，半晌才吐出几个字："我……不能。"

"为什么不能呢？"我把椅子向前拖了一点，开始替他分析："主要是自私自利的思想在作怪，这是万恶之源，资本主义就是靠它产生的，要下决心改造。当然，从唯利是图变得大公无私，很不容易，是需要有一个痛苦的过程。就拿我们这些知识分子来说吧，改造起来也是很痛苦的。"

朱源达十分惊讶："你们也痛苦吗？"

"痛苦得很哩。"

"不不，不要客气。你们夫妻俩都是干部，每月能拿一百多，风不愁，雨不愁，到了十号发工资。要是能把你们的痛苦换给我呀，我就升到天堂里去啦！”

“那那……你为什么不去做工，工人……干部……”我没防着朱源达来这一手，简直有点语无伦次。

“我去做工，一窍不通，一月能拿几个钱？”

“拿……拿……拿三四十块总可以的。”

朱源达跳起来了：“高同志呀，我有四个孩子，再加上父母，一家八口人，这三、四十块够养活谁？难道我是天生的贱货，不要脸，只要钱！你没有看见过啊！孩子饿得哭，老婆淌眼泪，那比尖刀剜心还疼啊！我……我直不起腰，抬不起头……”朱源达哽住了，刷刷地流下了眼泪。

我好像被兜头泼了一盆冷水，好像站在高楼上放眼明媚的大千世界时，突然看见就在楼下还有一块阴暗潮湿的地面，它破坏了人们的豪情，弄脏了美丽的画面。我不敢多想，只能在思想上筑起一堵高墙：这是个别的，暂时的。对这个别而又暂时的朱源达，我又无法替他找到出路，无法对他加以安慰，只好迅速地、含糊其词地为他写了个检讨塞在他的手里。

从此我对爱人和孩子撤消了禁令，让他们去向朱源达买东西。我觉得朱源达不会成为资本家，如果我算是无产阶级的话，他这个资产阶级怎么会比我还要穷和累？

直到三年困难之后，开放了自由市场，我为朱源达高兴，这下子明确了，他不算是资本主义；紧接着又抓阶级斗争，这下子又糊涂了，他好像还是资本主义！含含糊糊拉倒吧！平地一声惊雷！“文化大革命”吹响了进军的号角，要消灭一切资本主义！

实在是冤枉，我也挨了一顿批斗，因为我觉得每月拿了工资，总得努力办事，也不能老是“等因奉此”，个人总得拿点主意，这就成了积极推行资反路线。我心里有气，好，从此以后混在人群里，十个指头一样齐。

我混在人群里看大字报，看抄家、游街和批斗。看多了也心慌，总觉得不像是在过日子似的。还是小巷子里安静些，生活还像河水似的向前奔流。所以每天上下班便不走大街，穿着小巷跑来回。

小巷子里慢慢地也出现了大字报，但都很不醒目，纸不大，字也写得歪歪斜斜，看起来很吃力，所以也不曾注意。后来仔细一看，内容十分奇异！其中没有什么资反路线、残酷镇压、惊人惨案等等的东西，都是些十分具体的事情：谁曾经打过人，谁在楼上把污水倒在人家的天井里，谁和谁曾经养过私生子，谁又和谁轧姘头。而且也用了极其可怕的词句，什么无情镇压、荒淫无耻、勒令交待……我看了心情沉重，仿佛看到这里也有无数的人在互相揪着头发厮打，起因都是鸡毛蒜皮。政治迟早会作出结论，这私仇怎么了结！我不想再看下去，转身东拐，经过了朱源达家的门口。

朱源达家的大门敞开着，他家没有后窗，堂屋里昏昏的。我突然大吃一惊，只见朱源达在昏暗之中立在一张长板凳上，垂手低头，好像被吊在那里。他的头发被剃掉了一半，左颊青紫，左眼肿得像核桃似的。门旁贴了一张白纸，上写：资本主义黑窝，朱源达必须低头认罪！限二十四小时内交出犯罪的工具！

朱源达没有看见我，我也不敢多看朱源达，因为我不知道他应该向谁低头认罪。向我吗？我补天无术，问心有愧！

我匆匆地掠过朱源达家。再一看，那些在巷子里卖大饼的，开老虎灶的，摆剃头摊的，绱鞋子的，家家门前都有一张白纸，署名都是"捣黑窝战斗队"。我感到事情不妙，朱源达要沉没在这一场灾难里了！文化大革命要铲除一切资本主义赖以产生的土壤哩，不铲他朱源达铲谁？

果然不错。二十四小时之后来了一帮捣黑窝的。有的拖着铁棍，有的仿照江湖奇侠的样子，一把系着红绸的明晃晃的大刀斜插在腰眼里。巷子里的孩子们闹嚷嚷地跟在后面："抄家啦，看抄家去！"

我在楼上犹豫了半晌，去看看呢，还是不去？按照当时的防身之道，最好是不要单独涉足这种是非之地。可是我忍不住要去见识一下，他们到一个贫困的小贩家抄什么东西？

等我到达的时候，战斗队已经开始了战斗。这不像抄老干部的家，也不像抄知识分子的家。抄这些人的家时，着重点是"四旧"、信件、日记、原稿之类。而被抄的人往往是默默地站在一边，用一种悲愤的目光看着自己毕生的事业、珍贵的纪念、人类的智慧产品消失在烟尘里。那邪恶的化身在行动时，毕竟还披着一件庄严的外衣。

抄朱源达的家可不同啊，那场面是十分惊心动魄的。老远便听见哭喊、喧嚷、呼唤、嚎叫、杂物的破碎和折裂，还有壮胆助威的口号声……朱源达家成了格斗场，里面打得乒乓山响，一团团的灰尘喷到大门的外面。柳条筐被抛出去了，用大刀斩得粉碎。因为这是犯罪的工具，用它卖过菱藕。菜篮也逃不了，拎过鱼虾的。缸盆一只只地飞出来，在石街沿上摔成十八瓣，这些东西都是做过黄豆芽的。铅桶不知何罪，也被铁棍敲瘪。每抢出一件东西，便是一阵孩子的哭声，女子的嚎叫。孩子们死命地拖住柳条筐，这是他们活命的东西；朱源达的妻子紧抱着瓦盆，这里面还有舍不得吃的绿豆。争夺啊，厮打，翻滚，流血；哭声和吼叫声混成一片！我简直不敢相信自己的眼睛，堂皇的理论怎么会制造出海盗的行为！

馄饨担子终于被拖出来了，朱源达像疯子似的在后面追："救命呀，饶了它吧！"

我多么熟悉这副馄饨担啊，我知道它一生除掉给人以温饱外，没有犯过什么罪。何况它本身是那么精致、小巧，有碗橱、有水缸、有柴房、有利用余热的汤罐、有放置油盐佐料的地方，简直是一座微型的活动厨房，如果在飞机上设计一个餐厅，它都有参考的价值。我真想挺身而出，来保护这并不值钱的文物，可是我没有胆量，只能看着这精致的馄饨担——骆驼担，被大刀和铁棍砍砸得木片乱飞，灰尘四溢。

黑窝捣完了也就完了，没人无休止地叫朱源达交待和检讨。这点倒也爽快，可是朱源达的生计却成了问题。第三天的黄昏以后，我看见朱源达的妻子领着四个孩子走过我的楼下，每人的手里都有一根绳子……天明时五个人先后回来了，每人都背着一大捆废纸。这也是“文化大革命”的恩赐，大街小巷里那铺天盖地的大字报，最后总要变成废纸，捡废纸也能卖钱，捡得多的每日能卖四五块，真是天无绝人之路！谁也没有想到那些叫人发疯和自杀的大字报，竟能拯救朱源达的一家于水火之中！事物的功过实在难以评说。

朱源达在家里养伤，我去看过他一次。他的话还是很多，讲起了许多往事 :“高同志，我真后悔呀，当初应该听你的话，趁‘大跃进’的时候，夫妻俩都混到厂里去。养不活家小又怕啥呀，把孩子拖到工会里去讨救济，共产党不会饿死人的！该死，我何必爱那么一点面子，脸上的肉是不值钱的！咳，我太相信自己，总以为凭自己的努力能把孩子拉扯大的。现在好了，老婆孩子都拉到街上去捡垃圾！……”朱源达一连串地说下去，好像替自己的前半生作出了小结。

我只好劝他 :“别急，先把身体养好，将来……哎，那馄饨担子砸了真可惜。”

这时候，报纸上出现了一个响亮的口号 :“我们也有两只手，不在城里吃闲饭！”据说是哪个城市的居民提出来的。我对居民提出的口号并不介意，只注意干部要大批全家下放，可不能把我也列在名单里，忙着去找军代表、工宣队，这一场无声的战斗也是十分惊心动魄的！

很幸运，我没有被下放。朱源达却含着眼泪来向我告别，他的一家被下放到最艰苦的地方去了。我这才明白“我们也有两只手，不在城里吃闲饭”的意义。谁在城市吃闲饭哪，当然是没有职业的，朱源达算不上有职业，应属吃闲饭之列，找谁讲都是没有用的。

我和朱源达对坐着，默默无言。他用一种羡慕的眼光看着我，我用一种羞愧的眼光看着他，我不知道哪一点比他强，每逢风浪来时我能躲让，他却无法逃避！即使我逃不了而被下放，那工资还是少不了的。

朱源达临走之前，从包里拿出一样东西，说："昨天收拾破烂的时候，在墙角里发现了它，当劈柴烧了可惜，送给你做个纪念。"说着把那个竹梆子递到我的面前。

我双手接过竹梆子，仔细打量：这是一块六寸长的半圆形的毛竹板，没有任何秘密，可是在朱源达的手掌里却能发出那么美妙的音响：由于几代人的摩挲，手汗、油渍的浸染，那竹板乌泽发光，像块铜镜似的。朱源达把它送给我，也可能是要我记住他曾经在这儿住过，并且也曾经为别人做过一点事体。

朱源达一家从巷子里消失了，消失的时候很是热闹，敲锣打鼓地贴上了喜报，还有"光荣户"三个字写在旁边。黑窝怎么又变成光荣户了，真是眼睛一眨，老母鸡变鸭。

和朱源达同时消失的，巷子里还有四家，一家是干部；其余的是开老虎灶的，摆剃头摊的，绱鞋子的，这都属于吃闲饭之列。从此以后，泡开水来回要走一里多路，绱鞋子起码要等二十天，老年人要理个发，也得到大街上去排队。老太太开始骂啦："是哪个没窍的想出来的，说人家是在城里吃闲饭，他们到乡下吃闲饭去啰，你也就别想喝开水，老头子哎，干脆留辫子吧，别剃头！"

朱源达一去八年，没有音讯。直到今年春天，听人说朱源达的两个儿子招工回来了，都分配在工厂里。后来听说朱源达回来了，而且托人带来口信，说是要向我讨一样东西。我一听便知道，准定是来讨那竹梆子的。因为这时候人们都在谈论着社会服务、商业网点、老虎灶和馄饨担什么的。朱源达回来，当然要重操旧业。我把那个竹梆子找了出来，揩拂干净，放在手边。在那乌泽发光的铜镜里面，我仿佛又见到红泥锅腔里的柴禾在燃烧，又听到那“的的笃笃”的声音响彻在深夜的街头巷尾，停歇在一个个亮着灯光的窗前。那窗内也许是一个大学生，也许是一个喜爱钻研的青年工人，也许是一个两鬓风霜的长者吧。他们深感失去的时间太多，而且又没有太多的库存。他们个人所作的努力不仅是为了自己的生活，可是他们的生活也需要有人送来温暖和方便。二十多年的时间，才使我明白了这个极其简单的道理。

也是一个黄昏，朱源达叩响了我家的大门，他和我的爱人说着话，一路嚷嚷着上楼。那声音和脚步都在跳跃，就像他年轻时敲的竹梆子，那么欢乐而顽皮。青春不能常在，精神却是可以返老还童的。

“哎哟哟，老高同志。回来一个多月了忙着找房子，报户口，不曾有时间来看你。想不到啊，要不是粉碎了‘四人帮’，哪会有今天！”朱源达的声音响亮，眉飞色舞，和当年的神态完全两样。

我看了欢喜，觉得他真的是直起了腰，抬起了头，忙说：“啊，快请坐。”

朱源达向藤椅上一坐，抢先掏出一包好烟，一人一支，一一点燃。

他深深地吸了一口，一连串地叙述着他在农村生活的八年。那些生活我都知道，并不是田园牧歌式的，可是朱源达说起来样样都是胜利，即使卖光了破家具，也都是卖得了好价钱。说完了打量着我的房间，不以为然地摇摇头："还是老样子嘛，怎么没有变？"那口吻是对我房间里的陈设有点瞧不起。

我笑着说："东西没有变，人变了。"

"哪，还有说的，再不变就没有日子了！"朱源达把新上装拉拉直："你看，我这不是一个筋斗跌到了青云里！两个儿子回来了，全民。两个姑娘在县里，大集体。还有个晚生的阿五呢，我要让他读到大学毕业。四只铁饭碗，一只金饭碗，只只当当响，铁棍子也砸不碎啰！"朱源达乐哈哈的，十分轻松，也十分得意。

我连忙把竹梆子送到朱源达面前："你还是去挑馄饨担子，祝贺你重新开张复业！"

朱源达翻着白眼，好像不明白我是什么用意，跟着就是脸色微微地一红，把我那拿着竹梆子的手推到旁边："你你……你这是和我开玩笑什么的！"他的表情尴尬，好像一个财大气粗的人突然被揭出了以往的瘪三行为。

我连忙声明："不不，不开玩笑，现在允许个体经营了，生活也有这种需要，巷子里的人都在牵记你！"

朱源达把头一仰："咄，还叫我挑馄饨担呀？"

我一想，对了。那像艺术品一样的馄饨担子已经砸烂了，一时也造不起来，便说：“那就烘山芋吧，那玩艺老少都爱吃，现在就是看不见！”

朱源达对我笑笑，狡黠地眨眨眼睛：“老实告诉你吧，劳动科本来也要我在里弄里摆个馄饨摊什么的，我给他们来了一点滑稽，嘿哈，已经到厂里报到啦，就是工种有点不满意。我本来想去看大门，他们却叫我到车间扫铁屑。扫就扫吧，混混也可以，总比烘山芋省心思，省力气。”他把这个小小的滑稽告诉我，就像当年把肉钵头伸到我的面前。

我没有什么幽默的感觉，只是叹了口气：“哎，何必呢，你不挑馄饨担子，你的儿子也不会再挑，真可惜！”

“可惜！有什么可惜的？”朱源达从椅子上站了起来，挺起腰：“从今以后，我不比任何人矮一头！”

“本来也不矮，都是为人民服务的。”

“还为人民服务哪！你忘啦，那是小资本主义，要消灭的，我差点儿把命都送在黑窝里！”朱源达突然激动起来，嗓音有点发抖，哆嗦着掏出那包好烟：“来来，再抽一支，别谈那种倒霉的事情。我今天是来向你找点儿复习材料，让我家阿五看看，准备考大学。”

考大学我并不反对，连忙找了几份油印材料递到朱源达的手里。

朱源达千谢万谢，向我告别。临行时再三邀请我哪天到他家去喝两杯：“来吧，别怕吃不起，五只铁饭碗月月会满起来的！”

楼下的大门吱呀一响，我下意识地推开了临街的长窗，好像要发现一副冒着热气的馄饨担子移过来；好像要听到那“笃笃”的响声掠过去……什么也没有，只有夹着油印材料的朱源达，渐渐地消失在夜暗里。我有点失望，但也不敢对朱源达有意见。这些年来我和别人都伤害过他，打击过各种各样的个人努力。到头来大家都想捧只铁饭碗，省心思，省力气。那铁饭碗到月也不会太满吧，可那锅子里的饭却老是不够分的！

1979 年 10 月 13 日

围墙

昨夜一场风雨，出了些许小事：建筑设计所的围墙倒塌了！围墙要倒，也在人们的意料之中，因为它太老了。看样子，它的存在至少有百年以上的历史了，几经倒塌，几经修补。由于历次的修补都不彻底，这三十多米的围墙便高低不平，弯腰凸肚，随时都有倒塌的可能，何况昨夜的一场风雨！

围墙一倒，事情来了！人们觉得设计所突然变了样：像个老人昨天刚刚拔光了门牙，张开嘴来乌洞洞的没有关拦，眼睛鼻子都挪动了位置；像一个美丽的少妇突然变成了瘪嘴老太婆，十分难看，十分别扭。仅仅是难看倒也罢了，问题是围墙倒了以后，这安静的办公室突然和大马路连成了片。马路上数不清的行人，潮涌似的车辆，都像是朝着办公室冲过来；好像是坐在办公室里看立体电影，生怕那汽车会从自己的头上碾过去！马路上的喧嚣缺少围墙的拦阻，便径直灌进这夏天必须敞开的窗户。人们讲话需要比平时提高三度，严肃的会议会被马路上的异常景象所扰乱，学习讨论也会离题万里，去闲聊某处发生的交通事故。人们心绪不宁，注意力分散，工作效率不高而且容易疲劳。

一致要求：赶快把围墙修好！

第二天早晨，吴所长召开每日一次的碰头会，简单地了解一下工作进程，交换一些事务性的意见。不用说，本次会议大家一坐下来便谈论围墙，说这围墙倒了以后很不是个滋味，每天上班时都有一种不正常的感觉，好像那年闹地震似的。有的说得更神，说他今天居然摸错了大门，看到满地砖头便以为是隔壁的建筑工地……

吴所长用圆珠笔敲敲桌面："好啦，现在我们就来研究一下围墙的问题。老实说，我早就知道围墙要倒，只是由于经费有限，才没有拆掉重修。现在果然倒了，也好。旧的不去新的不来，一百零八条好汉都是被逼到梁山上去的。嗯，造新的……"吴所长呷了口水。"可这新的应该是什么样子呢？我对建筑是外行，可我总觉得原来的围墙和我们单位的性质不协调，就等于巧裁缝披了件破大褂，而且没有钉钮扣。从原则上来讲，新围墙一定要新颖别致，美观大方，达到内容和形式的统一。请大家踊跃发言。"

对于修围墙来说，吴所长的开场白过分郑重其事了，也啰嗦了一点。其实只需要讲一句话："大家看看，这围墙怎么修呀？"不能，设计所的工作不能简单化！一接触土木，便会引起三派分歧：一派是"现代派"，这些人对现代的高层建筑有研究，有兴趣；一派是"守旧派"，这些人对古典建筑难以忘怀；还有一派也说不准是什么派，他们承认既成事实，对一切变革都反对，往往表现为取消主义。吴所长自称对建筑是外行，但是他自认对建筑并不外行，他懂得很多原则。比如经济实用，美观大方，有利生产，方便生活等等。如何把原则化为蓝图，这不是他的事，但他也不能放弃领导，必须发动两派的人进行争议，在争议中各自拿出自己的设计方案，由吴所长根据原则，取其精华，再交给取消主义者去统一。因为取消主义者有一大特点，当取消不了的时候便调和折衷，很能服众。此种化干戈为玉帛的领导艺术很深奥，开始时总显得拖沓犹豫，模棱两可，说话啰嗦，最后却会使人感到是大智若愚，持重稳妥。修围墙虽说是件小事，但它也是建筑，而且是横在大门口的建筑，必须郑重一点，免遭非议。

也许是吴所长的开场白把瓶口封紧了，应该发言的两大派都暂时沉默，不愿过早地暴露火力。

吴所长也不着急，转向坐在角落里的一个年轻人颔首："后勤部长，你看呢？"

所谓后勤部长，便是行政科的马而立。照文学的原理来讲，描写一个人不一定要写他的脸；可这马而立的脸却不能不写，因为他这些年来就吃亏在一张脸！

马而立的脸生得并不丑怪，也不阴险，简直称得起是美丽的！椭圆形，很丰满，白里透红，一笑两个酒涡，乌亮的大眼睛尤其显得灵活，够美的了吧？如果长在女人的身上够她一辈子受用的。可惜的是这张脸填错了性别，竟然长在男子汉马而立的身上，使一个三十七岁、非常干练的办事员，却有着一张不那么令人放心的娃娃脸！据说他在情场中是个胜利者，可在事关紧要的场合中却老是吃亏。某些领导人见到他就疑虑，怕他吃不起苦，怕他办事不稳。这两怕也是有根据的：

马而立整天衣冠楚楚，即使是到郊区去植树，他也不穿球鞋，不穿布鞋，活儿没有少干，身上却不见泥污。这就使人觉得形迹可疑了，可能是在哪里磨洋工的！如果他整天穿一身工作服、劳动布鞋、军用球鞋、麻耳草鞋等等在人前走来走去，那就另有一种效果："这人老成持重，艰苦朴素。"即使工作平平，也会另有评语："能力有大小，主要是看工作态度。""态度"二字含义不明，形态和风度的因素也不能排除。

担心马而立办事不稳也有根据，因为稳妥往往是缓慢的同义词。而马而立却显得过分地灵活，灵活得像自行车的轮盘，一拨便能飞转：

"小马（人家都这样叫他），窗户上的玻璃打碎了两块，想想办法吧"

"好，马上解决！"

上午刚说过，下午那新玻璃便装上了，这使人忍不住要用手指去戳戳，看看是不是糊的玻璃纸。因为目前买人参并不困难，买窗户玻璃却是一件很不容易的事；即使碰巧买到，又怎么能马上就请到装玻璃的工人，钉得四平八稳，还用油灰抹了缝隙……不好，隔壁正在造大楼，这油头粉面的家伙是不是趁人家吃饭的时候去……

当然，一切误解迟早总会消失的，可是需要用时间来作代价。马而立以前在房管局当办事员，第一年大家都对他存有戒心，生怕这个眼尖手快的人会出点什么纰漏。第二年发现他很能干，但是得抓得紧点，能干的人往往会豁边，这似乎也是规律。第三年上下一致叫好，把各式各样的事情都压到他的头上去！第四年所有的领导都认为马而立早就应该当个副科长,工资也应加一级。可惜那副科长的位置已经挤满了，加薪的机会也过去了两年。喏，在这种性命交关的地方马而立便吃了大亏，都怨那张娃娃脸！

房管局的老局长是个心地善良的人，他不肯亏待下级。眼看马而立在本机关难以提拔，便忍痛割爱，向吴所长推荐，说马而立如何如何能干，当个行政科长绝无问题。

吴所长答应了。但一见到马而立便犯疑:“这样的人能吃苦耐劳吗?办事稳妥吗？”倒霉的马而立又开始了第二道轮回……

吴所长所以要马而立发言，一方面是想引出大家的话来，一方面也想试试马而立的功底，看看他知不知世事的深浅，所以对着马而立微微颔首：“后勤部长，你看呢？”

马而立果然不知深浅，他凭着在房管局的工作经验和人事关系，把砖头、石灰、人工略加考虑：“没问题，一个星期之内保证修得好好的！”

吴所长“噢”了一声,凭他的经验可以看得出马而立头脑中的东西:“你不能光想砖头石灰呀，要想想这围墙的式样对我们单位的性质有什么意义？”

“意义”二字把人们的话匣子打开了，大家都来谈论围墙的意义，其用意都在围墙以外。

果然，对古典建筑颇有研究的黄达泉接茬儿了。这老头儿有点天真，他的话是用不着猜摸的："这个问题我早就提过多次了，可惜没有能引起某些人的注意……这次围墙的倒塌，对我们是一个深刻的教训。在我们过去的设计中，都没有对围墙引起足够的重视，没有想到区区的一堵围墙竟能造成动与静的差别，造成安全感和统一的局面。现在看起来围墙不仅有实用价值，而且富有装饰的意味，它对形成建筑群落特有的风格有着非常重大的意义。吴所长说得对，这是内容和形式如何统一的问题！"

这番话听起来好像是对领导意图的领会，其实是有的放矢，他先把矢引出来，再让别人放出去。他有自己的倾向，但又不愿卷进去。他的话一出口，人们的目光便悄悄地向东一移。

东面的长沙发上，坐着属于"现代派"的朱舟，他双手捧着茶杯，注目凝神，正在洗耳恭听。

黄达泉接着滔滔不绝地说："……从传统的建筑艺术来看，我们的祖先很了解围墙的妙用，光是那墙的名称就有十多种。有花墙、粉墙、水磨青砖墙；高墙、短墙、百步墙；云墙、龙墙、漏窗墙、风火墙、照壁墙……各种墙都有它的实有价值和艺术价值。其中尤以漏窗墙最为奇妙，它不仅能造成动与静的差别，而且能使得动中有静，静中有动;能使人身有阻而目不穷！可以这样说，没有围墙就形不成建筑群落。深院必有高墙，没有高墙哪来的深院？你看那个大观园……"黄达泉讲得兴起，无意之中扯上了大观园。

坐在长沙发上的朱舟把茶杯一放，立即从大观园入手："请注意，我们现在没有修建大观园的任务。如果将来要修复圆明园的话，老黄的意见也许可以考虑，但也只能考虑一小部分，因为圆明园的风格和大观园是不相同的。我们考虑问题都要从实际出发，古典建筑虽然很有浪漫主义的色彩，还可以引起人们对我们古代文化的尊敬与怀念，但在实际工作中是行不通的。我们的当务之急是修建五层楼或六层楼，我不能理解，即使是十米高的围墙，对六层楼来讲又有什么意义？”

“有！”误入大观园的黄达泉折回来了，他对现代建筑也不是无知的，“即使是六层高的楼房，也应该有围墙。因为除掉四五六之外还有一二三，围墙的作用主要是针对一二两层而言的。四五六的动静差是利用空间，一二两层的动静差是利用围墙来造成一种感觉上的距离。”

双方的阵势摆开了，接下来的争论就没有长篇大套，而是三言两语，短兵相接：

“请你说明一下，围墙和建筑物的距离是多少，城市里有没有那么多的地皮？”

“如果把围墙造在靠窗口，怎么通风采光呢？”

“造漏窗墙。”

“漏窗墙是静中有动呀，你这不是自相矛盾吗？”

“它在动中还有静呢，这句话你没有听见！”

“慢慢，请你计算一下这漏窗墙的工本费！”说话的人立即从腰眼里拔出电子计算器。

吴所长立即用圆珠笔敲敲桌面：“别扯得太远了，主要是讨论如何修围墙的问题。”

朱舟不肯罢休，他认为“守旧派”已经无路可走了，必须乘胜追击：“没有扯得太远，这关系到我们应该造一堵什么样的围墙，要不要造漏窗！”

吴所长掌握会议是很有经验的，决不会让某个人随意地不受羁绊，他立即向朱舟提出反问：“依你看应该造一堵什么样的围墙？具体点。”

“具体点说……”朱舟有点措手不及了，因为具体的意见他还没有想过，只是为了争论才卷进来的，“具体点说……从我们的具体情况来看，这围墙的作用主要是两个。一是为了和闹市隔开，一是为了保卫工作。机关里晚上没有人，只有个洪老头睡在传达室里，他的年纪……”朱舟尽量绕圈子，他知道，意见越具体越容易遭受攻击，而且没有辩白和逃遁的余地。

黄达泉知道朱舟的难处，看看表，步步紧逼：“时间快到了，抛砖引玉吧。”

“具体点说，这围墙要造得高大牢固。”朱舟不得已，把自己的意见说出来了。可这意见也不太具体，多大、多高、用什么材料，他都没有涉及。

黄达泉太性急，见到水花便投叉：“如此说来要用钢骨水泥造一堵八米高的围墙，上面再拉上电网，让我们大家都尝尝集中营的滋味！”

“那就把我们的风格破坏无遗了，人家会望而却步，以为我们的设计所是个军火仓库！”有人附和。

朱舟生气了："我又没有讲要造集中营式的围墙，钢骨水泥和电网都是你们加上去的。真是，怎么能这样来讨论问题！"朱舟抬起了眼睛，争取道义上的支持。接着又说："高大牢固是对的，如果要讲风格的话，我们这里本来就应该有一座高大厚实的围墙，墙顶上还须栽着尖角玻璃或铁刺，以防不肖之徒翻墙越户。"

"栽尖角玻璃是土财主的愚蠢，它等于告诉小偷：你可以从围墙上往里爬，只是爬的时候要当心玻璃划破手！"黄达泉反唇相讥。

一句话把大家都说得笑起来了，会场上的气氛也轻松了一点。

身处两派之外的何如锦，坐在那里一直没有发言。争论激烈的时候他不参加，事态缓和之后便来了："依我看嘛，各位的争论都是多余的。如果这围墙没有倒的话，谁也不会想到要在上面安漏窗，栽玻璃，都觉得它的存在很合适，很自然。现在倒了，可那砖头瓦片一块也没有少，最合理的办法就是把塌下来的再垒上去，何必大兴土木，浪费钱财！我们的行政经费也不多，节约为先，这在围墙的历史上也是有先例可循的。"

这番话如果是说在会议的开头，肯定会引起纷争。现在的时机正好，大家争得头昏脑涨，谁也拿不出可能通过的具体方案。听何如锦这么一说，好像突然发现了真理：是呀，如果围墙不倒的话，根本就没有事儿。倒了便扶起来，天经地义，没有什么可争的。两派的人点头而笑，好像刚刚是发生了一场不必要的误会。

吴所长向何如锦白了一眼，他不同意这种取消主义。他的原则是要修一道新颖而别致的围墙，为设计所增添光辉。会议的时间已到，再谈下去也很难有具体的结果，只好先搁一搁再说 :“好吧，关于围墙今天先谈这些，大家再考虑考虑。围墙是设计所的外貌，人不可貌相，太丑了也是不行的。请大家多发挥想象力，修得别致点。散会！”

吴所长的话又使得两派的人苏醒过来了，觉得何如锦的话等于零，说和不说是一样的。他们不让何如锦轻松，追到走廊上对他抨击 :

“你老兄的话听起来很高妙，其实是无所作为。”

“按照你的逻辑，设计所可以撤销。存在的都是合理的，还设计个屁！”

吴所长倾听着远去的人声，微笑着，摇摇头。回过头来一看，那马而立还坐在门角落里！

吴所长奇怪了 :“怎么啦，还有什么事吗？”

“没……没有其它的事，我想问一下，这围墙到底怎么修啊！”马而立站起来了，一双大眼睛睁得更大了一点。

吴所长笑了。他是过来人，年轻的时候也是这么活泼鲜跳的，心里搁着一件事，就像身上爬了个虱子，痒痒得难受，恨不得马上就脱光膀子。其实大可不必，心急吃不下热粥，你不让虱子叮，就得被蛇咬，脱光了膀子是会伤风的，这是经验！这种经验不便于对马而立讲，对年轻人应该从积极的方面多加鼓励 :“到底怎么修嘛，这就看你的了。我已经提出了原则，同志们也提供了许多很好的意见，你可以根据这些意见来确定一个方案。修围墙是行政科的职责范围，要以你为主呢！”

吴所长拍拍马而立的肩膀，“好好干，你年富力强，大有作为！”

马而立对所谓方案不大熟悉，不知道从方案到行动有多长的距离。听到“以你为主”便欢喜不迭，觉得这是吴所长对自己的信任，一开始就没有对他的娃娃脸产生误会。士为知己者用，今后要更加积极点。

马而立不积极已经够快的了，一积极更加了不得。不过，这一次他也郑重其事，先坐在办公室里点支烟，把自己的行动考虑一遍，一支烟还没有抽完，便登起自行车直奔房屋修建站而去……

房屋修建站的房屋非常破旧，使人一看便觉得有许多房屋亟待修理，他们的内容和形式倒是统一的。

马而立的速度快得可以，当他赶到的时候，修建站的碰头会刚散，站长、技术员和几个作业组长刚刚走到石灰池的旁边。马而立进门也没有下车，老远便举起一只手来大喊：“同志们，等一等！”

人们回过头来时，马而立已经到了身边。

“啊，是你！”

马而立在房管局工作过五年，和他们站的人都很熟悉。不知道是什么原故，他的娃娃脸在基层单位很受欢迎，人家都把他当作一个活泼能干的小兄弟。

马而立跳下车来直喘气：“可被我抓住了，否则又要拖一天。”

“小马啊，听说你高升了，恭喜恭喜。”

马而立撸了一下额头上的汗：“少恭喜几句吧，有这点意思就帮我办点儿事体。”说着便掏出烟来散，“喂喂，坐下来谈谈，这事情也不是三言两语说得清的。”为了稳住大家，马而立首先在旧砖头上坐下，百忙之中还没有忘记衣服的整洁，用块手帕蒙在旧砖上面。

技术员坐下来了，站长蹲在马而立的面前，几个作业组长站在旁边抽烟。

站长笑嘻嘻地看着马而立：“什么大事呀，把你急的！”

“事情也不大，我们设计所的围墙倒啦！”

“就这么大的个事呀，回去吧，给你修就是了。”站长站起身来，修围墙对他来说确实算不了一回事。

马而立一把拉住站长的裤腿：“叫你坐下你就坐下。听我说，修这座围墙并不是容易的事，领导上把任务交给我，要我拿主意。我有什么能耐呀，全靠各位撑腰呢！”接着便把围墙之争详细地说了一遍。

站长搔头了：“这事儿不好办，我们只能负责砌砖头。”

技术员笑笑：“是呀，设计所不能砌一般的围墙，这是个招牌问题。”

马而立立刻盯住技术员不放，他知道这位技术员肚子里的货色多，很快就要提升为助理工程师：“对对，老史，这事儿无论如何要请你帮忙。下次再有什么跑腿的事儿，一个电话，保证十五分钟之内便赶到你府上。”马而立的话是有所指的，去年技术员的老婆得急病，马而立弄了辆车子把她送到医院里。

技术员高兴地捅了马而立一拳：“去你的，谁叫你跑腿谁倒霉。何况这事情跟弄车子也不同，你们那里的菩萨难敬，讨论了半天也摸不着个边儿。”

马而立翻着眼睛："不能这样说，边儿还是有的。"他的头脑确实灵活，善于把纠缠着的东西理出个头绪，"综合他们的意见有几条：一是要修得牢。"

"那当然，总不会今天修好明天倒！"技术员拿起瓦碴在地上画线了，他是个讲究实效的人，善于把各种要求落实到图纸上面。厚度、长度、每隔五米一个墙垛，够牢的。

"二是要造得高，但也不能高得像集中营似的。"

"围墙的高度一般的是一人一手加一尺，再高也没有必要了。"技术员写了个 2 字，高两米。

"三是要安上个漏窗什么的，好看，透气。"

技术员摇摇头，拈着瓦碴画不下："难了，两米以上再加漏窗就太高了，头轻脚重也不好看。砌在两米以下又不能隔断马路上的噪音，还会惹得过路的人向里面伸头探脑的，难！"

马而立挥挥手："好，先把这一难放在旁边。四是要能防止小偷爬墙头，但又不能在墙顶上栽玻璃。"

"又难！"

"好，再放到一边。第五个要求是节约，少花钱。"马而立拍拍屁股底下的旧砖头，"喏，这个难题由我来解决，把你们拆下来的旧砖头卖给我，多多少少算几文，除垃圾还要付搬运费哩！"

人们都笑了，堆在这里的旧砖都是好青砖，哪里有什么垃圾。

站长摇摇头："机灵鬼，便宜的事儿都少不了你！"

技术员还在那里考虑难题："怎么，还有几条？"

"总的一条是要修得新颖别致。"

"那当然……"技术员用瓦碴子敲敲地皮，"最困难的是漏窗，安在哪里……"

一个作业组长讲话了："不能安空心琉璃砖吗？我们去年从旧房子上拆下来一大堆，一直堆在那里。"作业组长向西一指："喏，再不处理就会全部碰碎！"

技术员把头一拍："妙极了，一米七五以上安空心琉璃砖，又当漏窗又不高，颜色也鲜。老王，你去搬一块给小马看看，中意不中意。"

老王搬过一块来了，这是一种尺五见方的陶制品，中间是漏空的图案，上了蓝色的釉，可以根据需要砌成大小长短不等的漏空窗户，在比较古老的建筑中，大都是用在内院的围墙上面。

马而立看了当然满意，这样的好东西到哪里去觅？可是还得问一句："我们先小人后君子，这玩艺算多少钱一块，太贵了我们也用不起。"

"八毛一块，怎么样，等于送给你！"

马而立把大腿一拍："够意思，来来，再抽支烟。"

技术员摇摇手："别散烟了，你的几个难题都解决了。"

马而立把烟向技术员的手里一塞："怎么，你想溜啦，还有怎么防小偷呢！"

技术员哈哈地笑起来："老弟，这个问题是要靠看门的老头儿解决的。"

马而立不肯撒手："人和墙是两码事，你不要跟我玩滑稽！"

"好好，我不玩滑稽，站长，你来玩吧，你家前年被偷过的。"

站长对防偷还真有点研究："小马，你知道小偷爬墙最怕什么吗？"

"谁知道，我又没有偷过。"

"他们最怕的是响声，如果在墙头上加个小屋顶，铺瓦片，做屋脊，两边都有出檐，小偷一爬，那瓦片哗啦啦地掉下来，吓得他屁滚尿流！"

"哎呀，这比栽尖角玻璃管用，现在的小偷都是带手套的！"

技术员从审美的角度出发："对，平顶围墙也难看，应该戴顶帽子，斗笠式的。"他把地皮上的草图全部踏平，拿起瓦碴来把整个的围墙重新画了一遍，加上一个小屋顶，那屋脊是弧形的。画完把瓦碴子一扔："小马，这座围墙如果得不到满堂彩的话，你可以把我的名字倒写在围墙上，再打上两个叉叉。"

人们围着草图左看右看，一致称赞。

马而立也是满心欢喜，但是眼下还顾不上得意。他干事喜欢一口气到底，配玻璃还忘不了买油灰泥，造围墙怎么能停留在图纸上面："喂，不要王婆卖瓜啦，造起来再看吧，什么时候动手？"

站长盘算了半晌，又向作业组长们问了几个工区的情况："这样吧，给你挤一挤，插在十五天之后。"

马而立跳起来了，收起砖头上的手帕擦擦手："那怎么行呢？我已经在会上作了保证，一个星期之内要修得好好的！"

站长唉了一声："喏，这就难怪人家说你办事不稳了，修建站轧扁头的情况你也不是不了解，怎么能做这样的保证呢！”

“了解，太了解了！老实说，如果了解不透的话，还不敢保证呐。怎么样，你有没有办法安排？”马而立向前跨了一步，好像要把站长逼到石灰池里去。

站长还是摇头：“没有办法，来不及。”

“好，你没有办法我就来安排了。先宽限你们三天，星期六的晚上动手。你们出一辆卡车把材料装过来，把碎砖运出去，派十几个小工清理好墙基。星期天多派几个好手，包括你们各位老手在内，从早干到晚，什么时候完工什么时候歇手。加班工资，夜餐费照报，这香烟嘛没关系，我马而立三五包香烟还是请得起的！”

“啊哈，你这是叫我们加班加点！”

“怎么样，你们没有加过吗？难道还要我马而立办酒席！”

“那……那是交情帐，半公半私的。”站长只好承认了，他们也经常为熟人干点儿私活，加班加点，叨扰一顿酒水。

“我们是大公无私，只求大家给我一点儿面子。”马而立叹气了，“唉，我这人是死要面子活受罪。人家都怕我办事不稳，可我偏偏又喜欢性急。现在到了一个新的工作岗位，如果第一次下保证就做黄牛的话，以后还有谁敢相信我。帮帮忙吧，各位。”马而立开始恳求了，办事人员经常要求爷爷拜奶奶，那样子也是怪可怜的。

作业组长首先拍胸脯：“没问题，我们包了！”

“祝你一帆风顺，马而立！”

十分细小而又复杂的围墙问题就这样定下来了，前后只花了大约半个钟头。

到了星期六的晚上，设计所的人们早就下班走光了。设计所门前拉起了临时电线，四只两百支光的灯泡把马路都照得灼亮。人来了，车来了，砖瓦、石灰、琉璃砖装过来；垃圾、碎砖运出去。足足花了四个钟头，做好了施工前的一切准备。星期天的清早便开始砌墙，站长、组长个个动手。那技术员慎重对待，步步不离；在设计所的门前砌围墙，等于在关老爷的面前耍大刀，没有两下子是不行的。他左看右看，远看近看，爬到办公室的楼上往下看，从各个角度来最后确定围墙的高低，确定琉璃砖放在什么地位，使得这座围墙和原有的建筑物协调，不管从哪个角度看上去都很适意。

星期天机关里没人，马而立忙得飞飞，还拉住看门的洪老头做帮手。泡茶、敬烟，寻找各色小物件：元钉、铅丝、棉纱线；必要时还得飞车直奔杂货店。这里也喊小马，那里也喊小马；这小马也真是小马，谁喊便蹦到谁面前。

砌墙的速度是惊人的，人们追赶叫喊，热火朝天，惹得过路的人都很惊奇：

"这肯定是给私人造房子！"

"不，他们是在技术考核，真家伙，要定级的！"

砌墙比较方便，如果是用新砖的话，速度还会更快点。等到砌琉璃砖和小屋顶就难了，特别是屋顶，细活儿，又不能把所有的人都拉上去。小瓦片得一垄一垄地摆，尺把长就得做瓦头，摆眉瓦，摆滴水。本来预计是完工以后吃夜餐，结果是电灯直亮到十一点。

马而立打躬作揖，千谢万谢，把人们一一送上卡车，然后再收起电线，拾掇零碎，清扫地皮，不觉得疲劳，很有点得意，忍不住跑到马路的对面把这杰作再细细地欣赏一遍。

夜色中看这堵围墙，十分奇妙，颇有点诗意。白墙、黑瓦、宝蓝色的漏窗泛出晶莹的光辉，里面的灯光从漏窗中透出来，那光线也变得绿莹莹的。轻风吹来，树枝摇曳，灯光闪烁变幻，好像有一个童话般的世界深藏在围墙的里面。抬起头来从墙顶上往里看，可以看到主建筑的黑色屋顶翘在夜空里，围墙也变得不像墙了，它带着和主建筑相似的风格进入了整体结构。附近的马路也变样了，好像是到了什么风景区或文化宫的入口。马而立越看越美，觉得这是他有生以来办得最完美的一件大事体！他也不想回家了，便在楼上会议室里的长沙发上睡了下去。他已经两天两夜没有好好地休息了，这一觉睡得很沉，很甜……

太阳升高了，一片阳光从东窗里射进来，照着马而立的娃娃脸。那脸上有恬静的微笑，浅浅的酒窝，天真的稚气，挺好看的。他睡得太沉了，院子里的惊叹、嘈杂、议论纷纭等等都没有听见。

星期一早晨，上班的人们都被突兀而起的围墙惊呆了，虽然人人都希望围墙赶快修好，如今却快得叫人毫无思想准备。如果工程是在人们的眼皮子底下进行，今天加一尺，明天高五寸，人来人往，满地乱砖泥水，最后工程结束时人们也会跟着舒口气，觉得这乱糟糟的局面总算有了了结。不管围墙的式样如何，看起来总是眼目一新，事了心平。如今是眼睛一眨，老母鸡变鸭，这围墙好像是夜间从什么地方偷来了，不习惯，太扎眼。大多数的人把眼睛眨眨也就习惯了，谁都看得出，这围墙比原来的好，比没有更好。可也有一些人左看右看都不踏实，虽然提不出什么褒贬，总觉得有点“那个”……“那个”是什么，他们也没有好好地想，更说不清楚，要等待权威人士来评定。如果吴所长说一声“好”，多数的“那个”也就不“那个”了，少数善于领会的“那个”还会把它说得好上天去哩！

吴所长也站在人群中看，始终不发表意见。他觉得这围墙似乎是在自己的想象之中，又好像在想象之外，想象中似有似无。说有，因为他觉得这围墙也很别致；说无，因为他觉得想象之中的别致又不是这种样子。当人们征求他对围墙的意见时，他只是轻轻地说了一声：“哎，没想到马而立的手脚这么快！”

“是呀，冒失鬼办事，也不征求征求群众的意见！”有人立即附和了，首先感到这围墙之事没有征求过他的意见，实在有点“那个”……

被征求过意见的三派人也很不满，觉得这围墙吸收正确的意见太少，好好的事儿都被那些歪门斜道弄糟了！他们都站在围墙的下面指指点点，纷纷评议，意见具体深刻，还富有幽默的意味：

“这围墙好看呐，中不中西不西，穿西装戴顶瓜皮帽，脖子里还缠条绿围巾呐，这身打扮是哪个朝代的？还有没有一点儿现代的气息！”

朱舟讲评完了向众人巡视一眼，寻找附和的。

“是呀，围墙是座墙，要造个大屋顶干什么呢？”有点“那个”的人开始明确了，这围墙所以看起来不顺眼，都是那个小屋顶造成的，忍不住要把小的说成大的，以便和五十年代曾被批判过的大屋顶挂上钩。其实这小屋顶也算不了屋顶，只是形状像个屋顶而已。

朱舟十分得意，特地跑到围墙下面，伸出手来量量高低，摸摸那凸出墙外的砖柱。觉得高度和牢度都符合他的心意，就是这漏窗和小屋顶太不像样，都是守旧派造成的！他回过头来喊黄达泉：“老黄，这下子你该满意了吧，完全是古典风味！”

黄达泉摇摇头：“从何谈起，从何谈起，他对我的精神没有完全领会。屋脊也不应该是一条平线嘛，太单调啦，可以在当中造两个方如意，又有变化，又不华丽。为什么要造这么高呢……老朱，你站在那里不要动，拍张照片，叫插翅难飞！”

“是呀，太高啦。”

“两头还应该造尖角，翘翘的。”

“琉璃砖也安得少了点。”

所有感到有点“那个”的人都把围墙的缺点找出来了，他们的批判能力总是大于创造能力。

何如锦没有对围墙发表具体的意见，却从另外一个角度提出了一个易犯众怒的问题：

“这围墙嘛，好不好暂且不去管它。我是说这样做是否符合节约的原则？那小屋顶要花多少人工，那琉璃砖一块要多少钱！我担心这会把我们的行政经费都花光，本季度的节约奖每人只发两毛钱！”

何如锦的话引起了人们的一点儿激动：

“可不是嘛，修座围墙就是了，还在墙顶上绣花边！”

“这就是……”说话的人向四面看了一下，没见马而立在场，“这就是马而立的作风，那人大手大脚，看样子就是个大少爷，花钱如流水！”

“吴所长，是你叫他这么修的吗？”

吴所长连忙摇手：“不不，我只是叫他考虑考虑，想不到会先斩后奏。马而立……”吴所长叫唤了，可那马而立还睡在沙发上，没有听见。

“洪老头，你看见马而立来了没有？”有人帮着寻找马而立了，要对这个罪魁祸首当场质疑。

看门的洪老头火气很大：“别鬼叫鬼喊的啦，人家两天两夜没有休息，像你！”洪老头对那些轻巧话很反感，他偏袒小马，因为他见到马而立在修围墙时马不停蹄，衣衫湿透，那不是每个人都能做到的。他在大门口也听到许多路人的议论，都说这围墙很美。他自己对围墙还有更深一层的喜爱，从今以后可以安心睡觉，如果有小偷爬墙的话，那檐瓦会哗啦啦地掉下几片！

吴所长皱着眉头，挥挥手，叫大家各自办公去，同时招呼老朱、老黄、老何等等上楼去开碰头会。

朱舟把会议室的门一推，却发现马而立好端端地睡在沙发里：“唉呀，到处找你找不着，原来在这里呼呼大睡，起来！”

马而立揉着眼睛爬起来了，睡意未消，朦朦胧胧地挨了一顿批……

还好，批评的意见虽然很多，却没有人提出要拆掉重修。围墙安然无恙，稳度夏秋。小草在墙脚下长起来了，藤萝又开始爬上墙去。

这年冬天，设计所作东道主，召开建筑学年会，邀请了几位外地的学者、专家出席。因为人数不多，会场便在设计所楼下的会议室里。几位专家一进门便被这堵围墙吸引住了，左看右看，赞不绝口。会议开始后便以围墙作话题，说这围墙回答了城市建筑中的一个重大问题！目前的城市建筑太单调，都是火柴盒式的标准设计，没有变化，没有装饰，没有我们民族的特有风格；但是也有些地方盲目复古，飞檐翘角，雕梁画栋，把宾馆修得像庙堂似的。这围墙好就好在既有民族风格，又不盲目复古，经济实用，又和原有的建筑物的风格统一。希望建筑设计所的同志们好好地考虑一下，作一个学术性的总结。

设计所的到会者都喜出望外，想不到金凤凰又出在鸡窝里！

吴所长考虑了：“这主要是指导思想明确，一开始便提出了明确的要求，同时发动群众进行充分的讨论……”

朱舟也考虑了：“是嘛，围墙的实用价值是不可忽视的。我一开始便主张造得高一些，牢一点……”

黄达泉简直有些得意了：“如果不是我据理力争的话，这围墙还不知道会造成什么鬼样哩！搞建筑的人决不能数典忘祖，我们的祖先很早就懂得围墙的妙用，光那名称就有几十种……”黄达泉考虑，这一段话应该写在总结的开头，作为序言。

何如锦曾经有过一刹那间的不愉快，马上就觉得自己也有很大的贡献，如果不是他坚持节约的话，马而立就不会去找旧砖瓦，不找旧砖瓦就找不到琉璃砖，没有琉璃砖这围墙就会毫无生气，简直不像个东西！

马而立没有参加会议，只是在会场中进进出出，忙得飞飞，忙着端正桌椅，送茶送水。他考虑到这会场很冷，不知道又从什么地方弄来四只熊熊的炭火盆，放在四个角落，使得房间里顿时温暖如春，人人舒展……

1982年12月

下篇

写在《美食家》之后

幼年时，我曾经有个很滑稽的想法：人活着如果不需要吃饭的话，那会省却多少烦恼啊！及长，知道这是不可能的，连猪八戒都很饕餮，孙猴儿还要偷仙桃呐！不仅是人，任何动植物、神仙妖魔都是要吃饭的。可是我的滑稽想法并未因此而消失，只是换了个方位，寄希望于科学。觉得在科学高度发达之后，人们可以制造出一种纯营养的食品，制成药丸或是装在牙膏罐里，每日吞那么几丸或是向嘴吧里挤那么一点。那么一来，所有的土地都会变成花园，无人去脸朝黄土背朝天，终年劳累。人世间的许多纷争也就此停息。转而一想，此种科学幻想是不科学的。如果所有的人从生到死都是向嘴吧里挤“牙膏”，那就不可避免地要引起消化器官的退化,就会出现象《镜花缘》里的无肠国了。李汝珍在写《镜花缘》时，也可能有过如我之想入非非吧，或者说我之想入非非也可能是从《镜花缘》中得来的。李汝珍比我高明，他虽然幻想出一个无肠国，可那无肠公子不还是要吃东西，吃得又多又好。何也？因为吃饭除掉疗饥和营养之外，它本身还是一种享受，一种娱乐，一种快感，一种社交方式，一种必要的礼仪。挤“牙膏”虽然可以省却无穷的烦恼，可那无穷的乐趣的也就没有了。且不说从有肠到无肠之前人类还有可能毁灭，也有可能退化得象一个爬虫似的。

逃遁无术，只有老老实实地面对吃饭问题。鲁迅翻开了封建社会史之后发现了两个字："吃人"。我看看人类生活史之后也发现了两个字："吃饭"。同时发现这吃人和吃饭之间有着不可分割的联系。历代的农民造反，革命暴发都和吃饭有关系。国际歌的第一句就是："起来，饥寒交迫的奴隶！"这是一句很完整的话，它概括了"吃饭"与"吃人"，提出了生活和政治两个方面的问题。百余年间千万个仁人志士揭竿而起，高唱着："起来，饥寒交迫的奴隶！"去浴血奋战。这一段惊天动地，可歌可泣的的历史，我们的子孙后代不会、也不应该忘记。在特定的历史条件下，不首先解决"吃人"的问题，那吃饭的问题是无法解决的。只是由于诸多并非偶然的历史因素，我们在基本上解决了"吃人"的问题之后，没有把吃饭的问题提到首位，还是紧紧地围绕着"吃人"打主意，老是怀疑有人要吃人，甚至把那些并非吃人而是企图救人的人当作是吃人的魔鬼。社会处于动乱之中，今天你斗我，明天我斗你，似乎忘记了人是要吃饭的。一旦想起人要吃饭时，却又相信"大跃进"之类的奇迹，认为亩产可达两万斤，还可以不断地提高出饭率。甚至认为信仰和意志是可以抵挡饥饿的。有人堂而皇之地提出了可以三天不吃饭，却不能一天不读"老三篇"。结果却是肚皮和人们开了个玩笑，事实证明"老三篇"可以不读，不吃饭却是不行的。

道山亭畔忆旧事

有机会参加了母校七十五周年的校庆，在道山亭畔走了几个来回。这道山亭已经面目全非了，可我对母校的记忆还停留在三十五年之前。

那是一九四五年，抗日战争刚刚胜利，我从泰兴来苏州求学。苏州的学校很多，苏高中是首屈一指，全国有名的，报考的人从四面八方赶来，地板上都睡得满满的，平均要四、五十人中才能录取一个。我在初中学习得并不太好，特别是数学差劲，常在四十分上下浮动。再加上初到苏州这个天堂，早被虎丘、灵岩弄得神魂颠倒，根本谈不上什么临时抱佛脚的复习了，只是硬着头皮到苏高中去碰碰运气。

那时候的苏高中刚从宜兴复校来苏州，三元坊的校址被国民党的伤兵占据着，初中部和高中部都挤在公园路的草桥头。我跑到草桥三场考罢，心就凉了半截，出了考场和别人对对题目，听起来别人都是对的，我都是错的。待到发榜之日，心里也不存什么希望，只不过跑到学校里去“张张”。这一张喜出望外，我的大名赫然在焉！而且不是备取，不是“扛榜”，大约总在开头的二、三十名之内。我百思不得其解，怎么会考取的？想来想去可能是一篇作文帮了忙。作文的题目我记不清了，好象是一篇什么记游的文章。我读过几年私塾，又在故苏游了这么一番，于是便用半文不白的句子，仿照《滕王阁序》的格局大加发挥。不知道被哪位阅卷的老师看中了,给的分数大概是很可观的。我的这种猜测也有点根据，入学以后我被编在丙班，那时共有甲乙丙丁戊五个班级，戊班是女生，甲乙班虽然不叫尖子班，但都是数理化比较好的，他们的课程都得比我们多，比我们快，但是我们也没有被遗弃的感觉,教和学还是很认真的。我们对一句格言的印象很深,叫“书到用时方恨少”。为了避免将来恨少，不如现在多学点。许多有声望的老师，他们上课并不按照课本教，都有自编的一套讲义，很多人到处去搜集这种讲义来学，好象掌握了什么秘密武器似的。

苏高中是个有名的“死读书”的学校，有一种尊重知识的风气。如果有一个人打扮得漂亮，家中富有，外面有势而又成绩不好的话，那就没有多少人瞧得起。如果一个人头发很长（不是故意蓄长发而标新立异实在是出于生活的马虎），经常是蓝布衫一件，但是考起来总是名列前茅，自然就会受到别人的尊敬、羡慕，被大家推举为级长什么的。我在抗日战争的动乱中读完了小学和初中，读得很马虎，所以一进苏高中便觉得特别紧张。再加上不懂苏州话，第一堂课下来听不懂老师讲了些什么东西。教英文的老师不讲中国话，倒反而能听懂那么一点。我本来的习惯是起身钟不敲第二遍不起床，穿衣、叠被、洗脸、奔饭堂等等，这一连串的动作都是以极精确的计算和最高的速度进行的。一进苏高中可不行了，天不亮就有人起床，打了起身钟宿舍里就没有几个人（也有几个睡懒觉的），人都到操场上，到学校的各个角落里去了，在那里背课文、背英文生字。吃早饭之间都得背它几十个，晚上下了夜自修以后，走廊的路灯下还有人徘徊。那时候百分之八十都是寄宿生，走读的不多。平时出校门都得请假，只有星期六晚上和星期日的白天才得自由。每个宿舍都有个室长，还有一个专职的舍监老师，专管点名、整洁、纠纷等事务。苏高中的校规很严，都有明文规定。犯了什么便得记小过一次，犯了什么便得记大过一次；三次小过算一次大过，犯两次大过便得开除。话虽这么说，被记过的人很少，开除的事儿我好像没有见过。

我们在草桥头挤了一年，学校和国民党当局多次交涉，要收回三元坊的校舍，大概是当局同意了，就是国民党的伤兵赖着不肯走。国民党的伤兵是很利害的，看戏不买票，乘车不给钱，开口便是“老子抗战八年”，动不动便大打出手，没人敢惹他们。突然有一天，草桥头苏高中正方形的操场上高中部的学生紧急集合，校长宣布，要到三元坊去驱逐伤兵，“收复失地”，除女生和身体弱小者外，高中部的学生全部出动，实际上是到三元坊去和伤兵干仗。学生们个个兴高采烈、摩拳擦掌，有人带了棍棒，有人拾了几块砖头，几百人排队涌出校门，跑步奔三元坊而去！

占据三元坊校舍的伤兵其实没有多少，事先听到了风声，又见来了这么多的“崐丘九”，（那时人称国民党的兵为“丘八”，学生好象比兵还难对付，故名之曰“丘九”）眼看形势不妙，便从道山亭的后面翻越围墙落荒而走。校方立即把高中部全部搬到三元坊，并派学生轮流在高处了望，防止伤兵重新入侵。

当年的三元坊是一条小弄堂，仅仅能容两辆人力车交叉而过，而且路面坑洼，一下雨便是个大水塘。教学区在路西，就是现在的主楼，另外还有一座“立达楼”，一座“审美楼”。据说审美楼曾经是陈列美术作品和手工劳作的地方，这两座砖木结构的楼我见到时已摇摇欲坠，后来也修葺过，作过教室，现在都拆除了。另外还利用孔庙的一座殿，改作大礼堂和饭堂。宿舍区都在路东，一直延伸到沧浪亭的对面。这下子我们进出校门便自由了，可以借口回宿舍取物而到三元坊口买包花生米，或者是到沧浪亭去兜兜。

那时的学生最关心的有三件事，一是考试，二是伙食，三是毕业后的出路。考试最要命，期中考试叫小考，学期结束叫大考。大考简直是一场大难，逢到大考厨工都要少淘点米，学生们吃不下饭了，操场上也没有声音了，每个人都想找个僻静的角落去背笔记。那时候的道山亭是个很理想的复习功课的场所，山上有树木荒草，山脚下的水塘边长满了红蓼与芦苇。我们都欢喜在芦苇丛中做个窝，躺在那里复习。一场大考下来，人像脱了一层皮。时至今日，我晚上还会做一种噩梦，梦见进入考场以后，满纸的数学题一条也不会，急得惊醒过来，可见当年对考试的印象是极其深刻的。

虽然说苏高中的学生死读书，不大关心政治，但是你不关心政治，政治却要来“关心”你。抗日战争胜利以后，国民党日益腐败，物价飞涨，民不聊生。这自然就影响到学生的吃饭问题。学校里的伙食，是由校外的商人承包的，一个包饭商简直是个饮食公司，能包几个学校，几千人的伙食。我记得，那时候的伙食费好象是每月交五斗米钱。早晨喝稀饭，到了第三节课人人饿得肌肠雷鸣。中午是四菜一汤，名字好听，实际上是一扫便光。所以每桌都有个桌长，先由桌长在菜碗边上敲一下，然后大家便一涌而上，否则吃到第二碗饭时就只能白吞了。女生和男生不同席，因为她们不大会抢。饭堂便是礼堂，上进张方桌子分行排开，没有凳子，都站着吃。这么多人临时进餐，实在不好对付，所以那时候许多学校都流行一首打油诗："饭来菜不至，菜来饭已空；可怜饭与菜，何日得相逢！"当时物价飞涨，老板为了赚钱，米里面有砂子，发霉变质（粮商的变质大米都向学校里倾销），伙食情况每况愈下。每个学期为了伙食都要闹点儿小风潮。小闹是针对校方和承包商，大闹便针对国民党（反饥饿运动）。苏高中的学生没有大闹过，小闹年年有，中闹也有过一次。所谓小闹大多是在夏天，大家相约多吃一碗饭，结果饭不够了，闹着要厨房里再烧，烧好了便一哄而散，饭只好馊掉。承包商很熟悉这种把戏，第二天便加个菜，或者是"逢犒"时肉片加厚点（每星期吃两次肉，每次一薄片，叫逢犒）。学生也组织伙食委员会，选举最能办事的人来监督，每天还派人去监厨，但也没有用，因为承包商总是和校方有关系，学生中流传着某人受贿赂，某人拿回扣等等的消息（也许是谣言吧）。有一次学生发怒了，吃晚饭的时候，不知是谁先把电闸拉了，饭堂里一片漆黑。突然哗啷一声，有人摔碗（碗是承包商供给的）。大家一听便明了，一起把碗祭起来，有的连桌带碗全掀掉。饭堂里哗啷啷响成一片，一阵碗，一阵欢呼，胆小的都吓得躲在桌子底下。训育主任闻讯赶来弹压，但因漆黑无光，又怕为流碗所伤，只好作罢。这一次中闹也争得了一点权利，寄宿生可以不在学校里吃饭，到外面包饭也可以，悉听自便。那时候沧浪亭一带有许多包饭作，夫妻二人包十来个学生的伙食，价钱和学校相同，都比学校里道地。但也有人倒了霉，碰上了应运而起的骗子。交掉一个月的饭费，开头吃得非常满意，不到一个星期，包饭的夫妻二人抢购得不及时，半个月不到，物价涨了一倍，一个月的伙食钱吃不到二十天。到时候丈夫叹气，妻子哭诉着原委，学生都是懂理的人，只好加钱。凡此种种，许多争得了权利而出去吃包饭的人，只好又回到学校里，还受到包饭商的一点讽刺和打击。

读高中的学生，在高一、高二时比较安心，到了高三便惶惶不可终日。要考虑出路，甚至要考虑今后的一生怎样度过。当时的中学生，除掉考大学以外似乎有三种去路，一是回家结婚，当小老板、少奶奶、大少爷，这是极少数；一种是去当个职员、练习生什么的，这要有关系；一种是到农村里去当个小学教员，走这条路的人很多，据说在苏州地区这样比较富饶的农村里当个小学教员，每月也能拿到三石米。所以死读书的学生到了高三便对政治和经济发生了“兴趣”。我到了高三便不大认真读书了，和几个同学忙于看小说，看各种杂志，想着要改革那个黑暗的旧社会，可是怎么改革法，却也是茫然无知的。后来听说哲学这门学问是专管人生和社会的，便到图书馆里去借了几本皮面烫金、无人问津的哲学书来，躺在草地上拼命地看，这些唯心主义的哲学也实在太玄,怎么也看不懂。后来不知道从那里流传来了《大众哲学》《新青年的新人生观》《新经济学》等等的书籍，还有党在香港出版的文艺刊物（第一次读到了赵树理的作品），再后来还偷读了《新民主主义论》，这些书我一读便懂，决定不再徘徊，毕业以后便卖掉了所有的书籍和用不着的衣物,买了一双金刚牌的回力球鞋（准备跑路、打游击），一支大号的金星钢笔，直奔苏北解放区而去……

我在苏高中的三年，纯粹是一个学生，知道的事很少，只能回忆一些学生生活的片段。

原载《苏中教育》1980 年第一期

乡曲儒生，老死翰墨

我六岁的时候开始读书了，那是一九三四年的春天。

当时，我家的附近没有小学，只是在离家二、三里的地方，在十多棵双人合抱的大银杏树下，在小土庙的旁边有一所私塾。办学的东家是一位较为富有的农民，他提供场所，请一位先生，事先和先生谈好束修、饭食，然后再与学生的家长谈妥学费与供饭的天数。富有者多出，不富有者少出，实在贫困而又公认某个孩子有出息者也可免费。办学的人决不从中渔利，也不拿什么好处费，据说赚这种钱是缺德的。但是办学的有一点好处，可以赚一只粪坑，多聚些肥料好种田，那时没有化肥。

我们的教室是三间草房，一间作先生的卧室，其余的两间作课堂。朝北篱笆墙截掉一半，配以纸糊的竹窗，可以开启，倒也亮堂。课桌和凳子各家自带，八仙桌、四仙桌、梳桌、案板，什么都有。

父亲送我入学，进门的第一件事便是拜孔子。“大成至圣先师孔子之位”的木主供在南墙根的一张八仙桌上，桌旁有一张太师椅，那是先生坐的。拜时点燃清香一炷，拜烛一对，献上供品三味：公鸡、鲤鱼、猪头。猪头的嘴里衔着猪尾巴，有头有尾，象征着整猪，只是没有整羊和全牛，那太贵，供不起。

我拜完孔子之后便拜老师，拜完之后抬头看，这位老师大约四十来岁（那时觉得是个老头），戴一副洋瓶底似的近视眼镜，有两颗门牙飘在外面。黑棉袍、洗得泛白的蓝布长衫，穿一条扎管棉裤，脚上套一双“毛窝子”，一种用芦花编成的鞋，比棉鞋暖和。这位老师叫秦奉泰，我所以至今还记得他的名字，那是因为我曾把秦奉泰读作秦秦秦，被同学们嘲笑了好长一阵，被人嘲弄过的事情总是印象特深。

秦老师受过我三拜之后，便让我站在一边，听我父亲交待。那时候，家长送孩子入学，照例要作些口头保证，大意是说孩子入学之后，一切都听先生支配，任打任骂，家长决无意见，决不抗议。那时的教学理论是“玉不琢不成器”，所谓琢者即敲打也。

秦老师也打人，一杆朱笔、一把戒尺是他的教具。朱笔点句圈四声，戒尺又作惊堂木，又打学生的手心。学生交头接耳，走来走去，老师便把戒尺一拍，叭地一响，便出现了琅琅的读书声。

秦老师教学确实是因材施教，即使是同时入学的学生，课本一样，进度却是不同的。我开始的时候读《百家姓》《三字经》。每天早晨教一段，然后便坐到课桌上去摇头晃脑地大声朗读，读熟了便到老师那里去背，背对了再教新的。规定是每天背一次，如果能背两次、三次，老师也不反对，而是加以鼓励。但也不能充好汉，因为三天之后要“总书”，所谓温故而知新，要把所教的书从头背到尾，背不出来那戒尺可不客气。我那时的记忆力很好，背得快，不挨打，几个月之后便开始读《千家诗》《论语》。秦老师很欢喜，一时兴起还替我取了个学名叫陆文夫，因为我原来的名字叫陆纪贵，太俗气。

我背书没有挨打，写字可就出了问题。私塾里的规矩是每天饭后写大、小字，我的毛笔字怎么也写不好，秦老师开始是教导我："字是人的脸，写得难看是见不得人的。"没用。没用便打手心，这一打更坏，视写字为畏途，拿起毛笔来手就抖。直至如今，写几个字还像蟹爬的。

秦老师是个杂家，我觉得他什么都会。他写得一手好字，替人家写春联、写喜幛、写庚贴、写契约，合八字，看风水，念咒画符，选黄道吉日，还会开药方。他的桌子上有一堆书，那些书都不是课本，因为《论语》《孟子》之类他早已倒背如流，现在想起来可能是属于医卜星相之类，还有一只罗盘压在书堆的上面。秦教师很忙，每天都有人来找他写字、看病，或者夹起个罗盘去看风水。以常有人请他去吃饭，附近的人家有红白喜事，都把老师请去坐首席。

抗日战争爆发以后，办学的农民怕出事，把私塾停了。秦老师到另外的一个地方去授馆，那里离我家有十多里，穷乡僻壤，交通不便，可以躲避日寇。秦老师事先与办学的东家谈妥，他要带两个得意门生作为附学（即寄宿生），附学的饭食也是由各家供给的，作为束修的一个部分。一个附学姓刘，比我大五、六岁，书读得很好，字也写得很漂亮，秦老师来不及写得春联偶尔也由他代笔。此人抗战期间参加革命，后来听说也是做新闻工作的。还有一个附学就是我了，那时我才九岁，便负笈求学，离家而去，从此便开始了外出求学的生涯，养成了独立处理生活的能力。

新学馆的所在地确实很穷，偌大的一个村庄，有上百户人家，可学生只有十多个。教室是两间土房，两张床就搁在教室里，我和姓刘的全睡一张竹床，秦老师睡一张木床，课桌和办公桌就放在床前。房屋四面来风，冬天冻得簌簌抖，手背上和脚后跟上生满了冻疮，冻疮破了流血流脓，只能把鞋子拖在脚上。最苦的要算是饭食了，附学是跟随先生吃饭，饭食是由各家轮流供给，称作“供饭”。抗战以前供饭是比较考究的，谁家上街买鱼买肉，人们见了便会问：“怎么啦，今朝供先生？”那吃饭的方式确实也象上供，通常是用一只长方形二层的饭篮送到学校里来，中午有鱼有肉，早晚或面或粥，或是糯米团子、面饼等。我走读的时候同学们常偷看先生的饭篮，看了嘴馋。等到我跟先生吃供饭的时候可就糟了，也许是那个地方穷，也许是国难当头吧，我们师生三人经常吃不饱，即使吃不饱也不能吃得碗空钵空，那是要被人家笑话的。有一次轮到一户穷人家供饭，他自家也断了顿，到亲友家去借，借到下午才回来，我们师生三人饿得昏昏。这是我第一次体验到饥饿的滋味，饿极了会浑身发麻、头昏、出冷汗。当然，每月也有几天逢上富有的人家供饭，师生三人可以过上几天好日子，对于这样的日期，我当年记得比《孟子》的辞句都清楚。

日子虽然过得很苦，可我和秦老师的关系却更加密切，毛笔字还未练好，秦老师大概见我在书法上无才能，也就不施教了，便教我吟诗作对，看闲书。吟诗我很有兴趣，特别是那些描绘自然景色的田园诗，我读起来就象身历其境似的。作对我也有兴趣，“平对仄，仄对平，反正对分明，来鸿对去雁……”有一套口诀先背熟，然后再读秦老师手抄的妙对范本。我至今还记得一些绝妙的对联，什么“屋北鹿独宿，溪西鸡齐啼。”“和尚撑船篙打江心罗汉，佳人汲水绳牵井底观音。”当然，最有兴趣的要算是看闲书了，所谓闲书便是小说。

前面说到秦老师的桌上有许多不属于课本之类的书，这些书除掉医卜星相之外便是小说。以前我不敢去翻，这时朝夕相处，也就比较随便，傍晚散学以后百无聊赖，便去翻阅。秦老师也不加拦阻，首先让我看《尽忠岳传》，这一看便不可收拾，什么《施公案》《彭公案》《七侠五义》《三国演义》都拿来看了，看得废寝忘食，津津有味，其中有许多字都不识，半看半猜，大体上懂个意思，这就造成后来经常读白字，写错字。

秦老师的书也不多，他很穷，无钱买书。但是，那时有一种小贩，名叫“笔先生”，他背着一个大竹箱，提着一个包裹，专门在乡间各个私塾里走动，卖纸、墨、笔、砚和各种教课书，大多是些石印本的《论语》《孟子》《百家姓》《千家诗》。除掉这些课本之外，箱子底下还有小说，用现在的话说都是些通俗小说。这些小说不卖给学生，只卖给老师，乡间的塾师很寂寞，不看点闲书很难受。只是塾师们都很穷，买的少，看的多，于是“笔先生”便开展了一种租书的业务。每隔十天半月来一次，向学生们推销纸、墨、笔、砚，给塾师们调换新书，酌收一点租费。如果老师叫学生多买点东西，那就连租费都不收，因此我们经常可以看到新书。那时，我经常盼望“笔先生”的到来，就象盼望轮到富人家供饭似的。

秦老师不仅让我看小说，还要和我讨论所看过的小说，当然不是讨论小说的做法，而是讨论书中谁的本领大，那条计策好，岳飞应当“将在外君命有所不受”，不应当被十二道金牌召回临安，待他日直捣黄龙，再死也不迟。看小说还要有点儿见解，这也是秦老师教会了我。当然，秦老师这样做不会是想把我培养成一个作家，将来也写小说，可这些都在幼小的心灵中生下了根，与文学结下了不解之缘。

一年之后因为家庭的搬迁，我便离开了秦老师，从此以后就再也没有见到他，可他却没有忘记我。听我父亲说，他曾两次到我家打听过我，一次是在解放的初期，一次是在困难年，即六十年代的初期。抗战胜利以后私塾取消，秦老师失业了，在家靠儿子们种田过日子，日子过得很艰难，据说是形容枯槁，衣衫褴褛，老来还惦记着他的两个得意门生，一个是我，一个是那位姓刘的。大概他想起还教过一些学生的时候便可以得到一些安慰吧。前些年我回乡时也曾经打听过他，却没有人知道这世界上还有或曾经有过叫秦奉泰的。“乡曲儒生，老死翰墨，名不出闾巷者何可胜道。”我记起了秦老师曾经教过我的《古文观止》。

1987 年 5 月

姑苏菜艺

我不想多说苏州菜怎么好了，因为苏州市每天都要接待几万名中外游客，来往客商，会议代表，几万张嘴巴同时评说苏州菜的是非，其中不乏吃遍中外的美食家，应该多听他们的意见。同时我也发现，全国和世界各地的人都说自己的家乡菜好，你说吃在某处，他说吃在某地，究其原因，这吃和各人的环境、习性、经历、文化水平等等都有关系。

人们评说，苏州菜有三大特点：精细、新鲜、品种随着节令的变化而改变。这三大特点是由苏州的天、地、人决定的。苏州人的性格温和，办事精细，所以他的菜也就精致，清淡中偏甜，没有强烈的刺激。听说苏州菜中有一只绿豆芽，是把鸡丝嵌在绿豆芽里，其精细的程度可以和苏州的刺绣媲美。苏州是鱼米之乡，地处水网与湖泊之间，过去，在自家的水码头上可以捞鱼摸虾，不新鲜的鱼虾是无人问津的。从前，苏州市有两大蔬菜基地，南园和北园，这两个菜园子都在城里面。菜农黎明起菜，天不亮就可以挑到小菜场，挑到巷子口，那菜叶上还沾着夜来的露水。七年前，我有一位朋友千方百计地从北京调回来，我问他为什么，他说是为了回到苏州来吃苏州的青菜。这位朋友不是因莼鲈之思而归故里，竟然是为了吃青菜而回来的。虽然不是唯一的原因，但也可见苏州人对新鲜食物是嗜之如命的。头刀（或二刀）韭菜、青蚕豆、鲜笋、菜花甲鱼、太湖莼菜、马兰头……四时八节都有时菜，如果有哪种时菜没有吃上，那老太太或老先生便要叹息，好像今年的日子过得有点不舒畅，总是缺了点什么东西。

我们所说的苏州菜，通常是指菜馆里的菜，宾馆里的菜。其实，一般的苏州人并不是经常上饭店，除非是去吃喜酒、陪宾客什么的。苏州人的日常饮食和饭店里的菜有同有异，另成体系，即所谓的苏州家常菜。饭店里的菜也是千百年间在家常菜的基础上提高、发展而定型的。家常过日子没有饭店里的那种条件，也花不起那么多的钱，所以家常菜都比较简朴。可是简朴并不等于简单,经济实惠还得制作精细。精细有时并不消耗物力，消耗的是时间、智慧和耐力，这三者对苏州人来说是并不缺乏的。

吃也是一种艺术，艺术的风格有两大类。一种是华，一种是朴；华近乎雕琢，朴近乎自然，华朴相错是为妙品。人们对艺术的欣赏是华久则思朴，朴久则思华，两种风格轮流交替，互补互济，以求得某种平衡。近华还是近朴，则因时因地因人而异。吃也是同样的道理。比如说，炒头刀韭菜、炒青蚕豆、荠菜肉丝豆腐、麻酱油香干拌马兰头，这些都是苏州的家常菜，很少有人不喜欢吃的。可是日日吃家常菜的人也想到菜馆里去弄一顿，换换口味。已故的苏州老作家周瘦鹃、范烟桥、程小青先生，算得上是苏州的美食家，他们的家常菜也是不马虎的。可在当年我们常常相约去松鹤楼“尝尝味道”。如果碰上连续几天宴请，他们又要高喊吃不消，要回家吃青菜了。前两年威尼斯的市长到苏州来访问，苏州市的市长在得月楼设宴招待贵宾。当年得月楼的经理是特级服务技师顾应根，他估计这位市长从北京等地吃过来，什么市面都见过了，便以苏州的家常菜待客，精心制作，朴素而近乎自然。威尼斯的市长大为惊异，中国菜竟有如此的美味！苏州菜中有一只松鼠桂鱼，是苏州名菜，家庭中条件有限，做不出来。可是苏州的家常菜中常用雪里蕻烧桂鱼汤，再加一点冬笋片和火腿片。如果我有机会在苏州的饭店作东或陪客的话，我常常指明要一只雪里蕻大汤桂鱼,中外宾客食之无不赞美。桂鱼雪菜汤虽然不像鲈鱼莼菜那么名贵，却也颇有田园和民间的风味。顺便说一句,名贵的菜不一定都是鲜美的，只是因其有名或价钱贵而已。烹调艺术是一种艺术,艺术切忌粗制滥造，但也反对矫揉造作，热衷于原料的高贵和形式主义。

近年来，随着人民生活水平的提高，旅游事业的发展，经济交往的增多，苏州的菜馆生意兴隆，日无虚席。苏州的各色名菜都有了恢复与发展，但也碰到了问题，这问题不是苏州所特有，而是全国性的。问题的产生也很简单:吃的人太多。俗话说人多没好食，特别是苏州菜，以精细为其长，几十桌筵席一起开，楼上楼下都坐得满满的，吃喜酒的人像赶集似的涌进店堂里。对不起，那烹饪就不得不采取工业化的方式了，来点儿流水作业。有一次，我陪几位朋友上饭馆，饭店的经理认识我，对我很客气，问我有什么要求。我说只有一个小小的要求，即要求那菜一只只地下去，一只只地上来。经理无可奈何地摇摇头："办不到。"

所谓一只只地下去，就是不要把几盆虾仁之类的菜一起下锅炒，炒好了每只盆子里分一点，使得小锅菜成了大锅菜。大锅饭好吃，大锅菜却并不鲜美，尽管你是炒的虾仁或鲜贝。

所谓一只只地上来，就是要等客人们把第一只菜吃得差不多时，再把第二只菜下锅。不要一涌而上，把盆子摞在盆子上，吃到一半便汤菜冰凉，油花结成油皮。饭店经理也知道这一点，可他又有什么办法呢，哪来那么多的人手，哪来那么大的场地？红炉上的菜单有一叠，不可能专用一只炉灶，专用一个厨师来为一桌人服务，等着你去细细地品味。如果服务员不站在桌子旁边等扫地，那就算是客气的。

有些老吃客往往叹息，说传统的烹调技术失传，菜的质量不如从前，这话也不尽然。有一次，苏州的特一级厨师吴涌根的儿子结婚，他的儿子继承父业，也是有名的厨师，父子合作了一桌菜，请几位老朋友到他家聚聚。我的吃龄不长，清末民初的苏州美食没有吃过，可我有幸参加过五十年代初期苏州最盛大的宴会，当年苏州的名厨师云集，一顿饭吃了四个钟头。我觉得吴家父子的那一桌菜，比起五十年代初期来毫无逊色，而且有许多创造与发展。内中有一只拔丝点心，那丝拔得和真丝一样，像一团云雾笼罩在盘子上，透过纱雾可见一只只雪白的蚕蛹（小点心）卧在青花瓷盆里。吴师傅要我为此菜取个名字，我名之曰“春蚕”，苏州是丝绸之乡，蚕蛹也是可食的，吴家父子为这一桌菜准备了几天，他哪里有可能，有精力每天都办它几十桌呢？

苏州菜的第二个特点便是新鲜、时鲜，各大菜系的美食无不考究这一点，可是这一点也受到了采购、贮运和冷藏的威胁。冰箱是个好东西，说是可以保鲜。这里所谓的保鲜是保其在一定的时间内不坏，而不能保住菜蔬尤其是食用动物的鲜味。得月楼的特级厨师韩云焕，常为我的客人炒一只虾仁，那些吃遍中外的美食家食之无不赞美，认为是一种特技，可是这种特技有一个先决条件，那虾仁必须是现拆的，用的是活虾或是没有经过冰冻的虾。如果没有这种条件的话，韩师傅也只好抱歉：“对不起，今天只好马虎点了，那虾仁是从冰箱里拿出来的。”看来，这吃的艺术也和其它的艺术一样，也都存在着普及与提高的问题。饭店里的菜本来是一种提高，吃的人太多了以后就成了一种普及，要在这种普及的基础上再提高，那就只有在大饭店里开小灶，由著名的厨师挂牌营业，就像大医院里开设主任门诊，那挂号费当然也得相应地提高点。烹调是一种艺术，真正的艺术都有艺术家的个性和独特的风格，集体创作与流水作业会阻碍艺术的发展。根据中国烹饪的特点，饭店的规模不宜太大，应开设一些有特色的小饭店。小饭店的卫生条件要好，环境不求洋化而具有民族的特点。像过去一样，炉灶就放在店堂里，文君当炉，当众表演，老吃客可以提了要求，咸淡自便。那菜一只只地下去，一只只地上来当然就不成问题。每个人都可以拿起筷子来：“请，趁热。”每个小饭店只要有一两只拿手菜，就可以做出点名声来。当今许多有名的菜馆，当初都是规模很小；当今的许多名菜，当初都是小饭馆里创造出来的。小饭馆当然不能每天办几十桌喜酒，那就让那些欢喜在大饭店里办喜酒的人去多花点儿气派钱。问题是那些开小饭店的人又不安心了，现在有不少的人都想少花力气多赚钱，不花力气赚大钱。

苏州菜有着十分悠久的传统，任何传统都不可能是一成不变的。这些年来苏州的菜也在变，偶尔发现有川菜和鲁菜的渗透。为适应外国人的习惯，还出现了所谓的宾馆菜。这些变化引起了苏州老吃客们的争议，有的赞成，有的反对。去年，座落在察院场口的萃华园开张，这是一家苏州烹饪学校开设的大饭店，是负责培养厨师和服务员的。开张之日，苏州的美食家云集，对苏州菜未来的发展各抒已见。我说要保持苏州菜的传统特色，却遭到一位比我更精于此道的权威的反对："不对，要变，不能吃来吃去都是一样的。"我想想也对，世界上那有不变的东西。不过，我倒是希望苏州菜在发展与变化的过程中，注意向苏州的家常菜靠拢，向苏州的小吃学习，从中吸收营养，加以提炼，开拓品种，这样才能既保持苏州菜的特色，而又不在原地踏步，更不至于变成川菜、鲁菜、粤菜等等的炒杂烩。

如果我们把烹饪当作一门艺术的话，就必须了解民间艺术是艺术的源泉，有特色的艺术都离不开这个基地，何况苏州的民间食品是那么的丰富多采，新鲜精细，许多家庭的掌勺人都有那么几手。当然，把家常菜搬进大饭店又存在着价格问题，麻酱油香干拌马兰头，好菜，可那原料的采购、加工、切洗都很费事，却又不能把一盘拌马兰头卖它二十块钱。如果你向主持家政的苏州老太太献上这盘菜，她还会生气："什嘛，你叫我到松鹤楼来吃马兰头！"

1987 年 11 月 12 日

答《中国文学》

问:近年来,《中国文学》刊登了你不少作品,如《围墙》《门铃》等。近期又刊登了《清高》。请您就这篇作品谈谈此文的酝酿过程和创作意图。

答：请允许我先讲个故事。那年有个中国京剧团到国外去演出,其中有个扮演孙悟空的演员能连翻几十个空心筋斗，外国记者看了十分惊奇，便到后台去去访问这位演员，问他这筋斗是怎么翻的，有些什么程序？那演员回答不出来,只好再表演一次,咕咚一声翻了个筋斗:“就是这样,明白了吧。”“不明白。”“不明白,好。”咕咚一声又翻了一个。连翻了三个之后那记者笑了:“别翻啦，我明白了，翻筋斗就是翻筋斗。”

我写小说也有点象翻筋斗,到底是怎么翻过来的,自己也说不清楚。说不清楚并非无话可说，而是说不准确，或者是说的和写的并不完全一致。因为创作意图和作品的效果往往有距离，创作的初衷和创作的结果也可能是两回事。比如说你有个意图，想写篇小说，小说里的人物一旦出现以后,他就会自己行动,作家无法用原有的意图去强行控制,硬去控制那人物就死了，就假了。这就像上帝创造了人，人却不完全听从上帝的指挥，除非上帝大怒，把他或她召回天堂，或者是送进地狱。中国的知识分子历来就不是生活在天堂里，大多数的人磨难较多，生活清苦，他们在精神上必须有所寄托，聊以自慰，因此历来便崇尚安贫乐道，自命清高。清高二字不知道在法语中可有同义词，大体的意思是不以贫为苦，不以贫为耻，不为功名利禄去做有损于人格和自尊的事。这种思想在中国的知识分子中已有几千年的历史，它起过积极的作用，使许多知识分子洁身自好，不去同流合污。也有消极的一面，用现在的话就是轻视商品的生产流通和经济效益，用古代的话说便是“君子何必曰利，亦有仁义而已”。这清高思想还有虚伪的一面，即吃不到葡萄才宣称葡萄是酸的。

中国现时的改革，使社会的各个方面都发生了或发生着深刻的变化，政治和经济有待于政治学家和经济学家去论述，作家们都不能不看到传统的价值观念正在受到冲击。传统的价值观念十分顽固，新的价值观念为了争取地位又往往冲过了头，双方抓住对方的弱点，发生了一场使人眼花缭乱的混战。我在这场混战中偶尔看见了一位小学教师，一位值得尊敬的青年人。这位青年人继承了父辈的传统，却处于改革的年代，又受到经济的制约，在这场混战中难以招架，节节败退，想清高又清高不起来，想投而不降又缺乏经济实力，只好在清高的屏幕后品尝着苦涩的滋味。

问:你的《苏州风情画卷》中，知识分子占有一定的地位，如《井》中的徐丽莎。读了《井》感到徐丽莎的结局太悲惨了，你是怎样理解这种悲惨结局的?

答：我也不愿看到徐丽莎有如此悲惨的结局，在我开始写这篇小说的时候，并没有仔细想过徐丽莎的死活，写到最后才发现大事不好，徐丽莎要投井了！在徐丽莎的生死关头，我踌躇了两天，想尽各种方法来挽救她，结果是百药无效，稿纸浪费了一叠。这时候我才明白，徐丽莎已经不能靠我去救她了，她只能自救，只能靠她自己去冲破那些传统的道德和封建的习惯势力，如果她能对那些传统的道德观念不介意的话，在目前的社会条件下她是有可能冲出去的。可惜她不是现代派的青年，她是在接受传统，至少是把传统的道德观点看得过份强大，不敢冒犯的前提下去和封建势力搏斗，所以很难自拔，我也只能眼睁睁地看着她死去。她的死是对封建势力的控诉，同时也呼吁妇女自己解放自己。

我曾经收到两封女读者的来信，叙述她们和徐丽莎有着相同的遭遇，读了小说之后都没有想去投井，而是要为徐丽莎争口气，奋起搏斗。其中有一位后来还向我报告好消息，说她已经冲出网罗，找到了一块幸福的天地。文学作品往往有一种反弹作用，悲剧的本意是唤起人们去把悲剧消灭。

问：《美食家》是一篇富有哲理性的作品——旧社会的一个公子哥儿，在新社会成了宝贝。顺便说一句，中国的烹饪已闻名于世，巴黎的中国餐馆就有一千多家，所以想请您介绍一下，你是怎样写这篇小说的?

答：我知道法国人爱吃中国菜，中国菜闻名于世，法国菜也是名扬天下的。若干年前，中国人如果请客吃西餐，必定会说："我请你吃法国大菜！"这事情一点也不奇怪，因为吃是一种文化，是艺术，中国是个文明古国，法国是个爱好艺术的国家，两国的美食爱好都当然可以沟通，而且会吃出点名声来的。所以我在《美食家》中曾经写过："如果成立一个世界美食家协会的话，那主席可能是法国人，副主席肯定是中国的。"中国人以谦让为美德，所以不当主席。

我写过《美食家》，但我自己并非美食家，只是在吃的方面有一些见闻和经历，小说里所写到的人物和细节，大都有些来历。法国的朋友们也许知道，苏州是中国的一个历史文化名城，建城已有二千五百年。她地处长江下游，土地肥沃，物产丰富，气候和巴黎差不多。苏州人也爱好艺术，她的园林，刺绣、丝绸都是全国之冠；苏州人的性格大体上可以归纳为两个字：精细，做事情细心而精致。此种文化和性格的特征反应到烹调中来，就形成了中国烹饪中的一个重要的流派——苏州菜，它的特征和人们性格特征大体一致，也可以归纳成精细二字。我十七岁的时候到苏州，学生时代无钱，进不了高级餐馆，领略不了苏州美食的风味，可是穷学生都知道小吃，鸡鸭血汤，豆腐花，油氽臭豆腐，桂花酒酿圆子，小馄饨……这些东西价廉物美，也是苏州美食中的一个系列，我首先熟悉了这个系列，留下了十分美好的记忆，曾多次出现在我的小说里。1949 年以后，我在苏州作新闻记者，后来又当专业作家，因而有机会去参加一些宴会和朋友们的聚餐，这时候才闯进苏州美食的天堂，大吃一惊，大为惊异人间居然有如此的美味！在一次盛大的宴会上我吃遍了苏州的名菜、名点，一顿饭足足吃了四个钟头。如果说这是一次对苏州名菜的大检阅的话，以后还有许多细细观摩的机会。我与苏州的三位老作家周瘦鹃、范烟桥、程小青成了忘年之交，常常相约聚餐，他们是真正的美食家，手里又握着一支生花的妙笔，饭店以他们能来吃饭为光荣，厨师经他们称赞后便身价百倍。我们总是提前两天通知饭店，等我们一到，饭店的经理、厨师、服务员早已在店堂里恭候。三位老作家从来不看菜单也不点菜，总是对厨师说："今天就看你的喽。"厨师们使出浑身的解数，像通过技术等级考试似的，每上一只菜都要来征求意见，问问三位老先生，这菜和他们曾经吃过的有何区别，是好些呢，还是差一点。周瘦鹃不肯轻易称赞，总要指点一番。他也注重菜的色、香、味，但却把味放在首位，他拿起筷子来的时候不说吃，而是说："来，尝尝味道。"吃饱肚子并非美食家的目的，那任务在大饼摊上也是可以完成的；吃饱是生理的需要，品味才是艺术的享受。他们在评价一桌菜的时候用语也很特别："不错，今天的菜都是可以吃的。"难道还有什么菜不可以吃吗？是的，如果桌子上有些剩菜的话，那并不表示筵席的丰盛，而是说明有些菜的味道不好，或者是在配菜上出了问题，欣赏美食和大吃大喝有区别。这时候我才真正懂得了一点吃的艺术，可惜从此以后便失去了欣赏此种艺术的机会，中国发生了三年困难，我也不得不去找些南瓜来为家人充饥，以后发生了"文化大革命"，吃的艺术被送给了资产阶级。苏州菜又变成大锅菜了，谁讲究吃喝便要挨批，美食家们都转入地下，偷偷摸摸，窝窝囊囊。粉碎“四人帮”以后又卷土重来，人们仿佛要把那失去的机会统统吃回来似的，随着人民生活水平的提高，各种各样的人，从各种不同的层次上加入了美食家的行列，一股吃喝之风在全国兴起，使得我这个曾经窥视过美食天堂的人也瞠目结舌。这时候我想起了一个人，即我在《美食家》中写到的朱自冶，一个好吃的公子哥儿，五十年代初期我曾经住在他家里，每天都看见他坐着黄包车出去吃东西，他的身世和生活方式大体上和我所写的差不多，只是以后便失去了联系。但是我可以想象得出来，这位曾经被我鄙视过的落难公子肯定又神气起来了，英雄又有用武之地了，我们曾经革过他的命，只是在革命的时候忘记了人们首先是要吃饭，而且要吃得好点，再好点……结果是革命却给朱自冶创造了条件，使他从一个饕餮之徒上升到美食家的地位。我怀着无可奈何与哭笑不得的心情写下了这篇小说，目的是希望人们不要忘记人的本性，我们的孔夫子就了解：“食色性也。”同时也希望人们注意，对美食的追求也不能超过国家的经济发展。我记得在一部小说中曾经读到一位法国军官和俄国军官的交往，那位俄国军官请法国军官参加了一次盛大的宴会，法定军官吃完之后说：“现在我才明白俄国为什么穷，原来是被你们吃掉的！”很可惜，我的这一层意思往往被读者忽略，或者是因为怕煞风景而不愿意提及，所以有一位长者曾经对我说：“陆文夫，你的《美食家》对吃喝之风起了一种推波助澜的作用。”我听了以后低头无言，前面我曾说过，文学作品往往有一种反弹作用，这一次却把一块石子弹中了我的头。

问：你最近有什么写作计划？

答：我的写作往往处于一种无计划的状态，平时想得很多，写得不多；有兴趣的时候便写一点，没有兴趣的时候便去做一些有兴趣或无聊的事情，我觉得做无聊的事情要比写无聊的文章快活些。我曾经说过要把中、短篇暂停，开始写长篇。这也是真话，我到1988年已经六十岁了，剩下的、可用于写小说的生命也不过十几年，再不写的话，有些想法就只能装到骨灰盒里去，那玩艺谁也不会对它感兴趣。

问：您的小说选集《井》(法文版)已经问世，您是否能对法语读者讲几句话。

答：作家想对读者讲的话，几乎都已经写在小说里，还有未曾讲完的，那将写在另外的作品里。当我写小说的时候，我总觉得有许多读者坐在我书桌的前面，我总是注视着他们面部表情的变化，知道他们看到什么地方便来兴趣，什么地方就要打哈欠，什么人会称赞，什么人会摇头，我的上帝，作家是无罪的羔羊，却自愿站在大陪审团的团同前。以前的大陪审团都是由中国人组成，对一些众所周知的事我可以略而不提，或者是稍加暗示便可以，如今却要面对一个由法国人组成的陪审团，我的心里就没有底。坦率地讲，我写作品时虽然也注视着世界，但却是写给中国人看的。照理说，艺术不分国界，伟大的作品可以沟通各国人民的心灵，可我是一个普通的中国作家，谈不上什么伟大，我小时候喜欢吃土豆，在英语里可以称作P OTATOBOY(土包子），POTATOBOY偶尔越过国界，闯到一个曾经拥有维克多、雨果、巴尔扎克、莫泊桑、左拉、梅里美、司汤达、弗洛贝尔的国家来，当然也就不希望获得什么称赞，只希望大陪审团在听完我的陈述以后，表示同情，表示理解，出于对中国人民的友好，请我吃一顿法国的蜗牛，然后宣布无罪释放，让我回到中国来，继续吃我的苏州家常菜。

原载《雨花》1988 年第七期

话说《苏州杂志》

“苏州没有刊物？！”

人们听说苏州没有一份刊物，都感到惊讶和不可思议。当今的中国刊物多如星斗，县城里、山沟里都有自己的文艺刊物，苏州号称文化古城，人文荟萃，居然连一份小小的刊物也没有，惭愧，惭愧，那么多颇具水平的文化人都是吃吃白相的？苏州应该有一份刊物。可是，应该有一份什么样的刊物却是颇费踌躇的。《文学世界》《园林建筑》《江南丝竹》《吴中画苑》《姑苏文史》《风物民俗》……各种刊物苏州都可以办，都有内容可写，自有那么一帮人会写、会画、会拍摄，君不见出自苏州的作品流向全国各地，飘洋过海的也屡见不鲜，内容涉及苏州的更是不可胜计。可是也得承认，如果就姑苏文化的某个单项来办一份刊物，不仅难以夺魁，甚至谁也不会介意。拿文学而言，远的不及北京，近的不如上海，就连本省的《钟山》《雨花》也难以匹对，许多四大块（小说、诗歌、理论、散文）的文学刊物已摇摇欲坠了，何必再添一个替死鬼！

苏州的优势不在于单项冠军，而在于团体总分。文化古城的特点就是文化的各种门类齐全，都有传统，都有积累，都有发展。苏州的文化人就单项而言都堪称专家，总体统而言之是一个庞大的杂家群，办刊物要扬长避短,因地制宜。故而思之再三,决定办一份《苏州杂志》，综合反映苏州文化的各个方面，是一份名符其实的“杂志”，貌似杂乱无章而自成一章。目前的各种期刊都统称杂志，但真正的杂志却并不多见，苏州可以杂，因为它有那么多的内容可志。

《苏州杂志》的诞生，可以说是生不逢辰，因为目前的期刊已多得目不暇接，何况它的封面上没有“赤膊女人”，标题又不“吓人大怪”，不可能畅销，一定要赔本，既无公费可吃，只能靠向企业家和各界人士“化缘”，随缘乐助，功德无量。本刊同人也不怕难为情，当年的武训尚能行乞修学，当今的文化人也应当干一点值得为之献身的傻事情，在见利而为十分流行的时候，特别需要一些见义而为的行径，何况苏州地区富甲江南，大小企业家遍布城乡，魂梦萦绕姑苏的人散布全国和世界各地，他（她）们都受过苏州文化的熏陶，留下了美好的记忆，为弘扬故土文化，当会有钱的出钱，有力的出力。不过，愿望与现实并不相等，眼下赞助之风大盛，企业家门庭若市，招架不住，往往心有余而力不足。故而本刊暂出双月刊，若钱多便出月刊，钱少便出季刊,没钱便关门大吉,待他日有识之士东山再起。世间事总是有兴有衰，有启有闭，打万年桩是不可能的。

《苏州杂志》发刊辞

壶中日月

我小时候便能饮酒，所谓小时候大约是十二、三岁，这事恐怕也是环境造成的。

我的故乡是江苏省的泰兴县，解放之前故乡算得上是个酒乡。泰兴盛产猪和酒，名闻长江下游。杜康酿酒其意在酒，故乡的农民酿酒，意不在酒而在猪。此意虽欠高雅,却也十分重大。酒糟是上好发酵饲料，可以养猪，养猪可以聚肥，肥多粮多，可望丰收。粮猪肥粮，形成一个良性循环，循环之中又分离出令人陶醉的酒。

在故乡，在种旱谷的地方，每个村庄上都有一二酒坊。这种酒坊不是常年生产，而是一年一次。冬天是淌酒的季节，平日冷落破败的酒坊便热闹起来，火光熊熊，烟雾缭绕，热气腾腾，成了大人们的聚会之处，成了孩子们的乐园。大人们可以大模大样地品酒，孩子们没有资格，便捧着小手到淌酒口偷饮几许。那酒称之为原泡，微温，醇和，孩子醉倒在酒缸边上的事儿常有。我当然也是其中的一个，只是没有醉倒过。孩子们还偷酒喝，大人们嗜酒那就更不待说。凡有婚丧喜庆，便要开怀畅饮，文雅一点用酒杯，一般的农家都用饭碗。酒坛子放在桌子的边上，内中插着一个竹制的长柄酒端。

十二、三岁的时候，我的一位姨表姐结婚，三朝回门，娘家制酒会新亲，这是个闹酒的机会，娘家和婆家都要在亲戚中派几个酒鬼出席，千方百计地要把对方的人灌醉，那阵势就像民间的武术比赛似的。我有幸躬逢盛宴，目睹这一场比赛进行得如火如荼，眼看娘家人纷纷败下阵来时，便按捺不住，跳将出来，与对方的酒鬼连干了三大杯，居然面不改色，熬到终席。下席以后虽然酣睡了三小时，但这并不为败，更不为丑。乡间的人只反对武醉，不反对文醉。所谓武醉便是喝了酒以后骂人、打架、摔物件、打老婆；所谓文醉便是睡觉，不管你是睡在草堆旁，河坎边，抑或是睡在灰堆上，闹个大花脸。我能和酒鬼较量，而且是文醉，因而便成为美谈：某某人家的儿子是会喝酒的。

我的父亲不禁止我喝酒，但也不赞成我喝酒，他教导我说，一个人要想在社会上做点事情，需有四戒：戒烟（鸦片烟），戒赌，戒嫖，戒酒。四者湎其一，定无出息。我小时候总想有点出息，所以再也不喝酒了。参加工作以后逢场作戏，偶尔也喝它几斤黄酒，但平时是决不喝酒的。

不期到了二十九岁，又躬逢“反右派”斗争，批判、检查，惶惶不可终日。我不知道与世长辞是个什么味道，却深深体会世界离我而去是个什么滋味。一九五七年的国庆节不能回家，大街上充满了节日的气氛，斗室里却死一般的沉寂。一时间百感交集：算啦，反正也没有什么出息了，不如买点酒来喝喝吧。从此便一发不可收拾……

小时候喝酒是闹着玩儿的，这时候喝却应了古语，是为了浇愁。借酒浇愁愁更愁，这话也不尽然，要不然，那又何必去饮它呢？

借酒浇愁愁将息，痛饮小醉，泪两行，长叹息，昏昏然，茫茫然，往事如烟，飘忽不定，若隐若现。世间事，人负我，我负人，何必何必！三杯两盏六十四度，却也能敌那晚来风急。

设若与二三知己对饮，酒入愁肠，顿生豪情，口出狂言，倒霉的事都忘了，检讨过的事也不认账了，："我错呀，那时候……"剩下的都是正确的，受骗的，不得已的。略有几分酒意之后，倒霉的事情索性不提了，最倒霉的人也有最得意的时候，包括长得帅，跑得快，会写文章，能饮五斤黄酒之类。喝得糊里糊涂的时候便竟相比赛狂言了，似乎每个人都能干出一番伟大的事业，如果不是……不过，这时候得注意有不糊涂的人在座，在邻座，在隔壁，在门外的天井里，否则，到下一次揭发批判时，这杯苦酒你吃不了也得兜着走。

一个人也没有那么多的愁要解，"问君能有几多愁，恰似一江春水向东流。"愁多得恰似一江春水，那也就见愁不愁，任其自流了。饮酒到了第二阶段，我是为了解乏的。

一九五八年"大跃进"，我下放在一爿机床里做车工，连着几个月打夜工，动辄三天两夜不睡觉，那时候也顾不上什么愁了，最大的要求是睡觉。特别是冬天，到了曙色萌动之际，混身虚脱，像浸泡在凉水里，那车床在自行，个把小时之内用不着动手，人站着，眼皮上像坠着石头，脚下的土地在往下沉、沉……突然一下，惊醒过来，然后再沉、沉……我的天啊，这时候我才知道，什么叫瞌觉如山倒。这时候如果有人高喊八级地震来了！我的第一反应便是：你别嚷嚷，让我睡一会。

别叫苦，酒来了！趁午夜吃夜餐的时候，我买一瓶粮食白酒藏在口袋里，躲在食堂的角落里喝。夜餐是一碗面条，没有菜，吃一口面条，喝一口酒；有时候，为了加快速度，不引人注意，便把酒倒在面条里，呼呼啦啦，把吃喝混为一体。这时候，我倒不大可怜鲁迅笔下的孔乙己了，反生了些许羡慕之意。那位老前辈虽然被人家打断了腿，却也能在柜台前慢慢地饮酒，还有一碟“多乎哉不多也”的茴香豆！

喝了酒以后再进车间，便添了几分精神，而且浑身暖和，虽然有点晕晕乎乎，但此种晕乎是酒意而非睡意；眼睛有点朦胧，但是眼皮上没有系石头。耳朵特别尖灵，听得出车床的响声，听得出走刀行到哪里。二两五白酒能熬过漫漫长夜，迎来晨光熹微。苏州人称二两五一瓶的白酒叫“小炮仗”，多谢“小炮仗”，轰然一响，才使我没有倒在车床的边上。

酒能驱眠，也能催眠，这叫化进化出，看你用在何时何地，每个能饮的人都能灵活运用，无师自通。

一九六四年我又入了另册，到南京附近的江陵县李家生产队去劳动，那次劳动是货真价实，见天便挑河泥，七八十斤的担子压在肩上，爬河坎，走田埂，歪歪斜斜，摇摇欲坠，每一趟都觉得再也跑不到头了，一定会倒下了，结果却又死背活缠地到了坭塘边。有时候还想背几句诗词来代替那单调的号子，增加点精神刺激。可惜的是任何诗句都没有描绘过此种情景，只有一个词牌比较相近：如梦令。因为此时已经神体分离，像患了梦游症似的。晚饭以后应该早点上床了吧，不行，挑担子只能劳其筋骨，却不动脑筋，停下来以后虽然浑身酸痛，头脑却十分清醒，爬上床去会辗转反侧，百感丛生，这时候需要用酒来化进。趁天色昏暗，到小镇上去敲开店门，妙哉，居然还有兔肉可买。那时间正在'四清'，实行'三同'，不许吃肉。随它去吧，暂且向鲁智深学习，花和尚也是革命的。急买半斤白酒，免肉四两，酒瓶握在手里，免肉放在口袋里，匆匆忙忙地往回走，必须在不到二里的行程中把酒喝完，把肉啖尽。好在天色已经大黑，路无行人，远近的村庄上传来狗吠三声两声。仰头、引颈、竖瓶，将进酒见满天星斗，时有流星；低头啖肉、看路，闻草虫唧唧，或有蛙声。虽无明月可邀，却有天地作陪，万幸，万幸。

我算得十分精确，到了村口的小河边，正好酒空肉尽，然后把空瓶灌满水，沉入河底，不留蛛丝马迹。这下子可以入化了，梦里不知身是客，一夜沉睡到天明。

饮酒到了第三阶段，便会产生混合效应，全方位，多功能：解忧、助兴、驱眠、催眠、解乏，无所不在，无所不能。今日天气大好，久雨放晴，草塘水满，彩蝶纷纷，如此良辰美景岂能无酒？今日阴云四合，风急雨冷，夜来独伴孤灯，无酒难到天明。有朋自远方来，喜出望外，痛饮；无人登门，孑然一身，该饮；今日家中菜好，无酒枉对佳肴；

今日无啥可吃，菜不够，酒来凑，君子在酒不在菜也……呜呼，此时饮酒实际上已经不是为了什么，就是为了饮酒。十年动乱期间，全家下放到黄海之滨，现在想起来，一切艰难困苦都已经淡泊了，留下的却是有关饮酒的回忆：

那是个荒诞的时代，喝酒的年头，成千的干部下放在一个县里，造茅屋，种自留地，养老母鸡，有饭可吃，无路可走。突然之间涌现出大批酒徒，连最规矩、最严谨、烟酒不入的铁甲卫士也在小酒店里喝得面红耳赤，晃荡过市。我想，他们正在走着我曾经走过的路："算啦，不如买点酒来喝喝吧。"路途虽有不同，心情却大体相似。我混在如此众多的故交新知之中，简直是如鱼得水。以前饮酒不敢张扬，被认为是一种堕落不轨的行为，此时饮酒则是豪放、豁达、快乐的游戏。三五酒友相约，今日到我家，明日到他家，不畏道路崎岖，拎着自行车可以从独木桥上走过去；不怕大河拦阻，脱下衣服顶在头上游向彼岸。喝醉了倒在黄沙公路上，仰天而卧，路人围观，掩嘴而过。这时间竟然想出诗句来了："醉卧沙场君莫笑，古来征战几人回！"

那时，最大的遗憾是买不到酒，特别是好酒。为买酒曾经和店家吵过架，曾经挤掉了棉袄上的三粒纽扣。有粮食白酒已经不错了，常喝的是那种用地瓜干酿造的劣酒，俗名"大头瘟"，一喝头就昏。偶尔喝到一瓶优质双沟，以玉液琼浆视之，半斤下肚，神采飞扬，头不昏，脚不浮，口不渴，杜康酿的酒谁也没有喝过，大概也和双沟差不多。

喝到一举粉碎'四人帮'，那真是惊天动地，高潮迭起。中国人在一周之间几乎把所有的酒都喝得光光的。我痛饮一番之后拔笔为文，重操旧业，要写小说了。照理说，而今而后应当戒酒，才能有点出息。迟了！酒入膏肓，迷途难返，这半生颠沛流离，荣辱沉浮，都不曾离开过酒。没有菜时，可以把酒倒进面碗，没有好酒时，照样把“大头瘟”喝下去；今日躬逢盛宴，美酒佳肴当前，不喝有碍人情，有违天理，喝下去吧，你还等什么呢？！

喝不下去了，樽中有美酒，壶中无日月，时限快到了。从一九五七年喝到一九九〇年，从二十九岁喝到六十二岁，整整三十三年的岁月从壶中漏掉了，酒量和年龄成反比的，二两五白酒下肚，那嘴巴和脚步便有点守不住。特别是到老朋友家去小酌，临出门时家人千叮万嘱，好像我要去赴汤蹈火。连四岁的小外孙女也站在门口牙牙学语：“爷爷你早点回来，少喝点老酒。”

“爷爷知道，少喝，一定少喝。”

无奈两杯下肚，豪情复发：“咄，这点儿酒算得了什么，想当年……”当年可想而不可返，豪情依然在，体力不能支，结果是踉踉跄跄地摇回来，不知昨夜身置何处。最伤心的是常有讣告飞来，某某老酒友前日痛饮，昨夜溘然仙逝，不是死于心脏病，而是死于脑溢血，祸起于酒。此种前车之鉴，近几年来每年都有一两次。四周险象环生，在家庭中造成一种恐怖气氛，看见我喝酒就像看见我喝“敌敌畏”差不多。儿女情长，英雄气短，酒可解忧，到头来又造成了忧愁，人间事总要向反方向逆转。医生向我出示黄牌了：“你要命还是要酒？”

“我……”我想，不要命不行，还有小说没有写完；不要酒也不行，活着就少了点情趣：“我要命也要酒。”

“不行，鱼和熊掌不可得兼，二者必取其一。”

“且慢，我们来点儿中庸之道。酒、少喝点；命、少要点。如果能活八十岁的话，七十五就行了，那五年反正也写不了小说，不如拿来换酒喝。”

医生笑了：“果真如此，或可两全，从今以后，白酒不得超过一两五，黄酒不得超过三两，啤酒算作饮料，但也不能把一瓶都喝下去。”

我立即举双手赞成，多谢医生关照。

第三天碰到一位多年不见的酒友，却又喝得昏昏糊糊。记不清是喝了多少，大……大概是超过了一两五。

1990 年

吃喝之外

我写过一些关于吃喝的文章。对于大吃大喝，小吃小喝，没吃没喝也积累了不少经验。弄到后来，我觉得许多人在吃喝的方面都忽略了一桩十分重要的事情，即大家只研究美酒佳肴，却忽略了吃喝时的那种境界，或称为环境、处境、心境等等。此种虚词不在酒菜之列，菜单上当然是找不到的，可是对于一个有文化的食客来讲，虚的往往影响着实的，特别决定着对某种食品久远、美好的记忆。

五十年代，我在江南的一个小镇上采访，时近中午，饭馆都已经封炉打烊，大饼油条也都是凉的了。忽逢一家小饭馆，说是饭也没有了，菜也卖光了，只有一条桂鱼养在河里，可以做个鱼汤聊以充饥。我觉得这是上策，便进入了那家小饭店。

这家饭店临河而筑，正确点说是店门在街上，小楼是架在湖口的大河上，房屋的下面架空，可以系船或作船坞。是水乡小镇上常见的那种河房。店主领着我从店内的一个窟窿里步下石码头，从河里拎起一个篾篓，篓里果然有一条活桂鱼（难得！），约二斤不到点。按理说，桂鱼超过一斤便不是上品，不嫩。可我此时却希望越大越好，如果是一条四两重的小鱼，那就填不饱肚皮。

买下鱼之后，店主便领我从一架吱嘎作响的木扶梯登楼。楼上空无一人，窗外湖光山色，窗下水清见底，河底水草摇曳；风帆过处，群群野鸭惊飞。极目远眺，有青山隐现。“青山隐隐水迢迢，秋尽江南草未凋。”鱼还没有吃呐，那情调和味道已经来了。

“有酒吗？”

“有仿绍。”

“来二斤。”

二斤黄酒，一条桂鱼，面对着碧水波光，嘴里哼哼唧唧。“落霞与孤鹜齐飞，秋水共长天一色。”低吟浅酌，足足吃了三个钟头。

此事已经过去了三十多年，三十多年间我重复啖过无数次的桂鱼，其中有苏州的名菜松鼠桂鱼、麒麟桂鱼、清蒸桂鱼、桂鱼雪菜汤、桂鱼圆等。这些名菜都是制作精良，用料考究，如果是清蒸或熬汤的话，都必须有香菇、火腿、冬笋作辅料，那火腿又必须是南腿，冬笋不能用罐头里装的。可我总觉得这些制作精良的桂鱼，都不及三十多年前在小酒楼上所吃到的那么鲜美。其实，那小酒馆里的烹调是最简单的，大概只是在桂鱼里放了点葱、姜、黄酒而已。制作精良的桂鱼肯定不会比小酒楼上的桂鱼差，如果把小酒楼上的桂鱼放到得月楼的宴席上，和得月楼的桂鱼（也是用活鱼）放在一起，那你肯定会感到得月楼胜过小酒楼。可那青山、碧水、白帆、闲情、诗意又在哪里……

有许多少小离家的苏州人，回到家乡之后，到处寻找小馄饨、血粉汤、豆腐花、臭豆腐干、糖粥等儿时或青少年时代常吃的食品。找到了当然也很高兴，可吃了以后总觉得味道不如从前，这“味道”就需要分析了。一种可能是这些小食品的制作不如从前，因为现在很少有人愿意花大力气赚小钱，可是此种不足还是可以加以恢复或改进的，可那“味道”的主要之点却无法恢复了。

那时候你吃糖粥，可能是依偎在慈母的身边，你妈妈用绣花挣来的钱替你买一碗糖粥，看着你在粥摊的旁边吃得又香又甜，她的脸上露出了笑容；看着你又饿又馋，她的眼中含着热泪。你吃的不仅是糖粥，还有慈母的爱怜，温馨的童年。

那时候你吃豆腐花，也许是到外婆家作客的。把你当作宝贝的外婆给了你一笔钱，让表姐、表弟陪你去逛玄妙观，那一天你们简直是玩疯了，吃遍了玄妙观里的小摊头，还看了猢狲出把戏。童年的欢乐，儿时的友谊，至今还留在那一小碗豆腐花里。

那一次你吃小馄饨，也许是正当初恋。如火的恋情使你们二位不畏冬夜的朔风，手挽着手，肩并着肩，在苏州那空寂无人的小巷里，无休止地弯来拐去。到夜半前后，忽见远处有一簇火光，接着又传来了卖小馄饨的竹梆子声，这才使你们想到了饿，感到了冷。你们飞奔到馄饨摊前，一下子买了三碗，一人一碗，还有一碗两人推来推去，最后是平均分配。那小馄饨的味道也确实鲜美，更主要的却是爱情的添加剂。如今你耄耋老矣，他乡漂泊数十年，归来重游旧地，住在一家高级宾馆里，茶饭不思，只想吃碗小馄饨。厨师分外殷勤，做了一客虾仁、荠菜，配以高汤的小馄饨，但你吃来吃去总不如那担头上的小馄饨味道鲜美。老年人的味觉虽然有些迟钝，但也不会如此地不分泾渭。究其原因不在小馄饨，而在环境、处境、心情。世界上最高明的厨师也无法调制出那初恋的滋味。冬夜、深巷、寒风、恋火，已经共酿成一缸美酒，这美酒在你的心中，在你的心灵深处埋藏了数十年，酒是愈陈愈浓愈醇厚，更混合着不可名状的百般滋味，心灵深处的美酒或苦酒，人世间是无法买到的，除非你能让时光倒流，象放录像似的重再来一遍。

如果你是一个在外面走走的人，这些年来适逢宴会之风盛行，你或是作东，或是作客，或是躬逢盛宴，或是恭忝末座，山珍海味，特色佳肴，巡杯把盏，杯盘狼藉，气氛热烈，每次宴会都好象有什么纪念意义。可是当你“身经百战”之后，对那些宴会的记忆简直是一片模糊，甚至记不起到底吃了些什么东西。倒不如那一年你到一位下放的朋友家里去，那位可怜的朋友是荒郊茅屋，家徒四壁，晚来风大雨急，筹办菜肴是不可能的。好在是田里还有韭菜，鸡窝里还有五只鸡蛋，洋铁罐里有二斤花生米，开洋是没有的，油纸信封里还有一把虾皮，有两瓶洋河普曲，是你带去的。好，炒花生米，文火焖鸡蛋，虾皮炒韭菜。三样下酒菜，万种人间事，半生的经历，满腔的热血，苦酒和着泪水下咽，直吃得云天雾地，黎明鸡啼。随着斗换星移，一切都已显得那么遥远，可那晚的情景却十分清晰。你清清楚楚地记得吃了几样什么东西，特别是那现割现炒的韭菜，肥、滑、香、嫩、鲜，你怎么也不会忘记。

诗人杜甫虽然有时也穷得没饭吃，但我可以肯定，他一定参加过不少丰盛的宴会，说不定还有陪酒女郎、燕窝、熊掌什么的。可是杜老先生印象最深的也是到一位“昔别君未婚”的卫八处士家去吃韭菜，留下了“夜雨剪春韭，新炊间黄梁”的诗句烩炙人口。附带说一句，春天的头刀或二刀韭菜确是美味，上市之时和鱼肉差不多的价钱。

近几年来，饮食行业的朋友们也注意到了吃喝时的环境，可对环境的理解是狭义的，还没有向境界发展。往往只注意饭店的装修，洋派、豪华、浮华、甚至庸俗，进去了以后像进入了国外的二三流或不入流的酒店。也学人家的服务，由服务员分菜，换一道菜换一件个人使用的餐具，像吃西餐似的。西餐每席只有三四道菜，好办。中餐每席有十几二十道菜，每道菜都换盘子，换碟子，叮叮当当忙得不亦乐乎，吃的人好象是在看操作表演，分散了对菜肴的注意力。有一次我和几位同行去参加此种‘高级’宴会，吃完了以后我问几位朋友：“今天到底吃了些什么？”一位朋友回答得很妙:“吃了不少盘子、碟子和杯子。”

1990 年 4 月

吃喝之道

我曾经写过一篇小说，名曰《美食家》。坏了，这一来自己也就成了“美食家”，人们当众介绍：“这位就是美食家陆某……”其实，此家非那家，我大小也应当算是个作家。不过，我听到了“美食家陆某”时也微笑点头，坦然受之，并有提升一级之感。因为当作家并不难，只需要一张纸与一支笔；纸张好坏不论，笔也随处可取。当美食家可不一样了。一是要有相应的财富和机遇，吃得到，吃得起；二是要有十分灵敏的味觉，食而能知其味；三是要懂得一点烹调的原理；四是要会营造吃的环境、心情、和氛围。美食和饮食是两个概念，饮食是解渴与充饥，美食是以嘴巴为主的艺术欣赏——品味。

美食家并非天生，也需要学习，最好还要能得到名师的指点。我所以能懂得一点吃喝之道，是向我的前辈作家周瘦鹃先生学来的。周先生被认为是鸳鸯蝴蝶派的首领，二十世纪的三十年代，他在上海滩编申报《自由谈》《礼拜六》《紫罗兰》，包括大光明的《海报》在内，总共有六份出版物，家还住在苏州。刊物需要稿件，他的拉稿方法就是在上海或苏州举行宴会，请著名的作家、报人赴宴，在宴会上约稿。

周先生自己是作家，也应邀赴别人的约稿的宴会。你请他，他请你，使得周先生身经百战，精通了吃的艺术。名人词典上只载明周先生是位作家、盆景艺术家，其实还应该加上一个头衔——美食家。难怪，那时没有美食家之称，只能名之曰会吃。会吃上不了词典，可在饭店和厨师之间周先生却是以吃闻名，因为厨师和饭店的名声是靠名家吃出来的。

余生也晚，直到六十年代才有机会常与周先生共席。那时苏州有个作家协会的会员小组，约六七人。周先生是组长，组员有范烟桥、程小青等人，我是最年轻的一个，听候周先生的召唤。周先生每月要召集两次小组会议，名为学习，实际上是聚餐，到松鹤楼去吃一顿。那时没有人请客，每人出资四元，由我负责收付。周先生和程小青先生都能如数交足，只有范烟桥先生常常是忘记带钱。

每次聚餐，周先生都要提前三五天亲自到松鹤楼去一次，确定日期，并指定厨师，如果某某厨师不在，宁可另选吉日。他说，不懂吃的人是“吃饭店”，懂吃的人是“吃厨师”。这是我向周先生学来第一要领，以后被多次的实践证明，此乃至理名言。

我们到松鹤楼坐下来，被周先生指定的大厨师便来了：

“各位今天想用点啥？”

周先生总是说：“随你的便。”他点了厨师以后就不再点菜了，再点菜就有点小家子气，而且也容易打乱厨师的总体设计。名厨在操办此种宴席时，都是早有准备，包括采购原料都是亲自动手，一个人从头到尾，一气呵成，不像现在都是集体创作，流水作业。

苏州的饮食文化源远流长，就像昆剧一样，它有一套固定的程式。

大幕拉开时是八只或十二只冷盆，成双，图个吉利。冷盆当然可吃，可它的着重点是色彩和形状。红黄蓝白色彩斑斓，龙凤呈祥形态各异。美食的要素是色、香、味、形、声。在嘴巴发挥作用之前，先由眼睛、鼻子和耳朵激发起食欲，引起所谓的馋涎欲滴，为消化食物做好准备。在眼耳鼻舌之中，耳朵的作用较少，据我所知的苏州菜中，有声有色的只有两种,一是“响油鳝糊”,一是“虾仁锅巴”,海称“天下第一菜”。响油鳝糊就是把鳝丝炒好拿上桌来，然后用一勺滚油向上面一浇，发出一阵喳呀的响声，同时腾起一股香味，有滋有味，引起食欲。虾仁锅巴也是如此，是把炸脆的锅巴放在一个大盆里拿上桌来，然后将一大碗虾仁、香菇、冬笋片、火腿丝等做成的热汤向大盆里一倒，发出一阵比响油鳝糊更为热闹的声音。据说,乾隆皇帝大为赞赏,称之为“天下第一菜”，看来也只有皇帝才有这么大的口气。可惜的是此种天下第一菜近来已不多见，原因是现在的大饭店都现代化了，炸脆的虾仁锅巴从篮球场那么大的厨房里拿出来,先放在备餐台上,再放到升降机中,升至二楼三楼或四楼的备餐台，然后再由服务小姐小心翼翼地放上手推车，推进三五十米，然后再放上桌来，这时候锅巴也快凉了，汤也不烫了，汤向锅巴里一倒，往往是无声无息，使得服务小姐十分尴尬，食者也索然无味，这样的事情我碰到过好几回。

我和周先生共餐时，从来没有碰到过如上的尴尬，因为那时的饭店都没有现在的规模，大名鼎鼎的松鹤楼也只是二层楼，从厨房到饭桌总在一分钟之内，更何况大厨师为我们烹调时是一对一,一只菜上来之后，大厨师也上来了，他站立在桌旁征求意见：“各位觉得怎么样？”

周瘦鹃先生舍不得说个好字，总是说：“唔，可以吃。”

程小青先生信耶稣，他宽恕一切，总是不停地称赞：“好、好。”

范烟桥先生是闷吃，他没有周先生那么考究，只是对乳腐酱方（方块肉）、冰糖蹄膀有兴趣。

那时候的苏州菜是以炒菜为主，炒虾仁，炒鳝丝，炒腰花，炒蟹粉，炒塘鳢鱼片……炒菜的品种极多，吃遍不大可能，少了又不甘心，所以便有了双拼甚至三拼，即在一只腰盆中有两种或三种炒菜，每人对每种菜只吃一两筷。用周先生的美食理论来讲这不叫吃，叫尝，到饭店里来吃饭不是吃饱，而是“尝尝味道”，吃饱可以到面馆里去吃碗面，用不着到松鹤楼来吃酒席。这是美食学的第二要领，必需铭记，要不然，那行云流水似的菜肴有几十种，你能吃得下去？吃到后来就吃不动了，只能眼睁睁地看着那大菜冒热气。有人便因此而埋怨中国的宴席菜太多，太浪费。

所谓的菜太多，太浪费，那是没有遵守“尝尝味道”的规律。菜可以多，量不能大，每人只能吃一两筷，吃光了以后再上第二只菜。大厨师还要不时地观察“现场”，看见有那一只菜没有吃光，他便要打招乎：“对不起，我做得不配大家的胃口。”跟着便做一只“配胃口”的菜上来，把那不配胃口的菜撤下去。决不是像现在这样，几十只菜一齐上，盆子压在盆子上，杯盘狼籍，一半是浪费。为了克服此种不文明的现象，于是便兴起了一种所谓的中餐西吃，由服务员分食，这好像是“中学为体，西学为用”的老花头。可惜的是中餐和西餐不同，吃法不能与内容分离。那色、香、味、形、声不能任意分割，拉开距离。把一条松鼠桂鱼切成小块分你吃，头尾都不见了，你知道那是什么东西？有时候服务小姐在分割之前把菜在众食客面前亮亮相，叫先看后吃。看的时候吃不到，吃的时候看不见，只能看着面前的盘子把食物放到嘴里，稍一不留神，就分不清鸭与鸡，他说是烤鸭，却只有几块皮，吃完之后只记得有许多杯子和盘子在面前换来换去，却记不清楚到底吃了些什么东西。

如果承认美食是一种欣赏的话，那是要眼耳鼻舌同时起作用的，何况宴席中菜肴的配制是一个整体，是由浅入深，有序幕，有高潮，有结尾。荤素搭配，甜咸相间，还要有点心镶嵌其间。一席的点心通常是四道，最多的有八道。点心的品种也是花式繁多，这在饭店里属于白案，是另一体系，可是最好的厨师是集红白案于一身，把点心的形状与色彩和菜肴融为一体。

如果要多尝尝各美食的味道，那就必需集体行动，呼朋引类，像周瘦鹃先生那样每月召开两次小组会。如果是二三人偶然相遇，那就只能欣赏“折子戏”了。选看“折子戏”要美食家自己点菜了，他要了解某厨师有那些拿手好戏，还要知道朋友们是来自何方，文化素养，因为美食有地方性，有习惯性也与人的素质有关系。贪吃的要量多，暴发的要价高，年老的文化人要清淡点。点菜是否准确，往往是成败的关键。

美食之道是大道，具体的烹调术是由厨师或烹调高手来完成的。可这大道也非常道，三十年前的大道，当今是行不通了。七八年前，我曾经碰到一位当年为吾等掌厨的师傅，我说，当年我们吃的菜为啥现在都吃不到了？这位大厨师回答得很妙：

“你还想吃那时候的菜呀，那时候你们来一趟我们要忙好几天！”

这话说到点子上了，如果按照那时的水平，两三个厨师为我们忙三天，这三天的工资是多少钱！再加上一只红炉专门为我们服务，不能做其它的生意。那原料就不能谈了，鸡要散养的，甲鱼要天然的，人工饲养的鱼虾不鲜美，大棚里的蔬菜无原味……对于那些志在于“尝尝味道”的人来说，这些都是差不了半点。当然，要恢复“那时候的菜”也不是不可能，那就不是每人出四块钱了，至少要四百块钱才能解决问题。周先生再也不能每个月召开两次小组会了，四百块钱要写一个万字左右的短篇，一个月是决不会写出两篇来的。到时候不仅是范烟桥先生要忘记带钱了，可能是所有的人钱包都忘记在家里。所以我开头便说，当美食家要比当作家难，谁封我是美食家便是提升了一级，谢谢。

1992 年

“下海”与“跳海”

最近，传播媒介把文化人经商、涉商一律称作“下海”，一时之间纷纷然，十分热闹，好像还有点时髦。本人有幸，也赶上趟了，报纸、电台时有报导：陆文夫携女下海。

什么叫下海？在词海里有一标准解释：非职业演员（票友）转为职业演员叫作下海。还有一个解释词海里没有收，当年上海滩上的良家妇女去当舞女者谓之下海。由此观之，目前的许多文化人经商、涉商统称之曰“下海”是有些不确切的。从实际情况来看，有些文化人只不过是开始成为票友，有些人连票友也谈不上，只是他那个单位里要搞第三产业，借用他那么一点名人效益，办事方便，还可以少出点广告费。我还没有听说那一位文化界的朋友声称自己下海了，从此以后再也不写文章，再也不演戏了。据我所知，所谓下海的情况可分为两种：一种是个体经营，一种是为集体而经营。

个体经营者是自己想发点儿财，然后去安心写作，或者是把发财、不能发财的经历当成写作的素材，生活的体验。这也无可厚非，用不着担心中国会因此而少掉几个茅盾和鲁迅，也用不着论证如果当年的曹雪芹也去做生意的话，中国是否还会有《红楼梦》等等。有一点倒是可以论证的，就是中国的专业作家总不能老是专而无业。曹雪芹也是有职业的，他当年是大观园里的职业玩手，他玩儿得有声有色有体会，后来玩儿不转了，才把他的切身体会发而为文，纵论人生三昧。对一个作家来说，有事做总比没事做要好一点。以前，要作家做事叫作去体验生活，即叫作家去做工，去种田，去当车间主任什么的。过去的做工、种田和现在的做生意，我看都是一样的。有人说是不一样，前者是为国家，后者是为自己。不一定吧，作为纳税的法人来讲个体与集体都是平等的，都对国家有贡献，不要用阶级斗争的观点来厚此薄彼。

作家不能都是坐家，都是坐在家里长年面壁，想入非非。当然，什么时候做，什么时候坐，做什么，写什么，那是因人而异。也有人做了以后就再也坐不下来了，写不出来了，那也没有什么了不起。有许多作家做了官以后就再也坐不下来了，再也写不出来了，照样也是非常光荣的。说得不好听点，创作界如有什么损失的话，不是作家去经商，而是作家去当官。经商来去自由，可以自己作主，当官是能上难下，身不由已。像前文化部长王蒙那样后滚翻三百六十度下，站得稳稳，那是要得金牌的！

为集体而经营者自已并不想发财，是想办个第三产业，为他所从事的那个行当筹集点钱，使他的那个剧团、杂志、出版社、文人的集体等等能更好地活下去，使那些眼看着别人发财的穷哥儿们手头稍许活络点。作为一个主事某种文化事业的人，你可以要求别人忍受寂寞，却不能要求别人忍受苦凄。说穿了，生活真正清贫的人并不是那些想去做生意的人，能有资本和能量去做生意人都是些活得还不错的人（包括在下在内），穷是穷在那些连做生意都做不起来的作者和编辑，要为他们赚点儿钱，让他们安心地写，安心地编，不要违背良心去搞交换，卖版面，或是下乡去“收租米”。

不管是个体经营还是集体经营，我们都不要把文化人经商说得那么气象万千，神气活现，好象这就是开放意识，时代潮流，好象沾上了一点海水的咸味就会马上成为百万富翁似的。要知道水是可以载舟也是可以覆舟的，只有不懂经营或有特殊魔力的人才以为赚钱是那么的容易。现在的公司满天飞，几乎所有的单位都有他们自己的第三产业，文化人赤手空拳，一无资金，二无经验，三还拉不下那张脸皮，钱是那么好赚的？

“如此说来，陆文夫先生，你为什么要下海呢，你年逾花甲，正当奋笔，何必来凑这个热闹呢？”

答曰：“我本不想凑热闹，是不得已而‘跳海’的啊……”

“那你肯定是犯了错误或是有什么为难之处？”

是的，五年前我干了一件应该干却也有些不自量力的事情，接受了有关领导的委托，要下了叶圣陶先生的故居，在里面办了一份以弘扬吴文化为宗旨的《苏州杂志》。若干年来这份杂志颇得吴中人士的好评，认为内容充实，印刷精良，格调也比较高。不管这些赞扬是否受之有愧，有一点却是肯定的，若要格调高，就得赔钞票，格调越高赔得越多，除非你高得可以发行几十万份。小小的《苏州杂志》却又无法做到这一点，只好硬着头皮去赔。谁来赔？财政给一点，主要是靠企业的广告。这种广告是“人情广告”，是赞助性质的，一年两年尤可说也，三年四年就很吃力，天常日久总不是事体。一贯支持我们的朋友也不停地提醒我们：“你们不能老靠输血，要设法自己造血才对。”

这些话的意思我也懂得，目前财政拮据，企业已经发展到部门承包，厂长、经理、政府领导想要批几个钱给你也不那么容易，更何况是年复一年，永无了结！

难道文化就只能搭台，不能唱戏么？如其效法武训而行乞，不如效法陶朱而赚钱，昔日的陶朱公相传就是载西施泛五湖而去的范蠡，做生意的老祖宗也是从苏州出去的！

事也凑巧，有一次我到南京地质矿产部石油物探研究所去找朱铉，当年他刚从南大毕业，也被放逐到黄海之滨去，和我隔河相望，常到我那三间茅屋中去畅谈终日，遂成莫逆。一别经年，他成了计算机专家、研究所的副所长，正好，我的打印机的驱动程序有问题，便去找他研究研究。杀鸡焉用牛刀，实际上也是去看看他们小两口。一看，觉得他们的居住条件、家庭陈设比我们苏州中等收入的农民还差一大节。朱铉对此虽不在乎，但话题却因此而转向了经济大潮中知识分子的经济处境问题。大家都有一个共同的心情，都想使单位里的人处境好一些，心理平衡点。研究所搞有偿服务积了点钱，想搞经营又怕担风险，知识分子做生意是赚得起赔不起，如果被人骗得精大光，那更是无法交代的。这时候我提出了一个以文养文的设想的方案，朱铉听了很感兴趣，他觉得我的方案可以只赚不赔，更不会上当受骗，当然，赚多赚少要看业务的开展，决定与我合伙做生意。

这时间我又在金鸡湖碰到了我的老读者，插队三十多年的老知青华维吾，他如今是苏州市渔牧工商总公司的总经理，是一个脚踏实地，放眼世界的人，在他的辖下有十多个企业，每年有百万元以上的利税。他听了我的方案以后也很感兴趣，愿意入股，并愿助我一臂之力，担任兼职的副总经理。经他们二人一推，我不再犹豫了，决定向那茫茫的大海跳下去…………

刚刚激起一点浪花的时候，又碰到了中信银行南京分行的总经理叶其星，答允入股，并从金融方面助一臂之力，使我们的老苏州弘文有限公司有了一个良好的开头。

我把我商业界、工业界的老朋友们请来了，老实说，我对包括我自己在内的文化人的经商能力从来就不敢恭维。我的这些老朋友在经营管理方面都有非常丰富的经验，刚刚离退下来，愿意在文化事业方面发挥余热，想在晚年做一点有情趣的事体。

董事会开完之后，朋友们对我说，你去当你的作家吧，这里没有大事决不找你。

我也松了口气，归去来兮，田园将芜。生平有五亩之宅，笔耕者三，还有两亩要在日落之前耕种完毕。噢，那太阳已经斜西！

1993 年 2 月 17 日

吃空气

现在的吃喝也真是日新月异，有人好象是吃得没法再吃了，只好转而吃空气。

所谓吃空气就是吃那饭店的气派，气势、气氛、豪华的装修，精致的餐具，小姐们垂手而立的服务……这一切都是空心汤团，一泡气，只能感受感受，吃是吃勿着的。至于那些吃得着的呢，那就一言难尽了：

中国的菜本来讲究色、香、味，后来有人加了个型，即菜的外形、造型。这一加就有文章了，全国各地大搞形式主义。冷盆里摆出一条金鱼，一只蝴蝶，用萝卜雕成玫瑰，用南瓜雕成凤凰等等。厨师如果不会雕刻，那就上不了等级。某次有人请我吃饭，席面上摆着一只用南瓜雕成的凤凰，那南瓜是生的（当然是生的），不能吃。我问大厨师，雕这么一只凤凰要花多少时间，他说大概要三个小时。我听了觉得十分可惜，有三个小时，不，不需要三个小时，你可以把那只鲫鱼汤多烧烧，把汤煮得象牛奶似的，这是我们苏州菜的拿手戏，何必那么匆匆忙忙，把鱼汤烧得象清水？

“你不懂，这一套外国人欢喜，外国人一看，啊，危惹那也斯（very

nice）！拿起照相机来咔嚓咔嚓，带回家去放幻灯片。说来你又不信，去年我们到国外去参加烹饪大奖赛，第一天我们做了四只苏州的拿手菜，色香味俱全，你吃了绝对会满意。可那评委看了不吭声，照顾点中国的名声，铜牌。得金牌的是什么呢，也不过是在蛋糕上用奶油做了一点花朵和动物什么的。我们一看，噢，这还不容易。第二天用船盆做了一个两尺长的万里长城，长城上下还有一百多个身穿各种服装的国内外的游人，个个栩栩如生。外国人一看，啊，危惹那也斯！金牌。其实，这玩艺不属于烹饪，是无锡惠山的泥人。"

"噢，不能以此为例，第一，那评委是西洋人，他们对中国菜不习惯或者是不熟悉。第二，那是所谓的大奖赛，空头戏，你看那服装大奖赛，有几件是能穿的。如果那模特儿从台上扭呀扭地扭下来，扭进一条灯光暗淡的弄堂里，那会把小孩子吓得哭出来的。"

"空头戏？现在的人就欢喜空头戏。你不弄点儿空头戏，他还认为你不高级。问题是这些来吃的人腰包里不空，肚子里也不空，你给他来点实实在在的他吃不下，只能来点儿空头戏。"

空头戏越唱越热闹了，新开的饭店都在那里拚命地比装潢，比设备，很少听说哪家新开的饭店想和人家比比那盘子里东西。早年间，每一爿有名的饭店都有一二只名菜，要吃那名菜一定得去那一家饭店，那名菜可以世代相传，质量不变。现在却不大听说了，东西南北中都是差不多的。只是有时候会掀起一阵浪潮，近一两年的浪潮是南海潮，学广东，要吃生猛海鲜。海鲜当然好啰，可它的主要之点是"生猛"。

广东靠海，当然可以“生猛”，你那远海地区怎么生猛得起来呢？说是空运的，此话只有耳朵能听，眼睛和鼻子都是不肯接受的；那大虾的头和身体都快要分家了，海鲜一进门就来了一股腥臭味，怎能相信那是空运的？海鲜虽不生猛，可那价钱却是十分生猛的！

那饭店好气派呀，侍者拉门，小姐相迎，大红的地毯从门口一直铺到三楼；旋转楼梯上的铜扶手擦得锃亮，小包房里冬暖夏凉，整套的红木家具，雪白的台布，每个人的面前有两只小盆子，三只玻璃杯，一双筷子套在纸袋里，可能是一次性的。台面上是梅花形的拼盆，中心盆里可能就是一样能看不能吃的东西。能吃的东西当然也有，而且还是不少的，一会儿换只盘子，一会儿来只小盅，一会儿来只小汽锅，里面仅有两块鸡。至于那现炒现上的炒菜却几乎看不见。中国的炒菜是一大特点，过去吃酒水通常的规格是四六四，即四只冷盆，六只炒菜，四只大菜。高档一点的有八只炒菜，十只炒菜，炒菜里面还有双拼三拼，即一个盘子里有两种或三种不同的菜肴。现在上来的菜品种也多，原料也不能说是不高级，可你老是觉得这些菜是一锅煮出来的高级大锅菜，不象从前那一只只的炒菜有声有色，争奇斗艳，炒腰花，炒里脊，炒糖醋排骨，那动作，那火候，几乎都是在一刹那间决定的。现在呢，干脆，没了。

有一位懂吃的老朋友要请几位海外的贵客，当然要进高级饭店，还没有吃出什么名堂来就完了，一算账将近三千元钱。老朋友背着客人对服务员说：“小姐，这桌饭实在是不值三千块钱。”

“老同志，这不算贵，旁的不说了，你看我们用的餐具，多高级！”

“那就请你拿个大塑料口袋来，要大的。”

“把剩菜打包？”

“不，让我把餐具带回去。”

餐具当然未能带回去，即使能带得回来的话，那进口空调呢，红木家具呢，高档地毯呢……高额的投资就必须赚回高额的利润，这是个合情合理而且十分简单的道理。千百万元的银行利息都得从你的盘子里扒回去，拉门的待者，垂手而立的服务小姐都是要发工资的。你看着办吧，你是想吃气氛呢，还是想吃盘子里的东西？据说，某市的商业局局长请各地来的十多位商业局局长吃饭，结果却是在一爿个体户开的小饭馆里，人人吃得满意，当然，那个体户决不敢斩商业局的局长的。

1993 年 5 月 22 日

江南厨王

在苏州当一个厨师很不容易，当一个有名的厨师更困难，因为苏州人懂吃，吃得精，吃得细，四时八节不同，家常小烹也是决不马虎的。那些街头巷尾的阿嫂，白发苍苍的老太太，其中不乏烹饪高手，都是会做几只拿手菜的。苏州人在谈论自己的母亲、祖母、外婆的时候，常常要谈起这些伟大母性的菜艺，总是有那么几只菜是使自己终身难忘的。在这样一个吃的水平很高的社会里当一个厨师，当一个有名的厨师，那是谈何容易！

吴涌根从高水平上起步了，他自幼学艺，刻苦锻炼，用半个多世纪的心血和汗水，使他的烹饪艺术达到了一种出神入化的境地。他能在传统苏州菜的基础上灵活自如地创造出三百多种菜肴，二百多种点心，能使最挑剔的美食家在一个多月的时间内不吃重复的东西。他像一个食品的魔术师，能用普通的原料变幻出瑰丽的菜席；他像一个不用丹青的画家，能在桌面上绘出美妙可食的图画；他像一个心理学家，一旦知道了你的习性之后，便能估摸得出你欢喜吃些什么东西。他用他的手艺征服了高水平的食客，博得了“江南厨王”的美名。

吴涌根已经年过花甲了，他一辈子为人做菜，从来没有感到腻烦，而是越做越认真，越做越是兴致盎然，尤其难能可贵的是他不被自己的经验所束缚，在传统的基础上不停地创新。吴涌根很懂得食客们的心理，不能“吃来吃去都是一样的”，即使那些在饮食上有特殊习惯的人，他到饭店里来也决不是想吃自己曾经吃惯了东西。近十年来，人们的生活习惯和饮食口味在不停地改变，苏州菜也不那么太甜了，轻糖，轻盐，不油腻，已经成了饮食中的新潮流，传统的菜肴想一成不变也是不可能的。

现代的交通发达，世界变小了，打破了那种地区之间的封闭。四川人到苏州来，苏州人到广州去，外国人到中国来，中国人到外国去，这种频繁的交往，以及那种朝发夕至的运输食品的条件，不可避免地要带来饮食习惯的大迁移。由地区文化、气候物产、风俗习惯所形成的各种菜系，也不可能是一成不变的。问题是要防止变得不川不广、不中不西、不伦不类，变得各种菜系都失去了自己的特点。世界的发展和生活的发展决不会是越来越单调，所谓美好的明天只能是五彩缤纷，流派纷呈，食物也是同样的。

吴涌根在菜点上的改革和创新与众不同，他的创新是建立在丰富的经验、丰富的知识、扎实操作的基本功之上。他把挖掘濒临失传的品种，恢复那种被走了样的做法，都是当作创新来对待的，所以他能使食客们在口福上常有一种新的体验，有一种从未吃过但又似曾相识的感觉。从未吃过就是创新，似曾相识就是不离开传统。他能吸收各种流派的长处，使苏州菜推出了许多新的品种，新的品种还是在苏帮菜之内，即使看上去像西餐，吃起来还是中国口味。这在烹调上来讲是一种少有的大手笔。

早就知道吴涌根师傅在写一本书，要把他多年的创新所得记录下来，传之于人，传之于后世，这很有必要，也很有意思。因为这种创新是代表了苏州菜的一个新的水平，是代表了一种正确的改革方向。

很少有人有这种口福，能吃遍吴师傅的三百多种菜和两百多种点心。但是每人都有这种可能，来读完这本《新潮食谱》，可以一饱口福，也可以一饱眼福。

1993 年 11 月 1 日

青菜与鸡

中国人吃青菜是出了名的，特别是苏州人，好象是没有青菜就不能过日子。我小时候曾经读过一首白话诗："晚霞飞，西窗外，窗外家家种青菜；天上红，地下绿，夕阳透过黄茅屋………"这首诗是描写秋天的傍晚农家都在种菜，种的都是青菜，不是大白菜也不是花椰菜，说明青菜之普及。在菜蔬之中，青菜是一种当家菜，四季都可种，一年吃到头。苏州小巷里常有农妇挑着担子在叫喊："阿要买青菜？……"那声音尖脆而悠扬，不象是叫卖，简直是唱歌，唱的是吴歌。特别是在有细雨的清晨，你在朦胧中听到"阿要买青菜……"时，头脑就会立刻清醒，就会想见那青菜的碧绿生青，鲜嫩水灵。不过，这时候老太太买青菜要压秤，说是菜里有水分。

青菜虽然如此重要，可却被人看不起，卖不起价钱，因为它太多，太普遍。这也和人一样，人太多了那劳动力也就不值钱，物稀为贵，人少为贵。

早年间，青菜和鸡总是摆不到一起。一个是多，一个是少，一个是贵，一个是贱。客人来了，都是去买只鸡回来杀杀，没有谁说要去买点青菜回来炒炒的，除非那青菜是一种搭配。形容某家生活好是天天鸡鸭鱼肉，形容某家生活差是天天青菜萝卜。吃青菜是一种受苦受难的表现，糠菜半年粮是粮食不够，面有菜色是饿的。所以才有了一句成语，叫"咬得菜根，做得大事。”

六〇年大饥荒，粮食不够吃，青菜比粮食长得快，有些人便大量地吃青菜，结果得了青紫病。营养不良的人生了浮肿病，没药医，据说只要吃一只老母鸡便可以不治而愈，可见青菜与鸡是不能相提并论的。

到了八十年代的初期，我偶尔读到一篇美国的短篇小说，里面写到一位妇女在法庭上高声地抗议，说是法官判给她的离婚费太少，理由是："如果只有这么几个钱的话，我只能天天吃鸡啦！"

我看了有点吃惊，天天吃鸡还不好呀，你想吃啥？！我怀疑是翻译搞错了，把吃洋白菜译成了吃鸡。后来我多次到欧美去访问，才明白那翻译并没有搞错，鸡可以在养鸡场里大量地饲养，那价钱和自然生长的菜蔬是差不多的。

如果我现在再读那篇小说的话，就会觉得十分自然了，苏州人也在为青菜和鸡重新排座位。改革开放以来苏州的乡镇企业大发展，原来种菜的田都成了工厂、商店、住宅、高楼。原来种菜的人都进了工厂，他们不仅是自己不种菜，还要买菜吃。那些曾经挑着担子高喊："阿要买青菜………"的人，如今正挎着菜蓝子在小菜场里转来转去，埋怨着菜贵而又不新鲜。

菜不够吃，用塑料大棚，用化肥，使得那菜长得快点。鸡不够吃，办养鸡场，五十天生产一只大肉鸡（苏州人叫它洋鸡），用人工的方法来逼迫大自然。可这大自然也不是好惹的，你要它快啊，可以，可那生产出来的东西味道就有点不对头。洋鸡虽然大，价钱也比较便宜，可那味道却没有草鸡鲜美。蔬菜也是如此，用衡温，用化肥，种出来的蔬菜都是不如自然生长的。这一点我有经验，我在农村里种过自留田，日夜温差大，菜蔬长得慢，质地紧密，好吃。最好是越冬的青菜，品种是“苏州青”，用它来烧一只鸡油菜心，简直是无与伦比。如果你用暖棚加温，用化肥催生，对不起，味道就是两样的，和厨师的手艺毫无关系。菜蔬不仅是生长的快慢，还有个新鲜与否的问题。我在农村时曾经做过一次试验，早晨割下来的韭菜到中午炒，那味道就不如刚从田里割下来的鲜美。人的嘴巴是很难对付的，连牛也知道鲜草和宿草的区别。从塑料大棚里铲出来的青菜，堆集如山似的用拖拉机拉到苏州来，那味道还会好到哪里？

也许会有一天，苏州小巷里还会有：“阿要买青菜？………”的叫喊声，那青菜长于自然，不用化肥，碧绿生嫩，一如从前。可以肯定，那青菜一定比洋鸡还要贵。那时候要把沿用了千百年的成语修改了，改成：“咬得鸡腿，做得大事。”

1993年12月26日

谢吴中父老

《苏州杂志》创刊至今已有五年多了，五年多来杂志社的全体同人是有苦有乐，有喜有愁，总起来说是欢乐大于痛苦，成功的要比失败的多。最近，在华东优秀期刊评比中，《苏州杂志》得了一等奖，更为编辑部带来了不少的欢乐，这也是人之常情，受赞扬总比吃批评高兴，能做到“闻过则喜”的人并不多。

当今，在海外的华人文化人中有此一说：“如果你想要一个人上吊的话，你就劝他去办杂志。”由此可见，要办好一份像样的杂志并非那么轻而易举。《苏州杂志》的全体同人办了五年的杂志还没上吊，其原因不在于我们特别有本事，而在于这是一份《苏州杂志》，她得到了苏州人的大力支持。苏州市的领导，苏州市的企业家，苏州市的读者和作者，都向我们伸出了援助的手，给予了十分充分的精神和物质的援助，不让我们上吊。当我们扬言要上吊的时候，便有人来问寒问暖，给予帮助。

苏州是个文化历史名城，懂得、并且热爱自己民族文化的人很多很多。当民族文化受到经济大潮和圾垃文化冲击的时候，便会出现许多“抢险救灾”的仁人志士。这许多相识和不相识的朋友托着《苏州杂志》向前走，才使得我们没有为了所谓的经济效益而降格以求。

苏州的长城电器集团，和许多金融单位就是“抢险救灾”的仁人志士。从今年开始，长城电器集团协办《苏州杂志》。协议的第一条是《苏州杂志》不改办刊宗旨，也不在《苏州杂志》上做产品广告，使苏州市的这份文化刊物保持她的原有的格调。

办杂志除了确定她的宗旨之外，剩下的有三大要素：一是经济来源，二是稿件来源，三是编辑人材。在我们现有的条件下，经济来源好象是首要的。一分杂志的格调不高，有时候不能全怪编辑，实在是不得已而向孔方兄低头。《苏州杂志》何幸之有，生长在洞天福地，她所以能在孔方兄的面前昂起头颅，并不完全是因为她自己的高风亮节，而是因为有那么多的朋友把孔方兄装在她的口袋里。如果你阮囊羞涩，又不肯向孔方兄低头，那也只能是关门大吉。《苏州杂志》社的全体同人很明白这一点，对社会各界给与我们的支持，特别是那些在我们杂志上刊登过广告的单位，我们将会铭记，他们是功不可没的。

从今年开始，《苏州杂志》将适当地提高定价。我们无意于哄抬物价，实在是水涨船高。更有甚者，如果我们不提高订价，连发行都成了问题，因为发行费是按刊物的订价而提成的，太不够意思了，发行的人也就没有什么意思了，刊物就会发不出去。我们知道提价会加重读者的负担，特别是加重了那些有文化而没有钱的读者们的负担。请原谅，实在也是万不得已，即使提高了定价，每售一本还要赔掉二分之一。

为了解决办刊的经费，杂志社的同人也动足了脑筋。从去年开始，筹备成立了一个老苏州弘文有限公司，准备开一爿老苏州茶酒楼。在十全街上造一座苏州式的楼房，经营苏州传统的茶、酒、菜，一方面是为了保存与发展苏州传统的饮食文化，一方面也想赚几个钱来贴补《苏州杂志》。可是，要靠老苏州茶酒楼来为《苏州杂志》提供经费，还得看经营的情况，还有个还贷的过程，不可能立竿见影。不过，只要我们脚踏实地，勤勤恳恳地去做，自给自足的目的一定能够达到。生活在洞天福地中的《苏州杂志》，一定会遇难呈祥，逢凶化吉。

再一次感谢吴中的父老兄弟姐妹们，祝您们在新的一年中也是遇难呈祥，逢凶化吉。

1993 年

故乡情

一个人不管走到什么地方，总要想起自己的故乡，抬头望明月，低头思故乡；远行天涯常相问，何处是故乡？异国他邦，赏心乐事谁家园，不免又想起了自己的故乡……

故乡不是一个籍贯的概念，对许多飘泊不定的人来讲，故乡应该是童年或少年时代生活过的地方;故乡也不仅仅是一个村庄，一条小巷，而是在童年或少年时代曾经到过、并留下了难忘之情的地方。

按照我们家乡的习俗，孩子生下来之后要把胎盘埋在家前屋后的泥土里，这土地便称作衣胞之地。不管这孩子在这块土地上生活多久，这衣胞之地就算是他的故乡。

我的故乡不是苏州，虽然我在苏州已经生活了五十多年。可我的衣胞之地却是长江边上的一个小小的村庄，那村庄叫作四圩，属于江苏省的泰兴县。从“四圩”这两个字就可以看得出，这里是长江边上围垦出来的圩田。当年开垦时无以名之，便用数字代替，有头圩、二圩……我的外婆家就住在八十三圩。

四圩离开长江很近，小时候我站在家门口向南望，就会知道江水是不是猛涨，江水猛涨时大轮船好像是浮在江边人家的屋顶上，那大烟筒在江边的树林中移动。

用现在的眼光来看，当年的故乡是个很偏僻、很贫困的地方，因为村庄上的人大多是移民，是到这块新开垦的土地上来求发展的。我的祖父便是从江南的武进县迁徙到江北的泰兴来的。所以当年的四圩只有一户人家有三间瓦房，其余的人家都是草房。这种草房造起来很容易，草顶，墙壁是芦笆，在芦笆的外面再糊上一层泥。我家在村庄上算是中上，有六间草房。不过，你从远处眺望我们的村庄，看不见房屋，只看一片黑森森的树木竹林。树木是农家财富的象征，如果一户人家有几棵合抱的大树，有一片茂盛的竹林，那就说明这户人家是殷实的，要不然的话，那树早就砍了，卖了，当柴烧了。

清晨和傍晚村庄很有生气，你可以看见那炊烟从树林间升起；早晨的炊烟消失在朝阳中，傍晚的炊烟混和在夜雾里。白天的村庄静得没有声息，只有几条狗躺在门口，人们都在田里。不过，如果有一个生客从村头上走过来的话，你可以听见那狗吠声连成一片。

我们的村庄排列得很整齐，宅基高于平地，那是用开挖两条小河的泥土堆集起来的。所以我家的前后都是河，屋前的一条大些，屋后的一条小点。这前后的两条小河把村庄上的家家户户连在一起。家家户户的门前是晒场，门后有竹园，两旁是菜地，围着竹篱笆，主要是防鸡，鸡进了菜园破坏性是很大的。童年时，祖母交给我的任务就是拿着一根竹竿坐在门口看鸡。小河、竹园、菜地、鸡，这就是农家的副食品基地。小河里有鱼虾、茭白、菱藕；竹园里有竹笋、蘑菇。菜园子里的菜四季不断，除掉冬天之外，常备的是韭菜，杜甫在《赠卫八处士》的诗中就写过“夜雨剪春韭，新炊间黄粱”，可见韭菜可备不时之需，何况春天的韭菜味极美。

那时候，我们家里来了客人也都是韭菜炒鸡蛋，再加上一些豆腐、卜页、鱼虾之类。农民很少有肉吃，当年的农村里有一个形容词，叫“比吃肉还要快活！”是形容快活到了极顶。可见吃肉是很快活的，不像现在有些人把吃肉当作痛苦。

农民要买肉需要到几里外的小街上去，买豆腐和卜页却不必，村庄上有人专门做豆腐，挑着担子串乡，只要站在门口喊一声，卖豆腐的便会从田埂上走来做买卖，可以给钱，也可以用黄豆换。据说，磨豆腐是很辛苦的，有首儿歌里就唱过："咕噜噜，咕噜噜，半夜起来磨豆腐。"祖母告诉我说，三世不孝母，罚你磨豆腐。在当年的农村里，打铁、撑船、磨豆腐是三样最苦的活儿。当然、种田也是苦的，只有手艺人最好，活儿轻，又有活钱。所谓手艺人就是木匠、皮匠（绱鞋）、裁缝、笆匠。笆匠是一种当地特有的职业，他们是专门做芦笆墙，和铺草屋顶的。多种手艺之中，以裁缝为上乘，裁缝坐在家里飞针走线，衣冠整洁，不晒太阳，最受姑娘嫂子们的欢迎，其中的原因之一是裁缝们大多会偷布，套裁一点零头布带回家，送给姑娘嫂子们做鞋面。有本事的裁缝远走上海和香港，他们回家过年时，讨鞋面布的人简直是门庭若市，因为在上海和香港能够偷到好料子，全毛华达呢、藏青毛毕叽、呢绒、法兰绒之类。在当年的农村里，如果能用全毛华达呢做一双鞋送给相好的，那比现在的意大利皮鞋还要高贵。

我总觉得农村里的孩子要比城市里的孩子自在些，那里天地广阔，自由自在。小男孩简直是自然之子，冬天玩冰，夏天玩水，放风筝，做弓箭，捉知了，掏鸟窝，捞鱼摸虾，无所不为。小小孩跟着大小孩，整天野散在外面，等到傍晚炊烟四起时，只听见村庄上到处有母亲在唤孩子："小登林，小根林，家来啦！”小登林，小根林回来了，像个泥猴，有时候衣裳和裤子都撕破了，那小屁股上就得挨两记。

我家经常搬迁，但在我读初中之前，搬来搬去都在长江边，有时离长江远些，有时离长江近点。最近是在靖江县的夹港，离开长江大概只有一两百米，每日清晨醒来和傍晚入睡时，都听见那江涛沙沙，阵阵催眠；狂风大作，惊涛拍岸，声如雷鸣，那就得把头缩在被窝里。

江河为孩子们带来无穷的乐趣，最有趣的当然不是游泳，游泳只是一种手段，捞鱼摸虾才是目的。捕捞鱼虾的手段多种多样，钓鱼是小玩艺，是在天冷不宜入水的时候“消闲”的。用叉、用网、用罩、干脆用手摸，那比钓鱼痛快得多，而且见效快。家里来了客人时，大人便会把虾篓交给孩子：“去，摸点虾回来”。或者是把鱼叉拿出来：“去看看，那条黑鱼是不是还在沟东头。”会捞鱼摸虾的人，平时总记着何处有鱼虾，以备不时之需。

孩子们如果要取鱼去卖的话，那就得到芦滩里去找机会。江边的芦滩里有很多凹塘，涨潮的时候这些凹塘都没在水里，鱼虾也都是乘着潮水到滩上来觅食，退潮时便往水多的地方走，走着走着便聚集在凹塘里。取鱼的孩子便趁着退潮时去戽尽凹塘里的水，往往会大有收获，弄得好会捞起几十斤鱼虾。但也要有点本事，首先是要会选塘，要看得出哪一个塘里有丰收的可能，其次是要有力气，要赶在涨潮之前拚命地把塘水戽干，把鱼虾都收进竹篓，而且还要来得及往回逃，因为潮水涨起来很快，一会儿工夫便漫过下膝。我记得有一次在芦滩里迷了路，是背着虾篓，拉着芦苇，从港河里游回来的。江边上的孩子没有一个不会游水，水上人家的孩子游水和走路是同时学会的。

长江有时也会带来灾难，会咆哮，发大水，冲毁江堤，淹没房屋和农田。每年阴历的六、七月是危险期。初一、月半如果是刮东南风，下大雨，潮水呼呼地涨，来不及退，大人们便愁上眉稍，夜里各家轮流上堤岸值班守夜，一旦出险便鸣锣为号。狂风大雨中那令人心惊肉跳的锣声是一种绝对的命令，锣声一响，各家的青壮年要全部出动，奔向险地。如果那锣声不停地响，说明险情严重，妇女、老人都要上堤，只有孩子们不上，因为那大浪扑向堤岸时有几丈高，会把孩子们卷走。江边上的人家有一种不成文的法律，如果有谁听见锣声不肯上堤的话，此人今后便会为人们所不耻，简直算不上是个人，婚丧喜庆、请人帮忙等等都会受到冷遇。

抢险也经常失败，眼看无法收拾时便有一个老人下令，各自回家收拾东西，把粮食和细软都搬至高处，准备家里进水。我记得我们家里曾经进过一次水，水把大门没掉了一半，划着木盆进出。大人们愁眉苦脸，孩子们却欢天喜地，因为水淹了一片西瓜地，成熟了的西瓜有的浮在水面上，有的沉在水底。种瓜的老人把浮在水面上的西瓜收集起来，沉在水底的瓜可以让孩子们去摸，谁有本事摸到了就归谁。孩子们早就垂涎着那些西瓜了，只因为老爷爷看得紧，平时难以得手，现在可以到水底摸瓜，把摘瓜和游泳集合在一起，何等有趣！我紧跟着大孩子们白天摸瓜，晚上捉虾。发大水的时候小虾特别多，一群群地在水面浮游。这种小虾在夜晚特别趋光，只要在水边点起一盏灯，灯光照着藏在水中的一只筛子。小虾成群集队地浮游过来了，在灯光下聚集，这时，迅速地把筛子提起来，小虾就躺在筛子上面，弄得好，一个晚上可以捕获几十斤。此种小虾晒干以后可以收藏，冬天用它来烧咸菜豆瓣汤很是鲜美……

我的童年和少年都是在长江边上的小村庄里度过的，我认为那些村庄是我的故乡，不管是看到海边的日出，还是看到湖上的月光，我都会想到那些长江边上的小村庄——我的故乡。

1997 年 7 月 22 日于北戴河

你吃过了吗?

大家都知道，中国人当年见面时并不说“您好”，而是说“您吃过了吗？”

对方回答说：“吃过了。”

还有文雅一点的说：“您用饭了吗？”

对方回答说：“偏过了。”

“您好”有健康、如意、一切如常等等的含意，“您吃过了吗？”非常明确，只有一个含意——吃，吃过了什么都好。

我猜想，中国人所以见面就问“您吃过了吗？”，可能是由于人们经常处于饥饿的边缘，经常要担心没得吃而产生的。饥馑之年，一个人如果能回答说是吃过了，那比健康、如意、一切如常等等都实际，饿着肚子还有什么“您好”“我好”可言，连寒暄起来也是有气无力。

从历史上来看，中国的饥荒确实是连年不断，直到六十年代还有一次全国性的大饥荒，这是大家记忆犹新的。历史上都把灾荒称作饥荒，灾民称作饥民，形容大灾荒时都称“饿殍遍野”，可见这吃确实是悬在中国人头上的一把剑。

人们观念的形成，都和客观的存在有关系，吃是如此的重要，而饥饿又像幽灵似的伴随着中国人，这就使得中国人的许多习俗、观念都和吃有关系，人们把吃从物质的需求，提升为精神的象征，弄得超出了疗饥的范围，成了问候、礼节、尊敬、诚意、大方、财富、权势的表现。

我小时候生长在农村里，有亲戚或客人来时，一坐下来也不问什么“您吃过了吗？”，我的母亲或祖母立刻下厨生火，每人一碗白水煮鸡蛋，三只，客人只能吃一只或两只，必须留一只，叫作“有馀”。这是农民的作风，直来直去，用不着问什么“吃过了吗？”，干脆吃了吧。此种礼节叫“烧茶”，如果客人来了不“烧茶”，那是一种轻蔑，不得了，以后就要断绝往来。有时候客人来了正好家里没有鸡蛋，母亲便慌慌张张地从后门溜出去，到隔壁的二婶或大妈家借点儿回来。

老实说，中国经常吃不饱的大多是农民，历来如此。古诗里就写过“四海无闲田，农夫犹饿死。”所以农民总是把吃当作礼节，当作庆典，当作财富的表现，用吃喝来示富。中国又是个农业国家，大家都用吃来示富，来表示诚意，当作礼节，一旦缸坛稍满时，怎么能不形成吃喝之风呢？大吃大喝的根源是来自于没吃少喝，是一种低水平的反弹和文明程度不高的表现。

许多外宾都对我讲过，说你们中国人说起来不富，怎么吃起来是如此的丰富。我说这是一种礼节，是对你们的尊敬。外宾还不认可，说是尊敬也不必这么多。

这事儿可得费点儿口舌了，因为中国的“菜制”和欧美的“菜制”不相同。外国人是“个人主义”，分食制，每人一份，所以在西餐中都是三道菜、四道菜，五道菜不大多见。中国人是“集体主义”，宴请起来都是八人一桌，十人一桌，还有十二人一桌的。这么多的人在一起，如果是三道菜或四道菜的话，那就得用脸盆装了。这还不是主要的，主要是中国的“菜制”就像京剧一样，有一套程式，开始是冷盆，其次是热炒，而后是大菜，最后是一个汤。如果是广东菜的话，开始就喝汤。中国菜的品种极其丰富，如果你不完成这套程式，你就难窥中国菜之全貌。

外宾对我的话听懂了，说西餐是室内四重奏，中餐是大型交响乐。我对音乐是外行，想想倒也有点像，四重奏可能是四个人在那里演奏，相当于四道菜；交响乐满台都是人，那就是几十只菜了，宴席间有几十只菜是并不罕见的。

如上所述，人们把吃当作礼节和庆典，那是由于饥馑，而大吃大喝又是相对于没吃少喝而产生的，所以最近几年在达到或超过小康水平的城市和乡村里，人们对吃喝的观念开始有所改变，不再用吃来示富了，不再用吃来作为庆典。明显的例证就是即将来到的春节，在我的记忆中，春节的主要活动就是忙吃。前些年，每逢春节城市里的燃料消耗都要增加几倍，说明家家都在忙吃的。最近两年家家都觉得没有必要那么大张旗鼓地去忙吃了，因为平时也就吃得不错，春节再忙也吃不下去，白费精力，倒不如腾出点时间来玩玩。1997 年春节时，苏州有一家人家发生了一场争论，老爷爷老奶奶要儿孙们都回来，像往年一样，大家忙一顿丰盛的年夜饭，用吃来欢度春节。可是儿女们却提出新建议，说是不要忙年夜饭了，人忙得吃力煞，忙出菜来却又吃不了多点。孙儿孙女更不用说了，平时连吃饭都要逼，倒不如去饭店里订一席，吃完了连碗都不用洗。儿女合资，出一千块钱。

老奶奶首先不同意，说是今年不要你们洗碗，你们把一千块钱给我，所有的碗都由我来洗。儿女们不同意，这是不孝的行为。

老爷爷想出个办法来了，说是今年的碗筷谁都不要洗，吃过了便扔进垃圾箱里，那点儿旧餐具总共也不值两百块钱。

这户人家争论的结果不得而知，只知道年三十晚上稍有名气的饭店里座无虚席。

当饥饿的幽灵慢慢地远去时，人们的风俗习惯也在逐步地改变，慢慢地不再在吃喝之外再附加太多的意义，吃要讲究质量、营养、新鲜。不过，风俗习惯也不是一两年就能改变的，那是一代人或几代人的事情。何况有些国外的朋友又向我们提出建议，说是中国的饮食文化绝对不能改得和西方一样。我懂了，西方人在家里听惯了四重奏，到中国来还是想听听交响乐的。

1997 年 12 月 20 日

我的记者生涯

《苏州日报》创刊至今忽忽已有五十年，这份报纸的前身是苏州电讯，虽然名为电讯，却是苏州解放后党所领导的第一份报纸，在这电讯的基础上产生了《新苏州报》《苏州工农报》《苏州报》《苏州日报》。名字改来改去，报纸却只有一份，即使现在有了《姑苏晚报》，晚报和日报也是一家人。我在报社工作了八年，从苏州电讯开始，可以说是在报社的培养中长大的。

一九四八年我在苏高中毕业之后，便到苏北去参加了革命，进华中大学学习。所谓的华中大学实际上是准备渡江的干部培训班，招受的大部份是从蒋管区去投奔革命的知识青年。在渡江的前夕，我被分配到新华社苏州支社当采访员，所以会被分配到苏州支社，其中有一个重要的原因是因为我是从苏州过去的，会说苏州话，还认识苏州的路。这个条件很重要，因为那时准备进入苏州的大都是苏北和山东的干部，他们有很多人听苏州话就像听外国话似的。

一九四九年四月二十一号的晚上我们渡江以后便往无锡走，到无锡住下来等待苏州解放。苏州是四月二十七号解放，我们新华社苏州支社的人二十七号晚上便到了阊门外的万人码头。所以如此之快是因为要赶到苏州来出报纸，是乘小轮船来的。那时时候解放军每到一处，有三种文化兵要一马当先，一个是报纸，一个是书店，一个是文工团。

这是组织群众、宣传群众的三大法宝。

在万人码头上岸以后，领导叫我带路，找一个地方住一宵。这时候我就发挥作用了，我记得在石路口有一个小旅社，旅社的外面有屋檐，里面有店堂。入城守则规定不能进入民屋，只能睡在马路上或是屋檐下，那几天老下雨，马路上是不能睡的，屋檐下当然可以，最好还是睡在店堂里，入城守则上说明不能进入民屋，旅社不能算是民屋，进去还是可以的。没有想到那旅社的老板见我们这二十多位解放军有的说苏州话，有的说上海话，还有说无锡话的，觉得很亲切，连忙把我们请进去，打开房间请我们住，不要钱。要钱我们也没有，因为我们用的是华中币，上级规定在币值未确定之前一律不许用钱。我们坚决不肯进房间，只要求睡在地下，争了半天达成妥协，女同志睡在房间里，男同志睡在地下，看起来好像也文明点，其实我们也不管，一路行军打地铺，管不了那么多的男女有别。

第二天奉命进驻玄妙的祖师殿，办公室在中山堂的二楼，所有的人都挤在一起，还有一部手摇发电机摇得轰轰地，那是支社的电台在收发电讯稿，滴滴哒哒的声音响成一片。

我的记者生涯从此开始了，开始的时候只是去收集一些材料供综合使用。第一篇能够见报的报导是苏州新华书店开张。我从早晨开门一直采访到晚上关门，详细报导都是卖的什么书，一天卖掉了多少本，都是那些人买的，他们有什么反映。我盯着买书的人请他们谈感想，可有许多人只是哼了一声扭头便走，因为我穿着一身黄军装，腰里束着一根皮带，还戴着军会的红袖章。当众问人家的姓名和职业，还要拿着个本子记下来，可有点吓人大怪。

我写了一篇大约两千字的新闻，报导苏州新华书店开门。结果被我们的组长删成了三百字，还要教导我一番，说是这种小事三百字足够了，用不着那么啰嗦。真是吃力不讨好。

过了不久，《新苏州报》创刊，新华社苏州支社撤销，我和许多人都转入了《新苏州报》。《新苏州报》创刊时是对开四版，也像现在一样，管地区的各个县。我被派往昆山和太仓采访，到昆山去是乘火车，到太仓去就得靠两条腿了。那时候才二十出头，斗志昂扬，精力充沛，几十里路算不了一回事，想到哪里去背起背包就上路，嘴里还哼哼唱唱地。当然，唱的都是些革命歌曲，那时候的流行歌星还没有出世哩。

难忘的靖江夹港

一个人不管走到什么地方，总要想起自己的故乡，抬头望明月，低头思故乡；远行天涯常相问，何处是故乡？异国他邦，赏心乐事谁家园，不免又想起了自己的故乡……

故乡不是一个籍贯的概念，对许多飘泊不定的人来讲，故乡应该是童年或少年时代生活过的地方；故乡也不仅仅是一个村庄，一条小巷，而是在童年或少年时代曾经到过、并留下了难忘之情的地方。

我生在江苏省的泰兴县，但从懂事起便到了靖江县的夹港。靖江县和泰兴县对于我家来说仅仅是一河之隔，跨过一顶小小的柏木桥就从泰兴到了靖江。大概是在一九三四年吧，我跟着奶奶从泰兴的一个叫作四圩的小村子里来到了靖江县的夹港口。那时候，我的父亲在夹港口开设了一个轮船公司，在那里造起了十二间大瓦房，六间我们家住，六间作为公司办公的地方。我记得那公司的门前有一座高大的门楼，门楼的上方有两头狮子，两头狮子的前爪搭在一只地球上，十分的威风。狮子下面是六个大字“大通轮船公司”。准确点说，这是大通轮船公司在夹港口设立的一个轮船码头，是由我的姑父承包，由我的父亲当经理。

当年的大通轮船公司是一家很大的民营公司，总部设在上海，它有四艘客货两用的大轮船，往返于上海和汉口之间，停靠长江两岸的各个港口。我的父亲还单独承包了一家小轮船公司，这小轮船是往返于江阴与镇江之间，短途，但是停靠的码头多，客流量大，还可以买联票，从江阴乘汽车到无锡。

那时候的夹港口是很热闹的，靖江和泰兴甚至里下河地区的客货，很多都通过水陆两路汇集到夹港，再由夹港转到上海、南京、汉口等地。大宗的货物是生猪和酒，还有长江里的水产品，特别是螃蟹和鲥鱼。那时候的螃蟹和鲥鱼都算不了什么，螃蟹待运时那竹篓在河岸上堆得像小山；鲥鱼运往上海时要装冰箱，那不是现在的冰箱，是在大木箱里垫上草，放一层天然冰，放一层鲥鱼。我家的附近有一个冰窖，冬天把天然冰藏在里面，运鲥鱼时取出来用。现在的人听到鲥鱼好像就有点了不起，那时也不把鲥鱼当回事，八斤重以下的不装箱。螃蟹就更不用说了，农民不欢喜吃螃蟹，太麻烦，没油水，抓到螃蟹去换肉吃。抓螃蟹也太容易了，专业的是用蟹簖，业余的是点马灯放在水闸口，那螃蟹会自己爬过来。

来往的客商一多，商业也就跟着兴起，夹港口上有旅店，有饭店、茶馆、酒馆，当然都是在小小的草房子里，跟现在的不能比。那时候乘轮船也没有什么准时的说法，来了算数，不来的时候大家就坐在公司里等，或者是散在各处游玩；喝茶，吃饭，喝酒。偶尔还有卖唱的，卖狗皮膏药的，拉洋片的，乘着客人等船的时候来赚点钱。

公司的门口有一根很高的旗杆，白天升一面旗，是向轮船指示，说明此处是夹港码头；升两面旗，说明港口有客货，请停靠。晚上是挂灯，灯有红绿两种，也和现在一样，红灯停靠，绿灯不停。那时候，我经常帮着父亲升旗、挂灯。

公司里有两架望远镜，一架是单筒的，一架是双筒的，从上海来的大轮船，只要从江阴开出，水手们就能用望远镜看出来，到差不多的时候便拉开嗓门大喊："上水来了……"所谓上水就是溯江而上往汉口方向的轮船，顺江而下往上海方向的便叫下水。那位喊叫的人很有功夫，他能施长着声音一口气叫得港口上等船的人都听得见。客人们听到叫喊，便纷纷走上一条大木船，这船叫做划子，就是用人摇橹、划桨的大驳船。大驳船载着人与货划到江心中，等待大轮船来到。那大轮船像一座青山似的慢慢地驶到驳船的旁边，但是不停车，只是速度放慢，从那高处甩下一根碗口粗的缆绳来，驳船上的水手要准确地把缆绳接往，迅速地挽在驳船的千斤柱上，使得驳船与轮船系紧，搭起跳板来上下客货。这时候，我的父亲便从轮船外面的舷梯上爬上三层楼高的账房间，去交报单，办手续。奇怪的是这时候轮船还是不停车，相反地却加快了速度，把驳船拖着走，等到客货都上下结束，驳船已经被拖出去三五里路，然后再慢慢地摇回来，还唱歌似的喊着号子。长江上也不是风平浪静的，大风大雨，险象环生，水手们吃的是一碗英雄饭。

那时候长江的航运很繁荣，除掉轮船之外，大量的是木帆船。那种木帆船很大，而且是一帮一帮的，分宁波帮，湖北帮，安徽帮等等。他们都是结帮而行，少的三五艘，多的有十几艘。逢到顶头风或风浪太大时，这些船队便进入夹港来避风，上岸吃饭，买东西。这时候，夹港口上生意兴隆了，连那打更的老头也来劲，他用布袋绑在一根长竹竿的头上，伸到船上去收更钱，有的船家不肯给，有的也只给几个铜板，集少成多，也够老头儿生活的。老头儿也很负责，不管风雨，夜夜敲着更锣……

在抗日战争之前，夹港口一片平和繁荣，三里路外的太和镇上，有个老板还买了一辆摩托车回来玩玩。那时摩托车叫马达卡，老百姓管它叫啪啪车，见了害怕。那位玩马达卡的老板寻开心，叫朋友把自行车系在他的车后，由马达卡拖着走，过一顶叫瑞望桥的时候连人带车都下了河。人爬上来了，那马达卡还在水里啪啪地冒气，看的人都啧啧称奇，这马达真利害！结果是花了几斗米钱请农民从河里捞上来，再通过我的父亲送到上海去修理。

平静而繁荣的生活被日本侵略者的炮火粉碎了，长江的航运停止了，上海人开始了大逃亡。夹港口上的人忧心忡忡，整日站在江岸上看，看那逃难的船布满了长江，一眼望不到头；有轮船，有帆船，甚至还有那种多年都不开动的所谓的“黑楼子”，那是一种又高又大，用喷水推进的古老的轮船，极慢，半天都离不开我们的视线。从上海沿江而上的抗日战争宣传队也经过夹港，我看过他们演出的“放下你的鞭子”。从上海撤下来的东北军，也在夹港驻防，他们大骂蒋介石不抵抗。江阴要塞为了防止日本的飞机轰炸，把两艘鱼雷快艇疏散到夹港来，在我家的门口杨柳树下搭了个很大的芦席棚，棚顶用树枝伪装，那两艘鱼雷艇白天就藏在里面，晚上出来活动。鱼雷艇上的官兵都是从军官学校里出来的，讲礼貌，待人和气，和我的父亲相处得很好，他们不大骂老蒋，只是对时局摇头叹气。

日本飞机开始狂轰烂炸了，站在江岸上看得见飞机在江南俯冲，炸无锡，炸常州，炸江阴要塞。那时候的孩子们都会唱许多抗日的歌曲，我也记不清是谁教的了，可能是小学里的老师，因为那时候已经实行了“私塾改良”，学校里来了几个从上海回来的大学生当老师，可能是他们教的，也可能是鱼雷快艇上的那些官兵们教的。总之我会唱：我的家在东北松花江上；还会唱：工农兵学商，一齐来救亡，拿起我们的武器刀枪……抗日的歌曲不仅仅是歌曲，它是一种抗日的动员令，因为日本鬼子的飞机就在我们的头顶上飞，遥望江南见飞机俯冲，接着便是雷鸣似的爆炸声。“百万财富，一霎化为灰烬，无限欢笑，转眼变成凄凉……”歌曲里所唱的，正是眼前的情景。当时的青年人，包括夹港口上的一般人，抗日的情绪都十分高涨。

日本的飞机加紧轰炸江阴要塞了，他们的海军要进长江。有汉奸通报，使得日本人知道有鱼雷快艇疏散在外面，飞机开始沿江搜索，日夜不停。鬼子有水上飞机，飞来了便在江面上停息。那该死的汉奸居然向鬼子发讯号弹，报告鱼雷快艇的方位，我们站在家门口看着那讯号弹飞向天空。鬼子的飞机超低空飞行，我看得见机上飞行员，带着头盔，真的像鬼。他们发现了那庞大的芦席棚十分可疑，便用机枪扫射，可那枪法也不准，都打在江面上与港河里，激起的水柱有几丈高。鱼雷快艇上的艇长知道已被发现，如其停着挨打，不如拼搏一场。趁着飞机拉高盘旋的时候，两艘快艇箭也似的射向江面，用高射机枪对飞机射击。鬼子的飞机一次又一次地俯冲，扫射。但是鱼雷快艇高速作之字式的航行，双方都不易击中。那时的小孩子也不怕，扒在江岸上看着这场大战。终于一艘快艇被击中起火，沉没江底，艇上的官兵一个也没有逃生，据说那位我们熟悉的艇长到死还握着驾驶盘。夹港口上的人都很伤心，家家在门前烧纸烧香，祝这些英勇的官兵早日升入天堂。所好的是那个汉奸第二天就被港西的人发现了，二话没说，捆捆扎扎投进了长江。

江阴要塞上发出了一声声震天动地的巨响，这不是鬼子的飞机轰炸，是要塞被迫撤退时把大炮炸毁。

日本鬼子的舰队开进来了！我们都站在江岸上看，这舰队很长，当头的是一艘庞大的旗舰，舰队沿着江北岸走，舰上的鬼子兵我们都看得清楚。那旗舰上有一列军乐队，站在那里奏乐，军号吹得叭叭地响，庆贺他们开进了长江。有一个东北军也在岸上看，气得不行，他奶奶的，端起步枪叭叭两下。两枪一打，军乐停下了，大炮开始轰鸣。站在江岸上看的人都吓得躲到江岸的里面，听着震耳欲聋的炮声。可那大炮却是射远不射近，都打到了离开我们几十里外的地方，听说是打死了一条老牛，轰倒了几棵大树。那舰队边打边走，示威性的。

鬼子兵占领了江阴要塞之后，经常出来骚扰，他们乘坐着那种木制的运兵船，敞篷，装着一种单汽缸的马达，开起来嘣嘣作响，人们都把它称作嘣嘣船。每条船能乘坐三四十个人，人分两排坐在两边，当中放着步枪和机枪。此种嘣嘣船最坏，它可以随时随地停下来，上岸奸淫掳掠，他们有时从夹港进来，有时候从其它的港口登陆，农村里的人天天在“逃反”，惶惶不可终日。

一九三八年麦子快要成熟的时候，有两艘嘣嘣船由夹港进来，到里面的太和镇上去奸淫掳掠。有一支游击队，恨透了日本鬼子，他们知道鬼子还要从夹港出来回江阴要塞。十几个人带着步枪和手榴弹埋伏在港岸上，居高临下，准备打死那些强盗。到了傍晚，鬼子果然回来了，岸上的游击队一齐投弹，射击。由于鬼子的船是在进行中，那些射手们也没有经过正规训练，鬼子们的反应也很快，三八枪和捷克式的机枪立即向两岸开火，同时开足了马力逃离。有没有打死鬼子没人知道，夹港口上的人却知道，这一下鬼子兵要来报复了，连夜做好准备，妇女和老人先逃走，少量的细软藏在麦田里，年轻力壮的人在家里随机应变。果然不错，第二天的一早鬼子就来了，他们不是从夹港登陆，而是从另一个港口登陆，分几路向夹港包抄过来，一路上见人就杀，见房子就烧。

到夹港这一路来的鬼子兵只有十多个人，从田岸上走过来，前面还举着一面太阳旗，那情景就和现在的电影片中差不多。我们站在港岸上看见鬼子来了，拔脚就跑。那时正是麦子快成熟的时候，江岸外又有大片的芦苇滩，我们仗着青纱帐的掩护，见了鬼子再跑也不迟。只要跑进了芦苇滩，鬼子也就没办法了，他们不敢下柴滩，那芦苇有一丈多高，滩里都是淤泥，不熟悉地形的人要陷进去。

我那时虚龄十岁，人长得高，跑得也很快，便和青壮年人混在一起，见到了鬼子才开溜。可那鬼子也来得快，乘我们还没有来得及下柴滩的时候便到了我们的身后，离开我们不到一华里。我们是在麦田里的田岸上奔跑，好处是大半身都隐藏在麦子里，坏处是那田岸笔直，人走成了直线。鬼子跪在田埂上，揣起三八枪，把跑在我前面的两个人打死了。我所以没有死，那是因为我的鞋跑脱了，便在田埂旁让路，蹲在那里拔鞋，才没有被打中，夹港口上的人都说我命大。

等到鬼子走后，我们回来一看，到处是一片哭声，所有的草房子都化为灰烬，除掉被打死的那两个人之外，还被打死了一个老头，这老头的胆子也太大，鬼子来了他还要蹲在那种有木架子的粪坑上大便，那粪坑上搭着草棚，两边遮点草席，他以为鬼子看不见他，其实鬼子远远地就看见了，便一枪把他打翻在地。

我家的房子没有被烧，其原因可能有两点，一点是房子的门楼上有“大通轮船公司”几个大字，鬼子弄不清楚这公司是中国的还是英国的，那时候太平洋战争还没有爆发，英国的轮船公司在沿江也设有码头。二是我的父亲向鬼子兵行贿，他装了一筐鸡蛋放在大门口，意思是说你把鸡蛋拿去，把我的房子留下。果然，鬼子兵接受了贿赂，把鸡蛋拿走了，房子没有烧。也有人说不对，因为点火烧草房要比烧瓦房容易，谁知道呢。

夹港口从此衰落了，长江里再也看不见轮船，连那多得连天接水的帆船也不见了，上江没有木材下来，装着湘江桐油的湖北大船也不见了。港口再也没有了生意，却有鬼子兵经常来骚扰。大通轮船公司也不会再开业了，听说那四条大轮船都被沉在南京，一说是被炸沉在汉口。这四条轮船和我们家的关系太深了，直到今天我还记得这四条船的名字：洪大，隆大，正大，智大。洪与智可能是音同字不同，因为我那时只是听父亲叨念。

夹港不能再住，也不必再住了，我的家又从靖江夹港搬回了泰兴的原址。后来又把夹港大部分的房子拆掉,用其砖瓦木料在泰兴造房子。我也于一九四〇年左右回到了泰兴读书，从此离开了夹港，再也没有回去过。但对夹港却难以忘记，一见到长江就会想起夹港，想起儿时睡在奶奶的身边，是那江涛的沙沙声为我催眠，伴我入睡……

我永远也忘不了夹港，那是我成长的地方，那里使得我的眼界开阔，懂事较早，特别是懂得了什么是国，什么是家，懂得了国与家的不可分离，国家的贫弱与富强不是与己无关，弱国之民要被人宰割的。这都不是从书本上得来的知识，是日本鬼子用枪炮教我的，使得我对国家和民族的忧患意识终身萦绕不去。

直到一九八四年，是我离开夹港将近半个世纪之后，有一次我到扬州去开会，那时候，江阴的长江大桥还没有造起来，车子从江阴摆渡到八圩港，然后经过泰兴、泰县等地到扬州。这一条从靖江到泰兴的路我是熟悉的，快到张桥镇（原名张家桥，我是在张家桥小学毕业的）时，我突然发现路边有个指路牌，上写着到夹港 ×× 公里，我知道路不远，立即要车子返回来："到夹港去，看看我的老家。"

到夹港一看，不对了，怎么也找不着家了，这里的夹港现在是个轮渡码头，车子摆渡可以到常州，我问路边开小店的人，没有一个人知道我的家在哪里，好像不曾存在过似的。驾驶员认为我的记忆出了问题，我认为决不可能，怎么会把夹港记错呢？我不肯走，在路边找了一个茶摊坐下来，买了一碗茶，不是要喝茶，是想等人，等到一个老人，至少要等到一个与我年龄相仿佛的人。果然，来了一个老者，我用那不改的乡音问老人，并且报出了我父亲的名字。老人明白了："呀！你家吗，在上面，夹港已经改道了，改到了现在的地方，这里原来是九圩港。"一听九圩港我立刻弄清了方位，九圩港离开我家很近，小时候我也曾跟着大伙伴们到九圩港来捞鱼摸虾……

游子终于归来了，一切依稀可辨，只是看上去都变小了。这是人的通病，小时候看到的一切都很大，老来再回头看时却并不大到哪里。老邻居和长辈还有在世的。表哥的两个孩子还在太和镇上，改革开放之后他们都富起来了，夹港口与太和镇上新造了许多楼房，当年那了不起的"大通轮船公司"，现在如果还在的话，看起来也可能像是路边搭起来的棚子。半个多世纪过去了，我们终于打败了日本鬼子，搬走了三座大山，走上了改革开放的道路，夹港口、太和镇的繁荣与升平的景象都是当年所无法想象的；当年那位老板玩弄的马达卡，现在到处都是，连轿车还要看一看是什么牌子。多灾多难的中国人终于盼望到了这一天。

2000年8月6日

我与苏纶厂

我与苏纶纱厂很有点缘分。解放以后我在《新苏州报》做记者，负责工业方面的报道，三日两头骑着部破自行车往苏纶纱厂跑。那时候采访讲究深入，一直要深入到车间、小组，参加工人的小组讨论。公私合营的时候陈晖同志到苏纶纱厂当公方厂长，我还跟着陈晖同志在厂里住了一段时间，住在职工宿舍里，了解工人的生活。这些生活激起我对创作小说的热情，我的第一篇小说《荣誉》以及其余的描写工人生活的小说，有许多都是以在苏纶纱厂的生活体验作为基础的，如《小巷深处》《唐巧娣翻身》等。

一九六三年底和一九六四年春，那时我在江苏省文联当专业作家，曾经想写一部以苏纶纱厂为背景的长篇小说，便搬到苏纶纱厂去住，白天和工人一起劳动，晚上住在“三十间”的楼上，大约住了三个月。后来运动来了，我被召回江苏省文联接受批判，到一九六四年底，被赶出作家队伍。为了体现给出路的方针，便让我回到苏纶纱厂当工人，在一厂任景海（已去世）平车队里做二号,每天拆车头、掮滚筒、穿锭带。任景海和我是好朋友，车间和小组的同志们对我很照顾。我做生活不马虎，技术也不错，后来便调到技术革新组，制造落纱机。落纱机上有一把剪刀很难磨，工作使我成了磨剪刀的好手，磨家用剪刀更是拿手好戏，许多女工的剪刀都是我磨的。每天上班时，都有人悄悄地把从家里带来的破剪刀塞到我的口袋里。

“文化大革命”开始以后，我也成了牛鬼蛇神，但我犯下的“罪行”是在文艺界，和苏纶纱厂没有关系，厂里的造反派根本就不想斗我，但是不做做样子又交代不过去，也得叫我去挂牌子、坐飞机，上下班都得请罪。即使如此我也受到优待，厂长沈文渔挂的牌子是薄铁皮上穿铅丝，颈项里都勒出血印子。我挂的牌子是用硬板纸做的，老阿姨们还特地用棉纱搓了一根粗绳，挂在颈项里软绵绵，挺舒服的。

我在苏纶纱厂正式当工人当了五年，一九六九年冬又把我下放到苏北去。走之前，常日班的朋友们到我家来帮着打包，丙班的女工们还凑了点份子，给我送来面盆、毛巾、手套，一个一个都是眼泪汪汪的。最使我终生难忘的，是那一天厂里开欢送下放人员的大会，这时候我已经算是解放了，胸前戴上红花了，人们也敢于公开表达对我的感情了，所以当我进入会场走上台时，一千多人的会场里大概有好几百人从座位上站起来，挥手送别。我这个人不大流露感情，这时候也忍不住眼泪。

1987 年

十年树木

《苏州杂志》创刊至今，居然也满了十年，真使人有点喜出望外。创刊之初深知办刊之艰难，自忖能办五年就也满足了，因为前人办杂志有的只办几年，几个月，甚至只办一期的也是屡见不鲜。

苏州到底是文化之邦，富饶之地，在各级领导，各界人士的指导和帮助下，终于使得一份草创的刊物，一艘小小的航船能够平稳地、逐步地向预定的目标驶去，没有遇上什么风暴和艰险，也没有卷入什么旋涡或暗流，这对办杂志的人来说实在是莫大的幸运和宽慰。

十年来，《苏州杂志》的读者、作者遍及海内外，发行量虽然不算太多，但都是在被人读着，被人藏着，据废品收购者的反应，他们很少能收购到《苏州杂志》。如果真是这样的话，那对一份刊物来说就是最高的奖赏，莫大的荣誉。当然，《苏州杂志》十年来也多次获得江苏省和华东区双十佳、优秀期刊的称号，此种有形的奖赏也是对无形奖励的一种体现。

所以能取得一些成绩，应该归结为两点，一是办刊的方针明确，二是明确了以后就不要东张西望，要坚决地、富有韧性地认真执行。

《苏州杂志》创刊时，市委、市文联的领导者集思广益，为杂志定下了“当代意识，地方特色，文化风貌”的十二字方针。我们把这十二个字印在每期的刊头，认认真真地加以执行。具体地说就是用当代的意识来审视苏州的地方特色和文化风貌，所言之事所述之人，都必须是和苏州，和苏州的文化、风貌有涉，无关者留与他人评说。这对一个刊物来说就有了很大的局限性，造成很多文章只能失之交臂。但是，事物的局限性往往也就是它的独特性，刊物的局限性也就是它的个性，也就是它的特色，没有特色的刊物在当今期刊林立之中是很难站得住脚的；我们坚决不开百货公司，只开一爿苏州文化的专卖店。《苏州杂志》实际是上是一份乡土杂志、乡情杂志，异国他乡的苏州人读到《苏州杂志》时，往往是热泪盈眶，这不仅是杂志的魅力，而是他乡的游子对故土的刻骨相思和永远的怀念。《苏州杂志》主要的任务不是让苏州人了解世界，而是让世界了解苏州，让苏州人了解苏州，让他乡的游子怀念苏州，怀念与了解苏州的地方特色和文化风貌。

也曾有人担心过，我们自己也担心过，一个城市的地方特色与文化风貌能写几年？可是连我们自己也没有料到，苏州这个有着二千五百多年历史的文化名城，它的文化积淀竟然是如此的深厚，简直是深不见底；更何况那地方特色和文化风貌并非是定数，而是变数，文化在继承的同时必然有所发展，如果用当代意识来审视过去的话，更是有新意层出，变化万千，可供笔耕者操持不息。

也曾有人担心过，我们自己也担心过，《苏州杂志》不登广告，不刊"吓人大怪的文章和赤膊胳女人"，钱从何来？常言道，刊物好办，经费难筹，这是文化界办杂志者的共识，敢问《苏州杂志》，路在何方？《苏州杂志》也无妙计可施，在探寻路在何方时首先是长揖各级领导，再谢吴中父老。十年来各级领导，新闻单位，各大企业集团，各个金融机构，甚至个别的海外人士，都向《苏州杂志》伸出了援助之手，使得《苏州杂志》不愁冻馁。在筹集经费的过程中，也使我们深深地感到民族的、地方的文化具有一种强大的凝聚力，并非是全由功利来驱动的。

十年来我们的工作虽说也取得了一定的成绩，但在已经取得的和应该取得的之间有很大的距离，在土地肥沃风调雨顺的年景中，收获还应该多一些。特别是在开头的那几年，无论是在内容上和印刷上都很难令人满意。刊物的水平跟不上读者的水平，跟不上苏州文化的整体水平。差错率虽然低于国家出版局的规定，但还未能进一步的降低直至消灭，凡此种种，都需要我们坚持不懈地继续努力。

《苏州杂志》三生有幸，诞生在苏州这块文化的沃土上，十年间所以能成长为一颗小树，靠的是天时、地利、人和，并非是少数几个人的努力所能达到的。在此，我代表杂志社的全体同仁，再一次感谢各界人士的帮助，希望今后能一如既往，携手共进，走向未来的岁月……

1998 年